Zwanzigtausend Meilen unter'm Meer
Zweiter Band

Jules Verne

ISBN-13: 978-1503057210

Inhaltsverzeichnis

Erstes Capitel – Der Indische Ocean 1

Zweites Capitel – Ein neuer Vorschlag des Kapitän Nemo 10

Drittes Capitel – Eine Perle von zehn Millionen 21

Viertes Capitel – Das Rothe Meer 33

Fünftes Capitel – Der Arabische Tunnel 46

Sechstes Capitel – Der griechische Archipel 56

Siebentes Capitel – Das Mittelländische Meer in vierundzwanzig Stunden 68

Achtes Capitel – Die Bai von Vigo 74

Neuntes Capitel – Ein verschwundener Continent 85

Zehntes Capitel – Unterseeische Kohlenminen 95

Elftes Capitel – Das Tang-Meer 107

Zwölftes Capitel – Pottfische und Wallfische 117

Dreizehntes Capitel – Die Eisdecke 128

Vierzehntes Capitel – Der Südpol 139

Fünfzehntes Capitel – Unfall oder Zwischenfall 151

Sechzehntes Capitel – Luftmangel 160

Siebenzehntes Capitel – Vom Cap Horn nach dem Amazonenstrom 171

Achtzehntes Capitel – Riesenpolypen 181

Neunzehntes Capitel – Der Golfstrom 192

Zwanzigstes Capitel – Unter 47° 24' Breite und 17° 28' Länge 203

Einundzwanzigstes Capitel – Eine Hekatombe 211

Zweiundzwanzigstes Capitel – Letzte Worte des Kapitän Nemo
.... 221
Dreiundzwanzigstes Capitel – Schluß... 228

Erstes Capitel
Der Indische Ocean

So verlief also das ganze Leben des Kapitäns Nemo im Schooße des unermeßlichen Meeres bis zum Grabe in unergründlicher Tiefe, an der stillen Stätte, wohin kein Ungeheuer des Oceans drang, den letzten Schlummer der Genossen des Nautilus zu stören, seiner Freunde, die im Tode wie im Leben fest mit einander verbunden waren! »Auch kein Mensch sollte sie da stören«, hatte der Kapitän beigefügt.

Stets dasselbe Mißtrauen, das wilde, unversöhnliche, gegen die menschliche Gesellschaft!

Ich beruhigte mich nicht bei der Annahme, welche Conseil befriedigte, der Commandant des Nautilus sei nur einer der verkannten Gelehrten, welche den Menschen ihre Gleichgiltigkeit mit Verachtung erwidern. Er hielt ihn ferner für ein unverstandenes Genie, welches der Täuschungen der Erdenwelt müde, sich in dieses unzugängliche Gebiet hatte flüchten müssen, wo den Trieben seines Geistes ein freies Wirken vergönnt war. Allein, meines Erachtens, erklärte diese Annahme nur eine der Seiten seines Charakters.

In der That, das Geheimniß dieser letzten Nacht, während deren wir im Gefängniß und durch Schlaf gefesselt waren, die so gewaltsam ausgeübte Vorsicht, mir das Fernrohr, womit ich den Horizont zu betrachten im Begriff war, von den Augen wegzureißen, die tödtliche Verwundung des Mannes, die von einem unerklärlichen Stoß des Nautilus herrühren sollte, – alles dies drängte mich in eine neue Bahn. Nein! Der Kapitän Nemo beschränkte sich nicht darauf, die Menschen zu fliehen! Sein furchtbares Fahrzeug diente nicht allein seinem Freiheitsbedürfniß, sondern vielleicht auch der Absicht gewisser fürchterlicher Repressalien.

In diesem Augenblick ist mir noch nichts mit Gewißheit klar, ich sehe in diesem Dunkel nur unbestimmten Lichtschimmer, und ich muß mich darauf beschränken zu schreiben, was mir gewissermaßen die Ereignisse dictiren.

Uebrigens sind wir durch nichts an den Kapitän Nemo gebunden. Er weiß, daß ein Entrinnen unmöglich ist. Wir sind nicht einmal auf Ehrenwort eingehalten; keine Ehrenverbindlichkeit fesselt uns. Wir sind nur Gefangene, deren Eigenschaft als solche durch einen Anschein von Höflichkeit mit der Benennung »Gaste« verdeckt ist. Demnach hat Ned-Land die Hoffnung nicht aufgegeben, wieder die Freiheit zu erlangen. Gewißlich wird er die erste Gelegenheit dazu, welche ihm das Schicksal darbietet, benutzen. Ohne Zweifel werd' ich's ebenso machen. Doch werde ich nur mit gewissem Leidwesen mit mir nehmen, was uns von den Geheimnissen des Nautilus durch das Vertrauen des Kapitäns mitgetheilt worden. Denn, kurz zu reden, muß man diesen Mann hassen oder bewundern? Ist er ein Opfer oder ein Henker? Und dann, offen gesagt, ich möchte gern, bevor ich ihn auf immer verließe, diese unterseeische Fahrt um die Welt, welche so prächtig begonnen, erst vollenden. Ich möchte gern zuvor die in den Tiefen der Meere des Erdballs vorhandenen Wunder vollständig beobachten. Ich möchte sehen, was noch kein Mensch gesehen hat, und sollte ich dieses unersättliche Bedürfnis zu lernen mit meinem Leben bezahlen! Was hab' ich bis jetzt entdeckt? Nichts, oder so gut wie Nichts, denn wir haben erst sechstausend Meilen durch den Stillen Ocean zurück gelegt!

Doch weiß ich wohl, daß der Nautilus sich den bewohnten Ländern nähert, und daß, wenn sich eins Aussicht zur Rettung darbietet, es grausam wäre, meine Gefährten meiner Leidenschaft für das Unbekannte zu opfern. Ich muß mich ihnen anschließen, vielleicht sie anführen. Aber wird sich eine solche Gelegenheit jemals ergeben? Der gewaltsam seiner freien Verfügung beraubte Mensch sehnt sich nach einer solchen, aber der Gelehrte in seinem Wissensdrang fürchtet sie.

An diesem Tage, den 21. Januar 1868, war um Mittag der Schiffslieutenant beschäftigt, den Höhestand der Sonne aufzunehmen. Ich begab mich auf die Plattform, zündete eine Cigarre an und sah der Verrichtung zu. Es schien mir klar, daß dieser Mann französisch nicht verstand, denn einigemal, machte ich laut in dieser Sprache Bemerkungen, welche ihm unwillkürliche Zeichen der Beachtung entlockt haben würden, wenn er sie verstanden hätte; aber er blieb gleichgiltig und stumm.

ZWANZIGTAUSEND MEILEN UNTER'M MEER – ZWEITER BAND

Während er mit dem Sextant seine Beobachtungen anstellte, kam einer der Matrosen des Nautilus – jener kräftige Mann, der uns bei unserem ersten unterseeischen Ausflug auf die Insel Crespo begleitet hatte – und reinigte die Fenster der Leuchte. Da betrachtete ich die Einrichtung dieses Apparates, dessen Wirkungskraft durch linsenförmige Ringe hundertfach verstärkt wurde, welche wie bei den Leuchtthürmen angebracht waren und das Licht in der erforderlichen Ebene hielten. Die elektrische Lampe war der Art eingerichtet, daß sie alle ihre Leuchtkraft hingab. Ihr Licht erzeugte sich wirklich im leeren Raume, wodurch seine Regelmäßigkeit und Stärke gesichert wurde. Dieser leere Raum sparte auch die Graphitspitzen, zwischen welchen die Lichtströmung sich entwickelt. Eine um so wichtigere Sache für den Kapitän Nemo, da er sie nicht leicht hätte erneuern können. Aber unter diesen Verhältnissen war ihre Abnutzung fast unmerklich.

Während der Nautilus sich vorbereitete, seine unterseeische Fahrt fortzusetzen, begab ich mich wieder in den Saal hinab. Die Lucken wurden wieder geschlossen, und es wurde gerade westliche Richtung gegeben.

Wir durchschnitten also die Wogen des Indischen Oceans, eine Fläche von fünfhundertfünfzig Millionen Hektaren Gehalt von so durchsichtigem Wasser, daß man den Schwindel bekommt, wenn man an der Oberfläche sich darüber beugt. Der Nautilus hielt sich im Allgemeinen hundert bis zweihundert Meter tief. So ging es fünf Tage lang. Jedem anderen, der nicht so große Freude am Meer hatte, wie ich, würden die Stunden gewiß langweilig und einförmig vorgekommen sein; aber dieser tägliche Spaziergang auf der Plattform, wo ich mich in der erfrischenden Seeluft erquickte, der Anblick der reichen Gewässer durch die Fenster des Salon, die Lectüre in der Bibliothek, die Ausarbeitung meines Tagebuchs beschäftigten mich die ganze Zeit über, und ließen mir nicht einen einzigen Augenblick Langeweile.

Unser Gesundheitszustand hielt sich allerseits sehr befriedigend. Die tägliche Kost sagte uns vollkommen zu, und ich meines Theils hätte ganz wohl die Abwechselung entbehren können, welche Ned-Land aus Widerspruchsgeist in dieselbe zu bringen beflissen war. Ferner war bei der gleichmäßigen Temperatur nicht einmal ein Katarrh zu befürchten. Zudem hätte das madreporische Gewächs, welches in der Provence unter dem Namen Meerfenchel bekannt ist, und wovon man einigen Vorrath an Bord genommen hatte, mit dem saftigen Fleisch seiner Polypen ein vortreffliches Mittel wider den Husten gegeben.

Einige Tage lang bekamen wir eine große Menge Seevögel zu sehen, Plattfüßer, Meerschwalben oder Seemöven. Es gelang einige zu schießen, und gehörig zubereitet gaben sie ein sehr annehmliches Seewildpret ab. Unter den Weitseglern, die allerwärtsher aus weiter Ferne verschlagen, von dem ermüdenden Flug auf den Wellen ausruhen, bemerkte ich prächtige Albatros, die so disharmonisch schreien wie ein Esel; sodann Fregatten, die in reißend schnellem Flug die Fische von dem Meeresspiegel fangen, und zahlreiche Phaeton, unter anderen den rothgesprengten von der Größe einer Taube, dessen weiße Flaumfedern mit rosa Tönen schattirt sind, welche die schwarze Färbung der Flügel hervorheben.

Die Netze des Nautilus lieferten einige Sorten Seeschildkröten, von der Karetgattung mit gewölbtem Rücken und sehr geschätzter Schale. Diese Thiere tauchen leicht unter und können sich lange unter'm Wasser halten, indem sie die fleischige Klappe an der äußeren Mündung ihres Nasenkanals schließen. Das Fleisch derselben war meist nicht viel werth, aber ihre Eier bildeten eine treffliche Erfrischung.

Die Fische erregten stets unsere Bewunderung, wenn wir bei geöffneten Läden sie bei den Geheimnissen ihres Wasserlebens belauschten. Ich bemerkte einige Arten, welche ich bisher noch nicht zu beobachten Gelegenheit hatte.

Ich hebe daraus die dem Rothen und Indischen Meer eigenthümlichen Beinfische hervor. Diese sind gleich den Schildkröten, Gürtelthieren, Meerigeln, Schalthieren, mit einem Panzer geschirmt, der weder kreideartig, noch steinartig, sondern wirklich von Knochenstoff ist. Er hat bald die Form eines dreieckigen, bald eines viereckigen Körpers. Von den dreieckigen waren manche einen halben Decimeter lang, von gesundem Fleisch und ausgesuchtem Geschmack, mit braunem Schwanz und gelben Flossen. Unter den viereckigen führe ich die mit vier Buckeln auf dem Rücken an; die Dromedare mit dicken kegelförmigen Höckern, von hartem, zähem Fleisch; ferner Trigonen, welche mit Stacheln versehen sind, die durch Verlängerung ihrer beinigen Schale entstehen, und die man ihres eigenthümlichen Grunzens wegen »Meerschweine« genannt hat.

Meister Conseil hatte in seinem Tagebuch eine sehr große Menge der schönsten und merkwürdigsten Fische verzeichnet, von denen ich noch manche anführen möchte, aber es würde allzuweitläufig sein.

Vom 21. bis 23. Januar fuhr der Nautilus im Verhältniß von zweihundertundfünfzig Lieues binnen vierundzwanzig Stunden, also fünfhundertundvierzig Meilen, oder zweiundzwanzig Meilen in der Stunde. Die mancherlei Fische, welche uns begleiteten, waren durch das elektrische Licht angelockt: die meisten blieben bald zurück, manche jedoch konnten sich eine Zeit lang bei demselben halten.

Am 24. früh bekamen wir, unter 12° 5' südlicher Breite und 94° 33' Länge, die Insel Keeling in Sicht, dieselbe ist madreporischen Ursprungs, mit prachtvollen Cocosbäumen bepflanzt, aber menschenleer und mit steilen Küsten, an welchen der Nautilus nahe vorbei fuhr. Darwin und der Kapitän Fitz-Roy hatten sie besucht. Sie verschwand uns rasch am Horizont, und wir fuhren nordwestlich auf die Spitze der Indischen Halbinsel zu.

»Civilisirte Länder, sagte damals Ned-Land zu mir. Das wird besser sein, als Papuasien, wo man mehr Wilde als Wildpret antrifft! Auf diesem indischen Land, Herr Professor, giebt's Landstraßen, Eisenbahnen, englische, französische und Hindu-Städte. Da würde man keine fünf Meilen zu machen haben, um auf einen Landsmann zu stoßen. Nun? Ist da nicht der rechte Zeitpunkt, dem Kapitän Nemo seine Höflichkeit zu vergelten!

– Nein, Ned, nein, erwiderte ich in sehr bestimmtem Ton. Der Nautilus nähert sich bewohnten Landschaften. Er kommt nach Europa zurück, mag uns dahin führen. Sind wir einmal in unseren heimatlichen Meeren, werden wir sehen, was die Klugheit uns rathen wird zu versuchen. Uebrigens nehme ich nicht an, daß der Kapitän Nemo uns gestatten wird, an der Küste von Malabar oder Coromandel auf die Jagd zu gehen, wie er in den Wäldern von Neu-Guinea erlaubte.

– Ah! Herr, kann man's nicht ohne seine Erlaubniß thun?«

Ich gab dem Canadier keine Antwort weiter; ich wollte nicht darüber hin und her reden. Im Grunde hatte ich mir vorgenommen, bis zu Ende die Wechselfälle des Schicksals mitzumachen, welches mich an Bord des Nautilus verschlagen hatte.

Von der Insel Keeling an wurde unsere Fahrt im Allgemeinen langsamer. Sie war auch launenhafter, und zog uns oft in große Tiefen hinab. Wir kamen so bis auf zwei bis drei Kilometer, aber ohne jemals die großen Tiefen dieses Indischen Meeres festzustellen, welche durch Sondiren mit dreizehntausend Meter nicht hatte erreicht werden können. Was die Temperatur der niederen Schichten betraf, so zeigte das Thermometer stets unverändert vier Grad über Null. Ich beobachtete nur, daß in den oberen Lagen das Wasser unter der Oberfläche stets kälter war als oberhalb.

Am 25. Januar, da der Ocean völlig leer war, brachte der Nautilus den ganzen Tag auf der Oberfläche zu, und seine gewaltige Schraube warf bei ihren Schlägen die Wellen hoch empor. Da konnte man ihn wohl für ein Riesenungeheuer ansehen. Ich brachte drei Viertel des Tages auf der Plattform zu. Mein Blick schweifte über dem Meer. Nichts am Horizont, als gegen vier Uhr Abends ein langes Dampfboot, welches westlich uns entgegen fuhr. Seine Masten waren einen Augenblick sichtbar, aber es konnte den Nautilus nicht sehen, weil er zu flach, über die Oberfläche des Wassers wenig hervorragte. Ich glaubte, dies Boot gehörte der Linie an, welche die Fahrten von Ceylon nach Sidney macht.

Um fünf Uhr Abends, vor der Dämmerung, welche in den Tropengegenden so kurz ist, wurden wir, Conseil und ich, durch einen merkwürdigen Anblick in Staunen versetzt.

Es giebt ein reizendes Thierchen, dessen Begegnung die Alten als ein glückliches Wahrzeichen ansahen. Sie nannten es Nautilus und Pompylius. Aber die neuere Wissenschaft hat ihm einen andern Namen gegeben; die Molluske heißt jetzt Argonaut, welcher zu derselben Familie gehört, wie der Kalmar und der Tintenfisch. Einer solchen Truppe von Argonauten, die auf der Oberfläche des Oceans wanderte, und mehrere Hunderte zählte, begegneten wir damals.

ZWANZIGTAUSEND MEILEN UNTER'M MEER – ZWEITER BAND

Diese zierlichen Mollusken bewegten sich vermittelst ihrer Fortbewegungsröhre rückwärts, indem sie durch diese Röhre das eingesaugte Wasser entfernen. Von ihren acht Fühlfäden schwammen sechs lange und feine oben auf dem Wasser, während die beiden andern blattförmig zusammengerollt, wie ein leichtes Segel im Winde aufgespannt waren. Ich sah genau ihre spiralförmige gefältelte Muschel, welche Cuvier richtig mit einer eleganten Schaluppe vergleicht. In der That ist's ein wirkliches Boot, worin das Thier, welches durch Absonderung dasselbe geschaffen hat, fährt, ohne daß es ihm anhängt.

Etwa eine Stunde lang schwamm der Nautilus inmitten dieser Molluskenschaar. Darauf befiel sie ein plötzlicher Schrecken. Wie auf ein Signal verschwanden auf einmal alle Segel, die Arme zogen sich ein, die Körper schrumpften zusammen, die Muscheln änderten durch Umkehren ihren Schwerpunkt und die ganze Flotille sank unter. Dies geschah in einem Augenblick und mit einer gleichen Gemeinsamkeit des Manoeuvers, wie man's bei einem Schiffsgeschwader noch nie gesehen hat.

Am folgenden Tage, den 26. Januar, durchschnitten wir unter'm zweiundachtzigsten Meridian den Aequator und kamen wieder auf die nördliche Hemisphäre.

Während dieses Tages hatten wir eine fürchterliche Schaar von Haifischen im Gefolge, Ungeheuer, die in diesen Meeren massenweise vorkommen und sie sehr gefährlich machen. Oft schossen diese gewaltigen Thiere mit beunruhigendem Ungestüm wider die Fenster des Salon. Dann hielt sich Ned-Land nicht länger, wollte auf die Oberfläche des Wassers, um die Ungethüme mit seiner Harpune zu treffen. Aber der Nautilus bekam durch Verstärkung seiner Schnelligkeit leicht einen Vorsprung vor den raschesten dieser Thiere.

Am 27. Januar, bei der Einfahrt in den ungeheuern bengalischen Golf, stießen wir mehrmals auf Leichname, die auf der Meeresoberfläche schwammen. Es waren Leichen aus den indischen Städten, welche der Ganges bis in's hohe Meer getrieben hatte, und welche die Geier, die einzigen Bestatter des Landes, nicht alle hatten verschlingen können. Die Haifische waren beflissen, sie in ihrem leidigen Geschäfte zu unterstützen.

Gegen sieben Uhr Abends fuhr der Nautilus halb unter'm Wasser mitten durch ein Milchmeer. So weit man sehen konnte, schien der Ocean aus Milch zu bestehen. War's nur Wirkung des Mondlichts? Nein, denn der Mond, erst seit zwei Tagen im Wachsen begriffen, befand sich noch unterhalb des Horizonts. Der ganze Himmel, obgleich in der Beleuchtung des Sternenlichts, schien schwarz im Gegensatz mit diesem weißen Gewässer.

Conseil konnte seinen Augen nicht trauen, und fragte mich über die Ursachen dieser auffallenden Erscheinung. Glücklicherweise war ich im Stande ihm seine Frage zu beantworten.

»Man nennt das ein Milchmeer, sagte ich, weiße Meereswellen in weitem Umfang, wie man's häufig an den Küsten von Amboina und in diesen Gegenden zu sehen bekommt.

– Aber, fragte Conseil, kann mein Herr mich darüber belehren, welche Ursache eine solche Wirkung hervorbringt, denn das Wasser hat sich nicht in Milch umgewandelt, denk' ich mir.

– Nein, lieber Junge; diese weiße Farbe, welche Dir auffällt, rührt nur von Myriaden Infusionsthierchen her, eine Art Leuchtwürmchen, die farblos sind und wie Gallerte aussehen, haardünn und nicht länger als ein fünftel Millimeter. Manche dieser Thierchen hängen meilenweit mit einander zusammen.

– Meilenweit, rief Conseil aus.

– Ja, mein Junge, und gieb Dir nicht die Mühe, die Zahl dieser Thierchen auszurechnen! Du würdest es nicht fertig bringen, denn, irre ich nicht, so sind manche Seefahrer mehr als vierzig Meilen weit über solche Milchmeere gefahren.«

Ich weiß nicht, ob Conseil meiner Mahnung Rechnung trug, aber er schien in tiefes Nachdenken versenkt, indem er ohne Zweifel auszurechnen bemüht war, wieviel Fünftheile von Millimetern in vierzig Quadratmeilen enthalten sind. Ich meines Theils fuhr fort, das Phänomen zu beobachten. Einige Stunden lang fuhr der Nautilus über solchen weißen Wogen, und ich bemerkte, daß er ganz geräuschlos durch dieses seifenartige Wasser glitt, als führe er in den Schaumwirbeln, welche mitunter zwischen den Strömungen und Gegenströmungen der Baien entstehen.

ZWANZIGTAUSEND MEILEN UNTER'M MEER – ZWEITER BAND

Gegen Mitternacht nahm das Meer plötzlich seine gewöhnliche Farbe wieder an, aber hinter uns bis zu den Grenzen des Horizonts schien der Himmel im Wiederschein der weißen Wogen lange Zeit mit dem unbestimmten Nordlichtschimmer überzogen.

Zweites Capitel
Ein neuer Vorschlag des Kapitän Nemo

Am 28. Februar, als der Nautilus zur Mittagszeit unter'm 9° 4' nördlicher Breite wieder an die Oberfläche des Meeres kam, befand er sich im Angesicht eines Landes, das acht Meilen westlich lag. Ich gewahrte zuerst einen Haufen etwa zweitausend Fuß hoher Berge, deren Formen sich sehr launenhaft änderten. Als die Lage aufgenommen war, begab ich mich wieder in den Salon, und erkannte auf der Karte, daß wir im Angesicht der Insel Ceylon waren, dieser Perle an der unteren Spitze der indischen Halbinsel.

Ich suchte in der Bibliothek nach einem Buch über diese Insel, die eine der fruchtbarsten der Erde ist, und fand gerade einen Band von Sir H. O. Esq., mit dem Titel *Ceylon und Cingalesen*. Als ich wieder in den Salon trat, erschienen gleich auch der Kapitän Nemo und sein Lieutenant.

Der Kapitän warf einen Blick auf die Karte und sprach zu mir:

»Die Insel Ceylon ist durch ihre Perlenfischereien berühmt? Würde es Ihnen angenehm sein, Herr Arronax, eine solche Fischerei zu besuchen?

– Ja wohl, Kapitän.

– Gut. Es kann leicht geschehen. Nun, sehen wir zwar die Fischereien, so können wir doch nicht die Fischer sehen. Die jährlich vorgenommene Ausbeutung hat noch nicht begonnen. Thut nichts. Ich will nach dem Golf Manaar fahren, wo wir in der Nacht ankommen werden.«

Der Kapitän sprach mit seinem Lieutenant einige Worte, der ging sogleich hinaus und der Nautilus tauchte alsbald in sein Element hinab. Das Manometer zeigte, daß er sich in einer Tiefe von dreißig Fuß hielt.

Ich suchte auf der Karte den Golf von Manaar. Derselbe findet sich im Nordwesten unter'm neunten Breitegrad, gebildet durch einen langen Streifen des Inselchens Manaar. Man mußte, um hin zu kommen, das ganze westliche Ufer von Ceylon hinauf fahren.

»Herr Professor, sagte darauf der Kapitän Nemo, man fischt Perlen im Golf von Bengalen, im Indischen Meer, dem Chinesischen und Japanischen, in den Meeren Süd-Amerika's, in den Golfen von Panama und Kalifornien; aber zu Ceylon mit dem schönsten Erfolg. Wir kommen dafür zwar etwas zu früh. Die Fischer versammeln sich erst im März im Golf von Manaar, und dann widmen sich ihre dreihundert Boote dreißig Tage lang ganz dem gemeinsamen Geschäft, diese Kostbarkeiten des Meeres zu holen. Jedes Boot ist mit zehn Ruderern und zehn Fischern besetzt. Die letzteren sind in zwei Rotten getheilt, die im Untertauchen mit einander abwechseln, und begeben sich in eine Tiefe von zwölf Meter mit Hilfe eines schweren Steins, welchen sie zwischen ihre Füße nehmen, und der mit einem Tau an das Fahrzeug befestigt ist.

– Also, sagte ich, ist immer noch das ursprüngliche Verfahren in Brauch.

– Immer noch, erwiderte der Kapitän Nemo, obwohl diese Fischereien dem gewerbverständigsten Volk der Welt angehören, den Engländern, welchen dieselben im Vertrag zu Amiens, 1802, abgetreten worden sind.

– Es scheint mir doch, daß der Skaphander, wie Sie ihn im Gebrauch haben, dabei große Dienste leisten würde.

– Ja wohl, denn die armen Fischer können's nicht lange unter'm Wasser aushalten. Der Engländer Parceval spricht zwar von einem Kaffer, der fünf Minuten lang unter'm Wasser bleiben konnte, aber es scheint mir dies nicht sehr glaubhaft. Ich weiß, daß manche Taucher es bis auf siebenundfünfzig Secunden, und sehr geschickte bis siebenundachtzig bringen; doch sind solche selten, und wenn die armen Kerle wieder an Bord kommen, strömt ihnen Wasser mit Blut vermischt aus Nase und Ohren. Ich glaube, daß die Durchschnittszeit, welche diese Fischer es aushalten können, nur dreißig Secunden beträgt, während dessen sie in aller Eile mit einem kleinen Netz alle Perlmuscheln, deren sie habhaft werden können, zusammenraffen; aber im Allgemeinen werden diese Fischer nicht alt; sie bekommen schwache Sehkraft, es bilden sich Geschwüre an ihren Augen und zeigen sich Wunden über dem ganzen Körper; und oft auch werden sie auf dem Meeresgrunde vom Schlage getroffen.

– Ja, sagte ich, 's ist ein trauriges Gewerbe, und dient doch nur, um einige Launen zu befriedigen. Aber, sagen Sie mir, Kapitän, wieviel Muscheln kann ein Boot während eines Tages fischen?

– Etwa vierzig- bis fünfzigtausend. Man sagt sogar, daß im Jahre 1814, als die englische Regierung auf eigene Rechnung fischen ließ, ihre Taucher binnen zwanzig Tagen sechsundsiebenzig Millionen Muscheln zu Tage förderten.

– Da finden sich wenigstens, fragte ich, diese Fischer hinreichend belohnt.

– Schwerlich, Herr Professor. Zu Panama verdienen sie nur einen Dollar die Woche. Meistens bekommen sie nur einen Sou für die Muschel mit einer Perle, und wie viele bringen sie herauf, welche keine enthalten!

– Ein Sou den armen Leuten, welche ihre Herren bereichern! Das ist abscheulich!

– Also, Herr Professor, sagte zu mir der Kapitän Nemo, Sie werden mit Ihren Gefährten die Bank von Manaar besuchen, und wenn sich vielleicht ein erwerbsamer Fischer schon dort befindet, so werden wir ihn sehen, wie er's macht.

– Einverstanden, Kapitän.

– Beiläufig, Herr Arronax, Sie fürchten sich doch nicht vor den Haifischen?

– Vor den Haifischen?« rief ich aus.

Diese Frage schien mir zum mindesten recht müßig.

»Nun? wiederholte der Kapitän.

– Ich muß Ihnen gestehen, Kapitän, daß ich mich mit dieser Art Fische noch nicht sehr befreundet habe.

– Wir sind daran gewöhnt, versetzte der Kapitän Nemo, und mit der Zeit werden Sie sich darin finden. Uebrigens sind wir ja bewaffnet, und wir können unterwegs vielleicht einen Hai erlegen; 's ist das eine recht interessante Jagd. Also, auf morgen, Herr Professor, und in aller Frühe.«

Das sagte der Kapitän so leichthin, und verließ den Saal.

Ladet man uns ein, im Schweizergebirge einen Bären zu jagen, so sagen wir: »Recht gern! Morgen gehen wir auf die Bärenjagd.« Ladet man uns zu einer Löwenjagd auf den Hochebenen des Atlas, oder zu einer Tigerjagd in den Niederungen Indiens ein, so sagen wir: »Ei nun! wir werden wohl dabei sein!« Aber ladet man uns ein, den Haifisch in seinem natürlichen Element zu jagen, so erbitten wir uns vielleicht Bedenkzeit aus, bevor wir die Einladung annehmen.

Ich für meinen Theil fuhr mit der Hand über meine Stirn, und fühlte da einige Tropfen kalten Schweißes.

»Wir wollen's überlegen, sagte ich bei mir, und übereilen wir uns nicht. Fischotter in unterseeischen Wäldern zu jagen, wie wir's auf der Insel Crespo gethan, geht noch an. Aber sich auf den Meeresgrund zu begeben, wenn man fast sicher ist, dort auf Haifische zu stoßen, ist doch etwas anderes! Ich weiß wohl, daß in manchen Ländern, besonders auf den Andamanen, die Neger bei der Hand sind, einen Dolch in einer Hand, eine Schlinge in der anderen, einen Haifisch anzugreifen, aber ich weiß auch, daß Viele, die keck genug sind, mit diesen furchtbaren Ungeheuern anzubinden, nicht mit dem Leben davon kommen! Uebrigens bin ich auch kein Neger, und wenn ich einer wäre, so würde, glaube ich, in diesem Falle eine leichte Bedenklichkeit meinerseits wohl an der Stelle sein.«

Ich stellte mir also in Gedanken die Haifische vor, ihre ungeheueren Kinnbacken mit vielen Reihen Zähnen, die einen Menschen mit einem Biß in zwei Theile zerlegen können. Da kam mir schon ein Schmerzfühl um die Lenden. Sodann wollte mir doch die Gleichgiltigkeit nicht behagen, womit der Kapitän diese leidige Einladung gemacht hatte! Hätte man nicht meinen sollen, es handle sich nur darum, in einem Buschwerk einen Fuchs zu prellen?

»Gut! dachte ich, Conseil wird sich nie entschließen mit zu gehen, und das wird mich beim Kapitän entschuldigen.«

In Beziehung auf Ned-Land, gestehe ich, fühlte ich mich nicht so sicher seiner Klugheit. Eine noch so große Gefahr hatte für seine kampffertige Natur stets einen Reiz.

Ich machte mich wieder an die Lectüre des Buches von Sier, aber ich blätterte nur mechanisch darin. Ich sah zwischen den Zeilen die fürchterlichen Kinnbacken aufgesperrt.

In diesem Augenblick traten Conseil und der Canadier ein, mit ruhiger, selbst heiterer Miene. Sie wußten nicht, was ihnen bevorstand.

»Meiner Treu', mein Herr, sagte Ned-Land zu mir, Ihr Kapitän Nemo – hol' ihn der Teufel – hat uns so eben einen sehr annehmlichen Vorschlag gemacht.

– Ah! sagt' ich, Sie wissen ...

– Nehmen Sie's nicht übel, mein Herr, erwiderte Conseil, der Kommandant des Nautilus hat uns eingeladen, morgen in Gesellschaft meines Herrn die prächtigen Fischereien von Ceylon zu besuchen. Er hat die Einladung in seinen Worten gemacht, und sich wie ein echter Gentleman benommen.

– Sonst hat er Euch nichts gesagt?

– Nein, mein Herr, erwiderte der Canadier, außer daß er von dem kleinen Ausflug mit Ihnen gesprochen habe.

– In der That, sagte ich. Und er hat Ihnen nichts besonderes gesagt über ...

– Nichts, Herr Naturforscher. Sie werden doch mit dabei sein, nicht wahr?

– Ich ... ohne Zweifel! Ich sehe, daß Sie Geschmack daran bekommen, Meister Land.

– Ja! 's ist merkwürdig, sehr merkwürdig.

– Gefährlich vielleicht! fügte ich mit schmeichelndem Tone bei.

– Gefährlich, erwiderte Ned-Land, ein bloßer Ausflug auf eine Austernbank!

ZWANZIGTAUSEND MEILEN UNTER'M MEER – ZWEITER BAND

Offenbar hatte der Kapitän Nemo für unzuträglich gehalten, den Gedanken an Haifische bei meinen Gefährten anzuregen. Ich sah sie mit besorgtem Auge an, als wenn ihnen schon ein Glied mangele. Sollte ich sie warnen? Ja gewiß, aber ich wußte nicht recht, wie es anzufangen.

»Wird mein Herr, sagte Conseil, die Güte haben, uns Näheres über die Perlenfischerei zu sagen?

– Ueber das Fischen selbst, fragte ich, oder über das, was dabei vorfallen ...

– Ueber das Fischen, versetzte der Canadier. Ehe man auf etwas eingeht, muß man den Grund kennen lernen.

– Nun denn! Setzen Sie sich nieder, meine Freunde, und ich will Ihnen mittheilen, was ich von dem Engländer Sier selbst so eben gelernt habe.«

Ned und Conseil setzen sich auf einen Divan, und zuerst sprach der Canadier zu mir:

»Mein Herr, was ist denn eigentlich eine Perle?

– Lieber Ned, erwiderte ich, für den Dichter ist die Perle eine Thräne des Meeres; für die Orientalen ein fest gewordener Thautropfen; für die Frauen ein längliches Kleinod von durchsichtigem Glanz und Perlmutterstoff, welches sie am Finger, Hals oder am Ohr tragen; für den Chemiker eine Mischung von phosphorsaurem und kohlensaurem Salz mit ein wenig Leim, und endlich für den Naturkundigen nur eine krankhafte Ausscheidung des Organes, welches bei einigen zweischaligen Muscheln die Perlmutter erzeugt.

– Abtheilung der Mollusken, sagte Conseil, Classe der Kopflosen, Ordnung der Schalthiere.

– Ganz richtig, gelehrter Conseil. Unter diesen Schalthieren nun sind alle die, welche Perlmutter ausscheiden, d. h. die blaue, bläuliche violette oder weiße Substanz, welche das Innere ihrer Schalen auskleidet, fähig Perlen zu erzeugen.

– Auch die Muscheln? fragte der Canadier.

– Ja die Muscheln einiger Bäche in Schottland, Wales, Irland, Sachsen, Böhmen, Frankreich.

– Gut! Das wird man sich merken, erwiderte der Canadier.

– Aber, fuhr ich fort, die Molluske, welche vorzugsweise Perlen absondert, ist die Perlen-Auster, *meleagrina Margaritifera*, die kostbare Perlmuttermuschel. Die Perle ist nur eine Perlmutterausscheidung, welche Kugelform annimmt. Entweder sitzt sie an der Schale fest, oder befindet sich als Verhärtung im Fleisch des Thieres frei. Zum Kern hat sie stets ein kleines hartes Körperchen, sei's ein unfruchtbares Eichen oder ein Sandkorn, um welches der Perlmutterstoff binnen einigen Jahren nach und nach in kleinen concentrischen Ringen sich absetzt.

– Finden sich mehrere Perlen in derselben Auster? fragte Conseil.

– Ja, lieber Junge. Es giebt Perlenmuscheln, die einen wahren Schrein bilden. Man hat sogar eine Auster angeführt, aber ich bin so frei es in Zweifel zu ziehen, die nicht minder als hundertundfünfzig Haifische enthielt.

– Hundertundfünfzig Haifische! rief Ned-Land aus.

– Hab' ich Haifische gesagt? versetzte ich lebhaft. Ich meine hundertundfünfzig Perlen. Haifische wäre ja sinnlos.

– Ja wohl, sagte Conseil. Will mein Herr uns nun lehren, wie man diese Perlen herausbekommt?

– Man verfährt auf verschiedene Weise, und oft, wenn die Perlen an den Schalen anhängen, reißen die Fischer sie mit den Zangen ab. Aber zumeist werden die Perlmuscheln über Matten von Pfrimmenkraut gebreitet, welche am Ufer liegen. So sterben sie in der freien Luft, und nach Verlauf von zehn Tagen befinden sie sich in einem befriedigenden Zustand von Fäulniß. Darauf thut man sie in ungeheure Behälter voll Meerwasser, öffnet und wäscht sie. Jetzt beginnt die doppelte Arbeit der Aussonderung. Zuerst lesen sie die Perlmutterblätter ab, welche in Kisten von hundertundfünfundzwanzig bis hundertundfünfzig Kilogramm geliefert werden. Nachher entfernen sie das Fleisch der Auster, sieben sie ab und sieben sie durch, um auch die kleinsten Perlchen heraus zu bekommen.

– Der Preis der Perlen richtet sich nach ihrer Größe? fragte Conseil.

– Nicht allein nach ihrer Größe, erwiderte ich, sondern auch nach ihrer Form, ihrem Wasser ihrer Farbe, und nach ihrem Orient, d. h. dem schillernden farbenreichen Glanz, welcher sie dem Auge so reizend macht. Die schönsten Perlen werden Jungfernperlen genannt; sie bilden sich vereinzelt im Fleisch der Molluske; sie sind weiß, oft undurchsichtig, doch manchmal auch durchsichtig, opalfarbig, und zumeist kugel- oder birnförmig. Die kugelrunden werden zu Armbändern verwendet, die birnförmigen zu Gehängen, und die kostbarsten werden nach dem Stück verkauft. Die anderen Perlen hängen an der Schale der Auster, und außergewöhnlich werden sie nach dem Gewicht verkauft. Endlich zur geringsten Sorte gehören die Sandperlen, die nach dem Maß verkauft und ganz besonders zu Stickereien auf kirchlichen Schmuck gebraucht werden.

– Aber das Aussondern der Perlen nach der Größe muß eine langwierige Arbeit sein, sagte der Canadier.

– Nein, mein Freund, sie geschieht vermittelst elf Sieben, welche eine verschiedene Anzahl Löcher haben. Die Perlen, welche in den Sieben mit zwanzig bis achtzig Löchern zurück bleiben, sind ersten Ranges; die bei hundert bis achthundert nicht durchfallen, bilden die zweite Sorte; für die dritte Sorte endlich, die Saatperlen, gebraucht man Siebe mit neunhundert bis tausend Löchern.

– Das ist sinnreich, sagte Conseil; ich sehe, daß hier das Classificiren mechanisch vor sich geht. Könnte uns mein Herr auch sagen, was die Ausbeutung der Perl-Austernbänke einträgt?

– Laut Sier's Buch sind die Fischereien Ceylons jährlich für die Summe von drei Millionen Haifische verpachtet.

– Franken! versetzte Conseil.

– Ja, Franken! Drei Millionen Franken wiederholte ich. Aber ich glaube, diese Fischereien tragen jetzt nicht mehr so viel ein, wie früher. Ebenso ist es mit den amerikanischen, die unter Karl V. vier Millionen Franken brachten, gegenwärtig auf zwei Drittheil herabgesunken sind. Im Ganzen kann man den allgemeinen Ertrag der Ausbeutung der Perlen auf neun Millionen Franken anschlagen.

– Aber, fragte Conseil, man führt ja doch einzelne Perlen von sehr hohem Preis an?

– Ja, Lieber. Man sagt, Cäsar habe der Servilia eine Perle überreicht, die nach heutiger Münze auf hundertundzwanzigtausend Franken geschätzt wurde.

– Ich habe, versetzte der Canadier, meiner Braut, Kat Tender – die übrigens einen Anderen geheiratet hat, ein Perlenhalsband gekauft, das kostete nur ein und einen halben Dollar, und doch – der Herr Professor kann mir's kecklich glauben – wären diese Perlen nicht durch ein Sieb mit zwanzig Löchern gegangen.

– Guter Ned, erwiderte ich lachend, das waren unechte Perlen, blos Glaskugeln, innen mit orientalischer Essenz bestrichen.

– Ach! diese Essenz, erwiderte Ned, muß theuer sein.

– Sie kostet soviel wie nichts. Es ist nur die silberweiße Substanz der Schuppen des Weißfisches die man im Wasser sammelt und in Salmiak aufhebt. Sie ist ganz werthlos.

– Vielleicht hat Kat Tender deshalb einen Anderen geheiratet, erwiderte Meister Land nachdenklich.

– Aber sagte ich, um auf den hohen Preis von Perlen zurück zu kommen, ich glaube nicht, daß je ein Fürst eine von höherem Werthe besaß, als die im Besitz des Kapitäns Nemo.

– Diese hier, sagte Conseil, und wies auf das prachtvolle Kleinod in seinem Glaskasten.

– Ich irre gewiß nicht, wenn ich ihren Werth auf zwei Millionen anschlage ...

– Franken! sagte Conseil lebhaft.

– Ja, sagte ich, zwei Millionen Franken, und ohne Zweifel hat sie den Kapitän nur die Mühe des Einsammelns gekostet.

– Ah! rief Ned-Land, könnten wir nicht morgen bei dem Ausflug eine gleiche finden?

– Bah! sagte Conseil.

– Und warum nicht?

– Was sollen an Bord des Nautilus Millionen uns nützen?

– An Bord nicht, sagte Ned-Land, aber ... sonst wo.

– O! sonst wo! versetzte Conseil mit Kopfschütteln.

– In der That, sagte ich, hat Ned-Land Recht. Und wenn wir jemals eine Perle von einigen Millionen Werth nach Europa oder Amerika bringen, so gäbe das mindestens ein starkes Beweismittel der Echtheit, und zugleich der Erzählung von unseren Abenteuern einen hohen Werth.

– Das glaub' ich wohl, sagte der Canadier.

– Aber, sagte Conseil, der stets auf das Belehrende bei den Dingen zurück kam, ist diese Perlenfischerei mit Gefahr verbunden?

– Nein, versetzte ich lebhaft, zumal bei einigen Vorsichtsmaßregeln.

– Was hat man bei dieser Arbeit zu riskiren? sagte Ned-Land, höchstens, daß man einige Schluck Seewasser zu verschlingen hat!

– So ist's, Ned. Beiläufig, fuhr ich fort, indem ich des Kapitäns Nemo leichten Ton anzunehmen suchte, fürchten Sie sich vor den Haifischen, wackerer Ned?

– Ich! erwiderte der Canadier, ein Harpunier von Profession! Es ist ja mein Geschäft, ihrer zu spotten!

– Es handelt sich nicht darum, sagte ich, sie mit einem Haken zu fangen, auf das Verdeck zu ziehen, ihnen den Schwanz abzuhauen, den Leib aufzuschlitzen und ihr Herz in's Meer zu werfen!

– Es handelt sich also ...?

– Ja, das ist's eben.

– Im Wasser?

– Ja, im Wasser.

– Meiner Treu', mit einer tüchtigen Harpune! Sie wissen, mein Herr, diese Haifische sind sehr ungeschlachte Thiere. Sie müssen sich umdrehen auf den Bauch, um nach Ihnen zu schnappen, und unterdessen ...

Ned-Land sprach das Wort »schnappen« auf eine Weise aus, daß es einem kalt über den Rücken lief.

»Nun, Conseil, was denkst Du von diesen Haifischen?

– Ich bin ganz auf der Seite meines Herrn.

– Das ist mir schon recht, dachte ich.

– Wenn mein Herr den Haifischen Trotz bietet, sagte Conseil, so sehe ich nicht ein, warum sein treuer Diener nicht mit dabei wäre!«

Drittes Capitel
Eine Perle von zehn Millionen

Die Nacht kam heran, ich legte mich zu Bette und schlief ziemlich schlecht. In meinen Träumen spielten die Haifische eine bedeutende Rolle.

Am folgenden Morgen weckte mich um vier Uhr der Steward, welchen der Kapitän Nemo besonders zu meinen Diensten bestellt hatte. Ich stand rasch auf, kleidete mich an und ging in den Salon.

Der Kapitän Nemo wartete schon auf mich.

»Herr Arronax, sagte er zu mir, sind Sie bereit zu gehen?

– Ja.

– Folgen Sie mir gefälligst.

– Und meine Gefährten, Kapitän?

– Sie sind schon in Kenntniß gesetzt, und erwarten uns.

– Werden wir nicht unsere Skaphander anziehen? fragte ich.

– Noch nicht. Ich habe den Nautilus jener Küste nicht zu nahe kommen lassen, und wir sind von der Bank von Manaar ziemlich weit ab in hoher See; aber ich habe unseren Nachen zurecht machen lassen, der uns genau an den Punkt bringen wird, wo wir ausschiffen werden, dadurch wird uns eine weite Ueberfahrt erspart. Er bringt unsere Tauchapparate mit, welche wir in dem Moment, wo diese unterseeische Untersuchung beginnt, anziehen werden.«

Der Kapitän Nemo führte mich zu der Mittelleiter, welche auf die Plattform führte. Ned und Conseil befanden sich schon da, voll Freude über »die Vergnügungspartie,« welche vorbereitet wurde. Fünf Matrosen des Nautilus warteten, die Ruder in der Hand, in dem Nachen, welcher mit einem Tau an Bord befestigt war.

Es war noch dunkle Nacht. Wolkenstreifen bedeckten den Himmel, und ließen nur hie und da Sterne erblicken. Ich wendete meinen Blick dem Lande zu, sah aber nur einen trüben Streifen, der drei Viertheil des Horizonts von Südwest nach Nordwest schloß. Der Nautilus, welcher während der Nacht die Westküste Ceylons hinauf gefahren war, befand sich im Westen der Bai, oder vielmehr des Golfs, welcher durch dieses Land und die Insel Menaar gebildet wird. Dort, unter düsterem Gewässer, befand sich die Perlmuschelbank, ein unerschöpfliches Feld, das über zwanzig Meilen weit sich erstreckt.

Der Kapitän Nemo nebst mir, Conseil und Ned-Land, wir saßen im hinteren Theile des Bootes; der Führer desselben stand beim Steuer, seine vier Genossen faßten ihre Ruder; das Bindseil wurde losgeknüpft und wir fuhren ab.

Das Boot steuerte in südlicher Richtung nicht sehr eilig. Ich beobachtete, daß die kräftig unter'm Wasser geführten Ruderschläge nur von zehn zu zehn Secunden auf einander folgten, nach der allgemein bei den Kriegsmarinen üblichen Weise. Ein leichtes Wogen von der offenen See her brachte das Boot in einiges Schwanken, und einiges Wellengeräusch lief ihm voran.

Wir verhielten uns schweigend. Worauf hafteten des Kapitäns Nemo sinnende Gedanken? Vielleicht bei dem Land, welchem er sich näherte, und das er allzu nahe fand, umgekehrt wie bei Ned, dem es noch allzu ferne vorkam. Conseil war in neugieriger Spannung.

Gegen halb sechs Uhr ließ die erste Färbung des Horizonts den oberen Streifen der Küste klarer erkennen. Ziemlich stach im Osten hob sie sich etwas nach dem Süden zu. Fünf Meilen war sie noch entfernt, und ihr Gestade zerfloß noch im nebeligen Gewässer. Das Meer zwischen uns war leer: kein Fahrzeug, kein Taucher zu sehen. Völlig verlassen war die Stelle, wo die Perlenfischer zusammen zu kommen pflegten. Wir kamen, wie der Kapitän Nemo mir bemerkt hatte, einen Monat zu früh in diese Gegend.

Um sechs Uhr ward's plötzlich Tag, so rasch, wie es den Tropengegenden eigenthümlich ist, wo man weder Dämmerung noch Morgenröthe kennt. Die Sonnenstrahlen drangen durch den Vorhang des über den Horizont zerstreuten Gewölkes, und das strahlende Gestirn stieg rasch empor.

ZWANZIGTAUSEND MEILEN UNTER'M MEER – ZWEITER BAND

Ich sah deutlich das Land mit hie und da zerstreuten Bäumen. Das Boot fuhr weiter auf die Insel Manaar zu, welche südlich sich abrundete. Der Kapitän Nemo war aufgestanden und beobachtete das Meer.

Auf ein gegebenes Zeichen ward der Anker hinabgelassen, der nicht viel zu sinken hatte; denn der Meeresgrund, welcher an dieser Stelle einen der höchsten Punkte der Perlenbank bildete, war nur ein Meter tief. Das Boot schwenkte sich sogleich der Ebbe gemäß, welche nach dem hohen Meer hin trieb.

»Nun sind wir an Ort und Stelle, Herr Arronax, sagte darauf der Kapitän Nemo. Sie sehen hier diese enge Bai. An dieser Stelle hier werden in einem Monat die zahlreichen Fischerbarken der Ausbeutenden sich einfinden, und in diesen Gewässern werden ihre Taucher mit kühner Ausdauer suchen. Diese Bai ist für diese Art Fischerei günstig gelegen und geeignet. Im Schutz vor den stärksten Winden ist das Meer da nie sehr unruhig, ein Umstand, welcher der Arbeit der Taucher sehr zu Statten kommt. Jetzt wollen wir unsere Skaphander anlegen und unseren Spaziergang vornehmen.«

Ich erwiderte nichts, und in stetem Hinblick auf diese verdächtigen Wogen fing ich an mit Hilfe der Bootsleute meine schwere Seekleidung anzuziehen. Der Kapitän Nemo und meine beiden Gefährten legten ebenfalls die Kleidung an. Von der Mannschaft des Nautilus durfte uns bei diesem Ausflug Niemand begleiten.

Bald steckten wir bis an den Hals in der Kautschukkleidung, und der Luftapparat war mit Bändern auf unseren Rücken befestigt. Vom Ruhmkorff'schen Apparat war keine Rede. Bevor ich meinen Kopf in die kupferne Kapsel steckte, bemerkte ich es dem Kapitän.

»Dieser Apparat würde uns nicht dienlich sein, erwiderte der Kapitän. Wir begeben uns in keine große Tiefe, und die Sonnenstrahlen werden schon ausreichen, unseren Weg zu beleuchten. Zudem ist's nicht klug, unter diese Gewässer eine elektrische Lampe mitzunehmen, weil deren heller Schein unversehens einen gefährlichen Bewohner dieser Meeresgegend herbeilocken könnte.«

Während der Kapitän diese Aeußerung machte, wendete ich mich um nach Conseil und Ned-Land. Aber diese beiden Freunde hatten scholl ihren Kopf in die metallene Kappe gesteckt, und sie konnten weder hören noch antworten.

Ich hatte noch eine letzte Frage an den Kapitän Nemo zu richten:

»Und unsere Waffen, fragte ich, unsere Gewehre?

– Gewehre! Wozu? Bekämpfen Ihre Gebirgsbewohner nicht den Bären mit dem Dolch in der Hand, und ist nicht der Stahl eine zuverlässigere Waffe, als das Blei? Hier ist eine gute Klinge, die stecken Sie in Ihren Gürtel, und nun vorwärts.«

Ich blickte auf meine Gefährten. Sie waren wie wir in Rüstung, und dazu schwang Ned-Land eine ungeheure Harpune, welche er, bevor' er den Nautilus verließ, in das Boot gelegt hatte.

Hierauf ließ ich mir, nach dem Beispiel des Kapitäns, den Kopf in die schwere Kupferkugel stecken, und unsere Luftbehälter wurden sofort in Thätigkeit gesetzt.

Alsbald darauf brachten die Bootsleute uns der Reihe nach aus dem Fahrzeug, und wir faßten anderthalb Meter tief Grund auf ebenem Sand. Der Kapitän Nemo winkte uns mit der Hand, wir folgten ihm und verschwanden auf sanft abhängigem Boden unter dem Gewässer.

Hier verließen mich die schlimmen Gedanken, welche meinen Kopf belagert hatten. Ich ward wieder zum Erstaunen ruhig. Die Leichtigkeit meiner Bewegungen hob mein Vertrauen, und das Fremdartige des Schauspiels fesselte meine Einbildungskraft.

Die Sonnenstrahlen brachten schon hinreichende Helle unter die Gewässer. Die geringsten Gegenstände waren erkennbar. Nachdem wir zehn Minuten weit gegangen, befanden wir uns in einer Tiefe von fünf Meter und der Boden wurde fast eben.

Unter unseren Tritten wurden, gleich Becassinen im Sumpf, Schwärme merkwürdiger Fische aufgescheucht, aus der Gattung der Einflosser, die außer am Schwanz sonst keine Flossen haben. Ich erkannte eine acht Decimeter lange Meerschlange mit blauschwarzem Bauch, die man leicht mit dem Meeraal verwechseln könnte, hätte nicht dieser goldfarbene Streifen an den Seiten. Von Deckfischen mit sehr plattem, ovalem Körper bemerkte ich Golddecken mit grellen Farben, die eßbar sind und ein vortreffliches Gericht liefern.

Inzwischen war die Sonne höher gestiegen und erleuchtete mehr und mehr die Masse der Gewässer. Der Boden änderte sich allmälig und an die Stelle des Sandes trat eins ordentliche Straße mit runden Felsstücken, überkleidet mit einem Teppich von Mollusken und Zoophyten. Mitten unter diesen lebendigen Pflanzen und unter den Wölbungen von Wassergewächsen liefen Legionen unbeholfener Gliederthiere, zum Theil häßlich anzusehen. So stieß ich mehrmals auf den enormen, von Darwin beobachteten Meerkrebs, welchem die Natur die erforderliche Kraft und den Instinct gegeben hat, um sich von Cocosnüssen zu nähren. Er klettert am Ufer an den Bäumen hinauf, wirft die Nuß herab, welche beim Fallen zerbricht, worauf er sie mit seinen ungeheueren Scheeren öffnet. Hier unter den klaren Fluthen bewegte sich die Krabbe mit einer Behendigkeit ohne Gleichen.

Gegen sieben Uhr beschritten wir endlich die Perlmuschelbank, worauf Perlenaustern zu Millionen erzeugt werden. Diese kostbaren Mollusken waren durch braunen Byssus fest angeheftet, so daß sie ihre Stelle nicht wechseln konnten. Die Muscheln sind rund, haben dicke, sehr runzelige Schalen, beide von fast gleicher Größe. Manche waren mit grünlichen, von oben herablaufenden Streifen geziert; sie gehörten jungen Austern. Die anderen mit rauher und schwarzer Oberfläche, zehn Jahre alt oder noch älter, waren bis zu fünfzehn Centimeter breit.

Der Kapitän Nemo zeigte mir mit der Hand diese erstaunlich reich aufgeschichtete Masse von Perlmuscheln, und es war mir begreiflich, daß diese Fundgrube wahrhaft unerschöpflich ist. – Ned-Land beeilte sich, mit den schönsten Mollusken ein Garn zu füllen, das er an der Seite hängen hatte.

Aber wir konnten uns nicht aufhalten. Wir mußten dem Kapitän folgen, der auf ihm bekannten Pfaden zu gehen schien. Der Boden wurde allmälig wieder höher, und manchmal reichte mein Arm, wann ich ihn aufhob, über den Meeresspiegel heraus. Nachher wurde die Bank wieder niedriger; wir stießen auf hohe, zugespitzte Felsen, aus deren dunkeln Schlupfwinkeln ungestaltete Schalthiere mit starren Augen uns anblickten.

In diesem Augenblicke öffnete sich vor unseren Augen eine ungeheure Grotte zwischen malerisch gethürmten Felsen, die mit allem Schmuck der unterseeischen Flora geziert waren. Dieselbe kam mir anfangs ganz dunkel vor, die Sonnenstrahlen schienen darin allmälig zu erlöschen.

Der Kapitän Nemo trat in dieselbe ein; wir nach ihm. Meine Augen gewöhnten sich bald an das verhältnißmäßige Dunkel. Wir befanden uns unter einem Gewölbe, das von natürlichen Pfeilern getragen wurde, die gleich den schwerfälligen Säulen toscanischer Architektur auf breiter Granitbasis ruhten. Weshalb zog uns unser räthselhafter Führer in's Innere dieser unterseeischen Grotte? Wir solltens bald erfahren.

Nachdem wir einen ziemlich steilen Abhang hinabgestiegen waren, betraten wir den Boden einer Art kreisrunden Schachtes. Der Kapitän Nemo blieb stehen und wies mit der Hand auf einen Gegenstand, den ich noch gar nicht einmal wahrgenommen hatte.

Es war eine Auster von außerordentlicher Größe, eine Riesen-Tridacne, ein Weihkessel, der einen See von Weihwasser faßte, ein Becken, das mehr wie zwei Meter groß war, und folglich größer als dasjenige, welches den Salon des Nautilus zierte.

Ich näherte mich der phänomenalen Molluske. Sie war mit ihrem Byssus an eine Granitplatte befestigt, und entwickelte sich da abgesondert im ruhigen Wasser der Grotte. Ich schätzte ihr Gewicht auf dreihundert Kilogramm. Eine solche Auster enthält fünfzehn Kilo Fleisch, und es gehörte wohl ein Riesenmagen dazu, einige Dutzend solcher Austern zu verschlingen.

Der Kapitän Nemo war ohne Zweifel schon mit dem Dasein dieses Schalthieres bekannt, und besuchte es nicht jetzt zum ersten Male, und ich dachte, er wolle, indem er uns dahin führte, uns nur eine Naturmerkwürdigkeit zeigen. Ich irrte mich. Der Kapitän hatte ein besonderes Interesse, sich von dem gegenwärtigen Zustand des Thieres zu überzeugen.

Die beiden Schalen der Molluske waren ein wenig geöffnet. Der Kapitän näherte sich und steckte seinen Dolch zwischen die

Schalen, um sie zu hindern, sich wieder zu schließen; dann hob er mit der Hand die häutige und bekränzte Umhüllung auf, welche das Thier wie ein Mantel bedeckte.

Hier sah ich zwischen blätterigen Falten eine freiliegende Perle von der Größe einer Cocosnuß. Ihre kugelrunde Form, vollkommene Klarheit, ihr bewundernswerthes Wasser machte sie zu einem Kleinod von unschätzbarem Werth. Voll Neugierde streckte ich die Hand aus, um sie zu fassen, zu betasten; aber der Kapitän hielt mich zurück, machte ein verneinendes Zeichen, und zog rasch seinen Dolch heraus, daß die Schalen sich wieder schlössen.

Ich begriff die Absicht des Kapitäns. Er wollte die Perle in ihrer Umhüllung allmälig größer werden lassen, indem das Thier jedes Jahr durch fortgesetzte Absonderung neue concentrische Schichten zufügte. Dem Kapitän Nemo allein war die Grotte bekannt, wo diese staunenswerthe Frucht der Natur »reif wurde«; er allein zog sie so gewissermaßen groß, um ihr eines Tages in seinem Museum ihren Platz anzuweisen. Vielleicht hatte er sogar, nach dem Beispiel der Chinesen und Indier, die Bildung dieser Perle hervorgerufen, indem er ein Stückchen Glas oder Metall zwischen die Falten der Molluske schob, das sich allmälig mit dem Perlmutterstoff bedeckte. Jedenfalls, verglich ich diese Perle mit den mir bereits bekannten, mit denen, welche in der Sammlung des Kapitäns glänzten, so schätzte ich ihren Werth auf mindestens zehn Millionen Franken. Eine prachtvolle Naturmerkwürdigkeit, kein persönlicher Schmuck, denn welche Frauenohren hatten diese Perle tragen können?

Als der Besuch bei der stattlichen Tridacne abgestattet war, verließ der Kapitän Nemo die Grotte, und wir begaben uns wieder auf die Muschelbank inmitten des klaren, von dem Werk der Taucher noch nicht getrübten Wassers.

Wir gingen einzeln, indem Jeder nach Belieben stehen blieb oder sich entfernte. Ich hatte nicht die geringste Angst vor den Gefahren, welche meine Phantasie so lächerlich übertrieben hatte. Die Bodenerhebung zog sich merklich der Meeresoberfläche zu, und bald war mein Kopf nur noch einen Meter von derselben entfernt. Conseil kam zu mir und grüßte mich freundlich, indem er sein dickes Kopfgehäuse an das meinige hielt.

Aber diese hohe Stelle, war nur einige Toisen groß, und bald kamen wir wieder abwärts in unser Element.

Zehn Minuten später blieb der Kapitän Nemo plötzlich stehen. Ich glaubte, er wolle wieder umkehren. Nein. Mit einem Wink befahl er, an seiner Seite in einer Krümmung uns auf den Boden zu ducken. Er wies mit der Hand auf einen Punkt hin, und ich schaute aufmerksam.

In einer Entfernung von fünf Meter zeigte sich ein Schatten, und kam bis zum Boden herab. Es fuhr mir der ängstliche Gedanke an Haifische durch den Kopf. Aber ich irrte mich, und diesmal noch hatten wir es nicht mit Seeungeheuern zu thun.

Es war ein Mensch, ein leibhaftiger Mann, ein Indier, ein Schwarzer, wohl ein armer Teufel, der die Absicht hatte, vor der Ernte eine Nachlese zu halten. Ich bemerkte, wie sein Canot, das einige Fuß über seinem Kopf ankerte, ihm als Rückhalt diente. Von da aus tauchte er unter, kehrte dahin zurück. Ein gleich einem Zuckerhut zugehauener Stein, den er mit dem Fuß festhielt, und der mit einem Strick an sein Boot befestigt war, beförderte sein rascheres Hinabsteigen. Darin bestand sein ganzer Apparat. Sowie er, etwa fünf Meter tief, auf den Grund kam, fiel er auf die Kniee und füllte seinen Sack mit rasch zusammengerafften Muscheln. Dann eilte er wieder hinauf, leerte seinen Sack aus, zog seinen Stein nach, und wiederholte seine Verrichtung, die nur dreißig Secunden dauerte.

Der Taucher sah uns nicht; wir waren durch den Schatten des Felsen seinen Blicken entzogen. Und wie hätte auch der arme Kerl sich denken können, daß Menschen dort unter den Gewässern sich befänden, die seine Bewegungen belauerten, seine Arbeit genau beobachteten!

So tauchte er öfters auf und ab. Mehr wie ein Dutzend Muscheln bekam er bei einem Tauchen nicht, denn er mußte sie von der Bank, wo sie mit ihrem starken Byssus befestigt waren, losreißen. Und wie viele Muscheln waren ohne Perlen, für die er sein Leben wagte!

Ich sah ihm mit gespannter Aufmerksamkeit zu. Er verrichtete sein Geschäft regelmäßig, und eine halbe Stunde lang schien ihn keine Gefahr zu bedrohen. Das Schauspiel dieser Fischerei war mir interessant. Da auf einmal, als der Indier eben auf dem Boden kniete, sah ich ihn mit Entsetzen aufspringen und sich aufwärts schwingen zur Rückkehr an die Oberfläche.

Ich erkannte bald den Grund seines Schreckens. Ein riesenmäßiger Schatten zeigte sich über dem unglücklichen Taucher. Es war ein Hai erster Größe, der mit feurigen Augen, offenem Rachen schräg herbeischoß!

Ich starrte stumm vor Schrecken, unfähig mich zu regen.

Das gefräßige Thier stürzte mit einem kräftigen Schlag seiner Flossen auf den Indier, der zwar dem Biß des Ungethüms seitwärts auswich, aber von seinem Schwanz auf die Brust getroffen zu Boden fiel.

Diese Scene dauerte kaum einige Secunden. Der Hai kam wieder, legte sich auf den Rücken und schickte sich an, den Indier zu zerfleischen, als der Kapitän Nemo, welcher neben mir kauerte, plötzlich aufsprang. Den Dolch in der Hand ging er gerade auf das Ungeheuer los, um es im Kampf mit ihm aufzunehmen.

Im Augenblick, als der Hai im Begriff war, nach dem unglücklichen Fischer zu schnappen, gewahrte er seinen neuen Gegner, legte sich wieder um auf den Bauch und schoß auf ihn los.

Der Kapitän Nemo nahm seine Stellung. Rückwärts gebogen erwartete er mit staunenswerther Kaltblütigkeit das fürchterliche Thier, und als dieses auf ihn zustürzte, bog er sich mit wunderbarer Behendigkeit seitwärts, wich dem Stoß aus und bohrte ihm seinen Dolch in den Bauch. Aber damit war's noch nicht aus. Es entspann sich ein furchtbarer Kampf. Der Haifisch wurde wüthend. Das Blut strömte aus seinen Wunden, das Meer färbte sich roth, und ich konnte in dem dunkeln Schein nichts mehr sehen.

Nichts mehr, bis zu dem Moment, wo ich durch eine lichte Stelle den kühnen Kapitän im Zweikampf mit dem Ungeheuer begriffen erblickte. Angeklammert an eine der Flossen des Thieres, bearbeitete er den Bauch seines Gegners mit Dolchstößen, ohne jedoch durch einen Stich in's Herz die Entscheidung geben zu können. Der wüthend zappelnde Hai regte die Wassermasse dergestalt auf, daß der Wogenwirbel mich hinzuwerfen drohte.

Ich hätte dem Kapitän zu Hilfe eilen mögen; aber vor Schrecken starr, vermochte ich mich nicht zu regen.

Ich blickte mit verstörten Augen hin, sah die Erfolge des Kampfes schwanken. Der Kapitän fiel zu Boden, von der Wucht der enormen Masse über ihm niedergedrückt. Der Rachen des Ungethüms öffnete sich über die Maßen weit gleich der Blechscheere eines Hüttenwerkes, und es war um den Kapitän geschehen, wäre nicht, flink wie ein Gedanke, Ned-Land mit seiner Harpune auf den Hai gestürzt, um ihm den Todesstoß zu versetzen.

Die Wogen mischten sich mit dem massenweis strömenden Blut; sie geriethen durch die Schläge des mit unbeschreiblicher Wuth sich bewegenden Thieres in heftige Aufregung. Ned-Land hatte sein Ziel nicht verfehlt; das Todesröcheln des Ungeheuers trat ein. In's Herz getroffen zappelte es in fürchterlichen Zuckungen, so daß Conseil durch den Gegenstoß zu Boden geworfen wurde.

Inzwischen hatte Ned-Land den Kapitän frei gemacht. Dieser stand unverletzt auf, ging stracks auf den Indier zu, schnitt rasch den Strick entzwei, womit er an seinen Stein gebunden war, nahm ihn in seine Arme und versetzte ihm einen kräftigen Tritt mit der Ferse, wodurch er zur Oberfläche des Meeres empor kam.

Wir Drei folgten ihm nach, und wie durch ein Wunder gerettet erreichten wir in einigen Augenblicken die Fischerbarke.

Der Kapitän Nemo war vor allem darauf bedacht, den Unglücklichen wieder in's Leben zu rufen. Ob's gelingen würde, stand dahin. Man konnte es hoffen, da der arme Teufel nicht lange unter Wasser gewesen war. Aber der Hai konnte ihm mit seinem Schwanz einen Streich versetzt haben, der tödtlich war.

Glücklicherweise war dem nicht so, und das kräftige Reiben Conseil's und des Kapitäns brachte es allmälig dahin, daß der Ertrunkene wieder zum Bewußtsein kam. Er schlug die Augen auf. Wie mußte er überrascht, ja erschrocken sein, als er die vier dicken Kupferköpfe über sich gebeugt sah!

Und was mußte er gar denken, als der Kapitän Nemo ein Säckchen voll Perlen aus der Tasche zog und es ihm in die Hand drückte? Dieses hochherzige Almosen des Mannes der Gewässer wurde von dem armen Indier Ceylons mit zitternder Hand angenommen. Seine scheuen Blicke gaben übrigens zu erkennen, daß er nicht wußte, welchen übermenschlichen Wesen er Leben und Glück verdankte. Auf ein Zeichen des Kapitäns begaben wir uns wieder zu der Perlmuschelbank, und indem wir denselben Weg einschlugen, welchen wir gemacht hatten, gelangten wir nach einer halben Stunde zu dem Anker, woran das Boot des Nautilus befestigt war.

Sobald wir uns in dem Fahrzeug befanden, entledigten wir uns mit Hilfe der Bootsleute der schweren Bepanzerung.

Der Kapitän Nemo richtete sein erstes Wort an den Canadier.

»Dank, Meister Land, sprach er zu ihm.

– Es ist eine Vergeltung gewesen, Kapitän, erwiderte Ned-Land, und meine Schuldigkeit.«

Ein bleiches Lächeln auf den Lippen des Kapitäns, das war Alles.

»Zum Nautilus,« sprach er.

Das Boot flog rasch über die Wellen. Nach einigen Minuten stießen wir auf den todten Haifisch, der auf der Oberfläche schwamm.

An der schwarzen Farbe der Spitzen seiner Flossen erkannte ich den furchtbaren Schwarzflosser des Indischen Meeres, der zur Gattung der eigentlichen Haifische zählt. Er war über fünfundzwanzig Fuß lang; sein entsetzlich großes Maul machte den dritten Theil seines Körpers aus. Er war ausgewachsen, was an den sechs Reihen Zähnen zu erkennen war, welche in gleichschenkeligen Dreiecken auf der oberen Kinnlade saßen.

Conseil betrachtete ihn mit rein wissenschaftlichem Interesse, und ich bin überzeugt, daß er ihn unter den Knorpelfischen richtig zu classificiren verstand.

Während ich diese träge Masse betrachtete, zeigte sich ein Dutzend dieser gefräßigen Schwarzflosser plötzlich rings um das Boot herum; doch ohne sich um uns zu bekümmern, fielen sie über den Leichnam her und stritten sich um seine Fetzen.

Um halb neun Uhr befanden wir uns wieder an Bord des Nautilus.

Hier überließ ich mich meinen Gedanken über die Vorfälle bei unserem Ausflug zur Bank von Manaar. Zwei Bemerkungen drängten sich mir dabei unwillkürlich auf. Die eine betraf die unvergleichliche Kühnheit des Kapitäns Nemo, die andere seine aufopfernde Hingebung für ein menschliches Wesen, einen Repräsentanten der Race, vor welcher er sich unter das Meer flüchtete. Was er auch darüber sagen mochte, dieser seltsame Mann hatte es noch nicht dahin gebracht, sein Menschenherz ganz zu vernichten.

Als ich ihm diese Bemerkung machte, antwortete er mir mit etwas gerührtem Ton:

»Dieser Indier, Herr Professor, ist Bewohner eines Landes von Unterdrückten, und ich bin noch, und werde es bis zu meinem letzten Athemzug sein, diesem Lande angehörig.«

Viertes Capitel
Das Rothe Meer

Während des 29. Januar verschwand die Insel Ceylon unter'm Horizont, und der Nautilus, mit einer Geschwindigkeit von zwanzig Meilen in der Stunde, bewegte sich vorsichtig in dem Labyrinth von Kanälen, welche die Malediven von den Lakadiven trennen. Er fuhr selbst längs der Insel Kittan, die von madreporischem Ursprung, von Vasco de Gama im Jahre 1499 entdeckt, eine der neunzehn Hauptinseln dieses Archipels der Lakadiven, unter'm 10° und 14° 30' nördlicher Breite, und 69° bis 50° 72' östlicher Länge liegt.

Wir hatten damals sechzehntausendzweihundert Meilen, oder siebentausendfünfhundert Lieues seit unserer Abfahrt im Japanischen Meer zurück gelegt.

Am folgenden Tage, den 30. Januar, als sich der Nautilus wieder auf die Oberfläche des Oceans erhob, hatte er kein Land mehr in Sicht. Er fuhr nord-nord-westlich in der Richtung des Meeres von Oman, welches zwischen Arabien und der Indischen Halbinsel den Eingang zum Persischen Golf bildet.

Von hier aus war es nicht möglich weiter zu fahren. Wohin führte uns der Kapitän Nemo? Ich hätte es nicht sagen können. Das konnte den Canadier nicht befriedigen, welcher die Frage aufwarf.

»Wir fahren, Meister Ned, wohin das Belieben des Kapitäns uns führt.

– Dies Belieben kann hier hinaus nicht weit führen. Der Persische Golf hat keinen Ausgang, und wenn wir hinein fahren, müssen wir bald wieder denselben Weg zurück machen.

– Nun, so werden wir wieder rückwärts fahren, Meister Land, und wenn der Nautilus nach dem Persischen Golf dem Rothen Meer einen Besuch abstatten will, so ist die Straße von Babel-Mandeb nicht fern, um in derselben einzufahren.

– Ich brauche Sie es nicht zu lehren, mein Herr, erwiderte Ned-Land, daß das Rothe Meer ebenso wie der Golf geschlossen ist, da der Isthmus von Suez noch nicht durchstochen ist und, wäre er es, ein so geheimnißvolles Fahrzeug, wie das unserige, nicht in einen Kanal mit Schleußen sich wagen würde. Demnach ist das Rothe Meer noch nicht der Weg, uns nach Europa zu führen.

– Ich hab' auch nicht gesagt, wir würden nach Europa zurück fahren.

– Was vermuthen Sie denn?

– Ich vermuthe, daß der Nautilus nach einem Besuch in den merkwürdigen Gegenden von Arabien und Aegypten, sich wieder in den Indischen Ocean begeben wird, vielleicht durch den Kanal von Mozambique, vielleicht in hoher See bei den Mascarenen zu dem Cap der guten Hoffnung.

– Und sind wir am Cap der guten Hoffnung? fragte der Canadier besonders dringlich.

– Nun, so werden wir in den Atlantischen Ocean fahren, den wir noch nicht kennen. Ei! Freund Ned, diese Reise unter'm Meer ist Ihnen wohl langweilig? Sie sind also gleichgiltig gegen den unaufhörlich wechselnden Anblick der unterseeischen Wunder? Mir an meinem Theile würde es sehr leid sein, wenn diese Reise, welche zu machen wenig Menschen vergönnt ist, schon zu Ende wäre.

– Aber wissen Sie, Herr Arronax, erwiderte der Canadier, daß wir nun seit beinahe drei Monaten an Bord des Nautilus Gefangene sind?

– Nein, Ned, ich weiß es nicht, will's auch nicht wissen, und ich zähle weder die Tage noch die Stunden.

– Aber was soll daraus am Ende werden?

– Das wird sich seiner Zeit zeigen. Uebrigens können wir dabei nichts ab- oder zuthun, und es ist fruchtlos darüber hin- und her zu reden. Kämen Sie, wackerer Ned, und sagten mir: »Da ist eine Aussicht zu entkommen,« so würde ich mit Ihnen es besprechen. Aber dieser Fall liegt nicht vor, und offen zu reden, ich glaube nicht, daß der Kapitän Nemo sich jemals in die europäischen Meere wagen wird.«

Man sieht, ich war dem Nautilus schon so befreundet, als steckte ich in der Haut seines Commandanten.

Ned sprach zu sich selber: »Das ist alles schön und gut, aber ich meine doch, wo Zwang ist, hört das Vergnügen auf.«

Vier Tage lang, bis zum 3. Februar, befand sich der Nautilus im Meer von Oman, mit verschiedener Schnelligkeit und in verschiedener Tiefe. Es schien, als fahre er auf's Gerathewohl, als habe er über die Fahrt geschwankt; doch kam er nicht über den Wendekreis des Krebses hinaus.

Indem wir dieses Meer verließen, bekamen wir einen Augenblick Mascat zu sehen, die bedeutendste Stadt im Lande Oman. Ich bewunderte ihr seltsames Aussehen, mitten in einer Umgebung schwarzer Felsen weiße Häuser und Festungswerke in grellem Abstich. Ich sah die runden Kuppeln ihrer Moscheen, mit den schlanken Spitzen ihrer Minarets, ihren Terrassen in frischem Grün. Aber es war nur ein Gesicht meiner Phantasie, denn der Nautilus tauchte bald unter die dunkeln Wellen dieser Gegenden.

Hierauf fuhr er in einer Entfernung von sechs Meilen längs der arabischen Küsten von Mahra und Hadramaut und dessen wellenförmiger Gebirgsreihe mit einigen alten Ruinen. Am 5. Februar liefen wir endlich in den Golf von Aden ein, der einem Trichter gleicht im Hals von Babel-Mandeb, um die Indischen Gewässer in's Rothe Meer zu gießen.

Am 6. Februar schwamm der Nautilus im Angesicht Adens, welches auf der Spitze eines Vorgebirges liegt, das durch eine schmale Landenge mit dem Festland zusammenhängt, eine Art von unzugänglichem Gibraltar, dessen Befestigungswerke die Engländer, nachdem sie sich ihrer im Jahre 1839 bemächtigt hatten, wieder hergestellt und verstärkt haben. Ich sah die achtseitigen Minarets dieser Stadt, welche einst, wie der Geschichtschreiber Edrisi berichtet, der reichste und belebteste Stapelplatz der Küste war.

Ich glaubte wohl, der Kapitän Nemo werde, nachdem wir so weit gekommen, zurückkehren, aber ich irrte, und zu meiner großer Ueberraschung war es anders.

Am folgenden Tage, den 7. Februar, fuhren wir in die Straße Babel-Mandeb ein. Dieselbe ist bei einer Breite von zwanzig Meilen nur zweiundfünfzig Kilometer lang, so daß der Nautilus bei Schnellfahrt sie binnen einer Stunde zurücklegte. Aber ich bekam nichts zu sehen, nicht einmal die Insel Parim, welche die englische Regierung zur Verstärkung des Platzes befestigt hat. Es fuhren zu viele englische oder französische Dampfboote der Linien Suez-Bombay, Calcutta, Melbourne, Bourbon, St. Moritz die enge Fahrstraße, als daß der Nautilus sich zu zeigen gewagt hätte. Auch hielt er sich vorsichtig in einiger Tiefe.

Endlich, zu Mittag, fuhren wir auf den Wogen des Rothen Meeres.

Das durch die Ueberlieferungen der Bibel berühmte Rothe Meer wird durch keinen Regen erfrischt, von keinem erheblichen Fluß bespült, durch eine übermäßige Verdunstung unaufhörlich ausgepumpt, so daß es jährlich eine Schicht Wasser von anderthalb Meter einbüßt. Wäre der merkwürdige Golf geschlossen und in den Verhältnissen eines See's, so wäre er vielleicht bereits völlig ausgetrocknet; es ist mit ihm anders, als mit dem Caspischen Meer, dessen Niveau gerade nur um so viel gesunken ist, daß die Ausdünstung und der Zufluß sich aufwiegen.

Dieses Rothe Meer ist zweitausendsechshundert Kilometer lang, bei einer durchschnittlichen Breite von zweihundertundvierzig. Zur Zeit der Ptolemäer und der römischen Kaiser war es die Hauptstraße des Welthandels und die Durchstechung des Isthmus von Suez wird ihm diese Bedeutung wieder geben, welche durch die Eisenbahnen bereits zum Theil wieder gewonnen ist.

Es war mir gar nicht darum zu thun, über die Laune des Kapitäns Nemo zu grübeln, daß er uns in diesen Golf führte; aber ich billigte unverholen, daß der Nautilus hineinfuhr. Er hielt sich bei einer mittleren Geschwindigkeit bald auf der Oberfläche, bald tauchte er, um einem Schiff auszuweichen, unter, und ich konnte also das merkwürdige Meer in seiner Tiefe und auf seiner Oberfläche beobachten.

Am 8. Februar in den ersten Morgenstunden hatten wir Mocca im Angesicht, eine jetzt verfallene Stadt, deren Mauern schon durch den Kanonendonner zusammenstürzen, und die hier und da von einigen grünen Dattelbäumen beschattet ist. Zur Zeit ihrer früheren Bedeutung hatte sie sechs öffentliche Märkte, sechsundzwanzig Moscheen, und ihre mit vierzehn Forts versehenen Mauern hatten einen Umfang von drei Kilometer.

Darauf näherte sich der Nautilus den afrikanischen Küsten, wo das Meer bedeutend tiefer ist. Hier, wo das Wasser in einiger Tiefe durchsichtig wie Krystall ist, ließ er uns bei geöffneten Läden merkwürdiges Gebüsch glänzender Korallen betrachten, und ungeheure Felswände, die mit einem glänzenden Teppich von Tang und Algen bedeckt waren. Welch unbeschreiblicher Anblick, welch mannichfaltiger Wechsel von Landschaften und Gegenden beim Vorbeifahren an diesen Klippen und vulkanischen Eilanden, welche die lybischen Küsten besäumen! Aber an dem östlichen Gestade, wohin der Nautilus sich alsbald wendete, zeigte sich der Baumwuchs in seiner vollen Schönheit. Welch reizende Stunden brachte ich so an dem Fenster des Salon hin! Wie hatte ich da nur Musterstücke der unterseeischen Flora und Fauna beim Licht unserer elektrischen Leuchte zu bewundern! Außer diesen Prachtstücken konnte ich unzählige Arten eines bisher noch nicht von mir beobachteten Polypengeschöpfs betrachten, des gewöhnlichen Schwammes.

Der Schwamm gehört nicht dem Pflanzenreich an, wie noch manche Naturforscher annehmen, sondern ist ein Thier der letzten Ordnung, ein Polypengeschöpf, das noch niedriger steht, als die Koralle. Seine Eigenschaft als Thier ist nicht zu bezweifeln, und man kann auch nicht die Ansicht der Alten gelten lassen, die ihn als ein Geschöpf ansahen, das in der Mitte zwischen Pflanzen und Thier den Uebergang bilde. Doch muß ich beifügen, daß die Naturforscher über die Art der Organisation des Schwammes nicht einig sind. Die Einen nehmen ihn als ein Gesellschaftsthier, die Andern, wie Milne Edwards, für ein alleinbestehendes einheitliches Individuum.

Die Classe der Schwammthiere enthält ungefähr dreihundert Arten, welche in vielen Meeren, und selbst in einigen Flüssen sich finden. Vorzugsweise sind sie in den Gewässern des Mittelländischen Meeres, dem griechischen Archipel, an den Küsten Syriens und des Rothen Meeres. Da wachsen die feinen, weichen Schwämme, deren Werth bis auf hundertundfünfzig Franken steigt, der blonde Schwamm Syriens, der harte Schwamm der

Barbarei. Aber weil ich keine Aussicht hatte, sie in der Levante zu studiren, so begnügte ich mich, sie in den Gewässern des Rothen Meeres zu beobachten.

Ich rief daher Conseil zu mir, während der Nautilus bei einer durchschnittlichen Tiefe von acht bis neun Meter langsam an allen schönen Felsen der orientalischen Küste vorüberfuhr.

Da wuchsen Schwämme von allen Formen, gestielte, blattförmige, kugelrunde, gefingerte, welche ziemlich genau den Namen entsprachen, welche die Fischer ihnen beilegen, nämlich Körbe, Kelche, Spindeln, Elendshorn, Löwenfuß, Pfauenschweif, Neptunshandschuhe. Aus ihrem faserigen, mit einer gallertartigen, halbflüssigen Substanz gefüllten Gewebe, träufelten unablässig kleine Wassertröpfchen, welche, nachdem sie jedes Zellchen belebt hatten, durch eine zusammenziehende Bewegung daraus ausgestoßen werden. Diese Substanz verschwindet nach dem Tode des Polypen, und verfault, indem sie Salmiak entwickelt. Dann bleiben nur diese horn- oder gallertartigen Gewebe, woraus der Hausschwamm besteht, der eine röthliche Farbe bekommt, und nach dem verschiedenen Grade seiner Elasticität, Durchdringlichkeit oder Sprödigkeit beim Einweichen zu verschiedenem Gebrauch verwendet wird.

Diese Polypengebilde saßen fest an Felsen, Muscheln von Mollusken, selbst an Stielen von Wasserpflanzen, und zwar bis in die kleinsten Spalten hinein, sich ausbreitend, bald aufwärts, bald abwärts gerichtet, wie korallenartige Auswüchse. Ich belehrte Conseil, daß diese Schwämme auf zwei Arten gefischt würden, mit dem Kratzgarn und mit der Hand. Dieses letztere Verfahren, welches Taucher erforderlich macht, ist vorzuziehen, weil sie weit höher an Werth sind, wenn das Gewebe, so wie es gewachsen ist, geschont wird.

Die anderen Zoophyten, welche neben den Schwammgebilden in Menge sproßten, bestanden hauptsächlich in einer sehr zierlichen Art Medusen; die Mollusken waren durch eine besondere Art Kalmar vertreten, welche nach d'Orbigny dem Rothen Meere eigenthümlich sind; und die Reptilien durch eine Schildkrötenart, die unserer Tafel ein gesundes und schmackhaftes Gericht lieferte.

ZWANZIGTAUSEND MEILEN UNTER'M MEER – ZWEITER BAND

Die Fische waren zahlreich und oft merkwürdig. Von den in unseren Garnen gefangenen hebe ich hervor: Rochen von eiförmiger Gestalt und ziegelsteinfarbig mit blauen Flecken am Leib und einem doppelten gezahnten Stachel; Stechrochen mit getüpfeltem Schwanz; Dromedarbeinfische mit einem Buckel, der in einem rückwärts gebogenen Stachel endigt; Schlangenfische, echte Muränen mit silbernem Schwanz, bläulichem Rücken, braunen graubordirten Brustflossen; Streifdecken mit geraden Goldstreifen und den drei Farben Frankreichs geziert; Trichterfische u. a.

Am 9. Februar fuhr der Nautilus an der weitesten Stelle des Rothen Meeres, zwischen Suakin an der Westküste und Quonfodah an der östlichen, wo der Durchmesser hundertneunzig Meilen beträgt.

An diesem Tage, zur Mittagsstunde, kam der Kapitän Nemo auf die Plattform, wo ich bereits mich befand. Ich nahm mir vor, ihn nicht wieder hinabgehen zu lassen, ohne ihn wenigstens über seine weiteren Pläne ausgeforscht zu haben. Er kam, sowie er mich bemerkte, gleich auf mich zu, bot mir freundlich eine Cigarre an, und sprach zu mir:

»Nun, Herr Professor, gefällt Ihnen dieses Rothe Meer? Haben Sie seine Wunder schon recht beobachtet, seine Fische und Zoophyten, Schwämme und Korallenwälder? Haben Sie auch die Städte an seinen Ufern angesehen?

– Ja, Kapitän Nemo, erwiderte ich, und der Nautilus hat sich diesem Studium zum Erstaunen willig gezeigt. Ach! 's ist ein verständiges Fahrzeug.

– Ja, mein Herr, verständig, kühn und unverwundbar! Es scheut weder die fürchterlichen Stürme des Rothen Meeres, noch seine Strömung, noch seine Klippen.

– In der That, sagte ich, ist dieses Meer als sehr schlimm verrufen, und irre ich nicht, im Alterthum als abscheulich.

– Ja wohl, Herr Arronax. Die griechischen und lateinischen Geschichtschreiber reden nicht günstig von ihm. Der arabische Historiker Edrisi, der es unter der Benennung Golf von Colzun schildert, berichtet, es gingen zahlreiche Schiffe auf seinen Sandbänken zu Grunde, und Niemand wage bei Nacht darauf zu fahren. Dies Meer ist, behauptet er, von erschrecklichen Stürmen heimgesucht, mit ungastlichen Inseln bedeckt, und hat nichts Gutes an sich, weder in der Tiefe, noch an der Oberstäche. Und wirklich, so wird es von Arrian, Agatharchides und Artemidorus geschildert.

– Man sieht wohl, erwiderte ich, daß diese Historiker nicht an Bord des Nautilus gefahren sind.

– Allerdings, versetzte lächelnd der Kapitän, und in dieser Hinsicht sind die modernen Schriftsteller nicht weiter als die alten. Viele Jahrhunderte hat's gedauert, bis man die mechanische Kraft des Dampfes fand! Wer weiß, ob binnen hundert Jahren ein zweiter Nautilus zu sehen sein wird! Die Welt macht ihre Fortschritte langsam, Herr Arronax.

– Sie haben Recht, erwiderte ich, Ihr Schiff ist ein Jahrhundert, mehrere vielleicht, seiner Zeit zuvor gekommen. Um so mehr schade, wenn ein solches Geheimniß mit seinem Erfinder wieder untergehen soll!«

Der Kapitän Nemo blieb die Antwort schuldig. Nach einer Pause von einigen Minuten sagte er:

»Sie sprachen mir von der Ansicht der alten Historiker über die Gefahren der Schifffahrt auf dem Rothen Meere?

– So ist's, erwiderte ich, aber waren ihre Befürchtungen nicht übertrieben?

– Ja und Nein, Herr Arronax, versetzte der Kapitän Nemo, der sein Rothes Meer gründlich zu kennen schien. Was für ein modernes, solid gebautes, wohl eingerichtetes Schiff, das Dank der willfährigen Dampfkraft seiner Leitung Meister, nicht mehr gefährlich ist, bot den Fahrzeugen der Alten Gefahren aller Art dar. Man denke nur, wie mangelhaft die Barken, worauf die ersten Seefahrer sich wagten, beschaffen waren, aus Brettern mit Stricken zusammengebunden, mit gestampftem Harz calfatert und mit Seehundsfell überzogen. Sie besaßen nicht einmal Instrumente, um ihre Richtung aufzunehmen, und sie fuhren nach Gutdünken mitten durch Strömungen, von denen sie kaum etwas wußten. Unter solchen Verhältnissen fielen nothwendig zahlreiche Schiffbrüche vor. Aber heut zu Tage haben die Dampfboote, welche zwischen Suez und den südlichen Meeren fahren, von der Wuth dieses Golfs, trotz widriger Passatwinde, nichts mehr zu fürchten!

– Ich bin einverstanden, sagte ich, und der Dampf scheint mir die Dankbarkeit in den Herzen der Seeleute erstickt zu haben. Doch, Kapitän, da Sie dieses Meer so genau studirt haben, können Sie mir wohl auch sagen, woher die Benennung »Rothes« Meer kommt? Denn die Angabe, daß, nachdem Pharao darin umgekommen, es so benannt worden sei, befriedigt mich nicht.

– Meine persönliche Ansicht, Herr Arronax, will ich Ihnen sagen. Der Name enthält eine Übersetzung des hebräischen Wortes »Edrom«, und die Alten haben ihm denselben wegen der besonderen Färbung seiner Gewässer gegeben.

– Bis jetzt habe ich aber doch nur klare Wellen ohne irgend besondere Färbung gesehen.

– Allerdings, aber wenn wir weiter in den Golf hinein kommen, werden Sie diesen besonderen Schein erkennen. Ich erinnere mich, die Bai von Tor völlig roth, wie einen Blutsee gesehen zu haben.

– Und diese Farbe ist wohl einer mikroskopischen Pflanze zuzuschreiben?

– Ja wohl. Es ist ein schleimiger, purpurfarbener Stoff, der von jenen kleinen Pflänzchen, Trichodesmion genannt, herrührt, von welchen vierzigtausend den Raum eines Quadratmillimeters einnehmen. Vielleicht werden wir solche zu Tor finden.

– Also, Kapitän Nemo, Sie befahren nicht zum ersten Mal an Bord des Nautilus das Rothe Meer?

– Nein, mein Herr.

– Dann möcht' ich, da Sie vorhin vom Untergang der Aegypter im Rothen Meer sprachen, Sie fragen, ob Sie unter'm Wasser die Spuren dieses großen historischen Ereignisses gesehen haben?

– Nein, Herr Professor, und zwar aus einem triftigen Grund.

– Und der ist?

– Weil gerade die Stelle, wo Moses mit seinem Volk hindurch gegangen, nun dergestalt versandet ist, daß die Kameele darin kaum ihre Beine benetzen. Natürlich hätte da mein Nautilus nicht Wasser genug gehabt.

– Und diese Stelle? ... fragte ich.

– Befindet sich ein wenig oberhalb Suez in dem Arm, welcher ehemals, als das Rothe Meer sich bis zu den Bitteren Seen erstreckte, eine tiefe Meerlache bildete. Ich glaube wohl, daß man durch Nachgrabungen in diesem Sande eine große Menge Waffen und Instrumente ägyptischen Ursprungs zu Tage fördern würde.

– Ohne Zweifel, erwiderte ich, und die Archäologen mögen hoffen, daß solche Nachgrabungen früher oder später angestellt werden, wenn nach dem Durchstich des Kanals von Suez neue Städte auf diesem Isthmus entstehen werden. Für einen Nautilus freilich wäre ein solcher Kanal wenig nütze!

– Allerdings, aber für die ganze Welt, sagte der Kapitän Nemo. Bereits die Alten hatten begriffen, wie nützlich es für ihren Großhandel sein würde, eine Verbindung zwischen dem Rothen und Mittelländischen Meere herzustellen; aber sie dachten nicht daran, einen neuen Kanal zu graben, sondern bedienten sich der Vermittelung des Nils. Wahrscheinlich wurde, der Sage zufolge, der Kanal, welcher den Nil mit dem Rothen Meere verband, unter Sesostris angefangen. Ausgemacht ist, daß 615 Jahre vor Christus Necho die Arbeiten eines Kanals begann, welcher von dem Wasser des Nils gespeist, durch die nach Arabien hin liegende Ebene führte. Man fuhr denselben aufwärts in vier Tagen, er war so breit, daß zwei Triremen sich darin ausweichen konnten. Er wurde von Darius fortgeführt, und wahrscheinlich von Ptolemäus II. vollendet. Zu Strabo's Zeit wurde er von Schiffen befahren; aber der geringe Fall seines Wassers von seinem Anfang, zu Bubastis, bis zum Rothen Meere veranlaßte, daß man ihn nur einige Monate im Jahre benutzen konnte. Bis zur Zeit der Antonine diente er dem Handelszweck; hernach versandet und verödet, wurde er vom Kalifen Omar wieder hergestellt, aber im Jahre 761 oder 762 vom Kalifen Almansor verschüttet, um seinem aufständigen Gegner die Lebensmittel abzuschneiden. Bonaparte fand in der Wüste von Suez die Spuren desselben, und von der Fluth überrascht, wäre er, einige Stunden ehe er nach Hadzaroth kam, beinahe umgekommen, an derselben Stelle, wo Moses dreitausendunddreihundert Jahre zuvor sein Lager gehabt hatte.

– Nun, Kapitän, was die Alten nicht zu unternehmen vermochten, eine Verbindung der beiden Meere, wodurch der Weg von Cadix nach Indien um neuntausend Kilometer abgekürzt werden wird, hat Herr Lesseps zu Stande gebracht, und in Kurzem wird er Afrika zu einer ungeheuern Insel gemacht haben.

– Ja, Herr Arronax, Sie dürfen stolz auf Ihren Landsmann sein. Solch ein Mann gereicht einer Nation mehr zum Ruhme, als die größten Feldherren! Seine Willenskraft hat über die Hindernisse triumphirt, und ein Werk, das eine internationale Unternehmung hätte sein sollen, ist nur durch die Energie eines einzigen Mannes zu Stande gekommen.

– Ja, Ehre dem großen Bürger, erwiderte ich, überrascht über die warme Betonung, womit der Kapitän Nemo gesprochen.

– Leider, fuhr er fort, kann ich nicht durch diesen Kanal von Suez mit Ihnen fahren; aber doch können Sie bis übermorgen, da wir im Mittelländischen Meere sein werden, die langen Dämme von Port-Said sehen.

– Im Mittelländischen Meer! rief ich aus.

– Ja, Herr Professor. Wundern Sie sich darüber?

– Ich wundere mich, daß wir übermorgen dort sein sollen.

– Wirklich?

– Ja, Kapitän, obwohl ich, seit ich an Ihrem Bord bin, mir das Staunen hätte abgewöhnen können!

– Aber was ist denn dabei zum Erstaunen?

– Die entsetzliche Schnelligkeit, womit Sie um Afrika herum bis in's Mittelländische Meer fahren wollen.

– Und wer sagt denn, Herr Professor, daß der Nautilus um das Cap der guten Hoffnung herum fahren will?

– Doch, wenn er nicht zu Lande oder über den Isthmus fahren will ...

– Oder unter demselben her, Herr Arronax.

– Unter demselben?

– Allerdings, erwiderte ruhig der Kapitän Nemo. Längst hat die Natur unter dieser Landenge geschaffen, was der Mensch jetzt über derselben in Ausführung bringt.

– Wie? Es bestände eine Durchfahrt?

– Ja, eine unterirdische Durchfahrt, welche ich »Arabischen Tunnel« genannt habe. Er fängt unterhalb Suez an und endigt im Golf von Pelusium.

– Aber auf dem Isthmus ist ja nur Flugsand?

– Bis zu einer gewissen Tiefe. Nur fünfzig Meter tief findet sich eine unerschütterlich feste Lage Felsen.

– Haben Sie diesen Durchweg zufällig gefunden? fragte ich immer mehr erstaunt.

– Durch Zufall und Ueberlegung, Herr Professor, und sogar mehr durch Ueberlegung als durch Zufall.

– Kapitän, ich höre Ihnen zu, obwohl mein Ohr sich dagegen sträubt.

– Diese Durchfahrt existirt; ich habe sie auch schon einigemal benutzt. Sonst hatte ich mich auch nicht jetzt in diese Enge gewagt.

– Darf man fragen, wie Sie diese Entdeckung gemacht haben?

– Mein Herr, erwiderte der Kapitän, zwischen Leuten, die sich nicht mehr von einander trennen dürfen, giebt's kein Geheimniß.«

Ohne diese Andeutung zu beachten, hörte ich zu.

»Herr Professor, sprach er, eine einfache Beobachtung brachte mich auf die Entdeckung dieser Durchfahrt. Ich hatte bemerkt, daß es im Rothen und Mittelländischen Meere gewisse

ZWANZIGTAUSEND MEILEN UNTER'M MEER – ZWEITER BAND

Arten von Fischen giebt, die sich völlig gleich sind, Streifdecken, Schlangenfische, Meeradler, Barsche u. a. Diese Thatsache führte auf die Frage, ob nicht eine Verbindung zwischen beiden Meeren bestehe. Bestand sie, so muhte die Strömung nothwendig vom Rothen zum Mittelländischen gehen, lediglich wegen der verschiedenen Höhe des Meeresspiegels. Ich fing nun eine Menge Fische in der Nähe von Suez, legte ihnen am Schwanz einen kupfernen Ring an, und warf sie dann wieder in's Meer. Einige Monate später fing ich an der Syrischen Küste etliche Exemplare meiner mit dem Ring gezierten Fische wieder. Damit war die Verbindung der beiden Meere bewiesen. Ich suchte sie mit meinem Nautilus auf, wagte mich hinein, und es wird nicht lange dauern, Herr Professor, werden Sie ebenfalls durch meinen Arabischen Tunnel fahren!«

Fünftes Capitel
Der Arabische Tunnel

Noch denselben Tag theilte ich Conseil und Ned den sie zunächst interessirenden Theil dieser Unterhaltung mit. Als ich ihnen sagte, daß wir in zwei Tagen uns mitten im Mittelländischen Meere befinden würden, klatschte Conseil mit den Händen, aber der Canadier zuckte die Achseln.

»Ein unterseeischer Tunnel! rief er aus, eine Verbindung beider Meere! Wer hat jemals so etwas gehört?

– Freund Ned, erwiderte Conseil, hatten Sie jemals vom Nautilus reden gehört? Nein! und doch existirt er. Darum zucken Sie nicht so leicht die Achseln.

– Wir werden's wohl sehen! versetzte Ned-Land mit Kopfschütteln. Trotzdem will ich recht gern an diesen Durchweg glauben, und wünsche nur, daß der Kapitän uns wirklich in's Mittelländische Meer führen möge.«

Noch denselben Abend fuhr der Nautilus, unter'm 21° 30' nördlicher Breite, auf der Oberfläche in die Nähe der arabischen Küste. Ich erblickte Djedda, das mächtige Comptoir des ägyptischen, syrischen, türkischen und indischen Handels. Ich konnte klar ihre sämmtlichen Bauten, die längs den Quais ankernden, und die auf der Rhede liegenden Schiffe unterscheiden. Die ziemlich niedrig am Horizont stehende Sonne beleuchtete hell die Häuser der Stadt, deren weiße Farbe um so greller hervorstach. Außerhalb derselben ließen einige Hütten von Holz oder Rohr das von den Beduinen bewohnte Quartier erkennen.

Bald verschwand Djedda im Abenddunkel, und der Nautilus tauchte unter das leicht phosphorescirende Wasser.

Am folgenden Tage, den 10. Februar, zeigten sich einige Schiffe, die auf uns zu fuhren. Der Nautilus tauchte wieder unter; aber zu Mittag begab er sich, da das Meer leer war, wieder an die Oberfläche.

In Begleitung von Ned und Conseil setzte ich mich auf die Plattform. Die Ostküste zeigte sich im feuchten Nebel wie eine unklar gezeichnete Masse.

ZWANZIGTAUSEND MEILEN UNTER'M MEER – ZWEITER BAND

Wider die Seiten des Bootes gelehnt plauderten wir von diesem und jenem, als Ned-Land mit der Hand auf einen Punkt wies und sprach:

»Sehen Sie da Etwas, Herr Professor?

– Nein, Ned, erwiderte ich, aber Ihr Gesicht reicht auch weiter, als das meinige, wie Sie wissen.

– Schauen Sie wohl, fuhr Ned fort, dort rechts vor uns, so hoch wie die Leuchte! Sehen Sie da nicht eine Masse, die sich zu bewegen scheint?

– Wirklich, sagte ich, nachdem ich achtsam geschaut, ich gewahre etwas auf der Oberfläche des Wassers, das sieht wie ein langer, schwärzlicher Körper aus.

– Noch ein Nautilus? sagte Conseil.

– Nein, erwiderte der Canadier, aber ich müßte mich sehr irren, wenn es nicht ein Seethier ist.

– Giebt's denn Wallfische im Rothen Meere? fragte Conseil.

– Ja, mein Lieber, erwiderte ich, bisweilen.

– Es ist kein Wallfisch, versetzte Ned-Land, der den wahrgenommenen Gegenstand nicht aus den Augen verlor. Mit Wallfischen stehe ich in vertrauter Bekanntschaft, und ich würde ihre Bewegungen leicht erkennen.

– Warten wir nur, sagte Conseil. Der Nautilus fährt da hinaus, und wir werden bald wissen, wie es damit steht.«

Wirklich, der schwärzliche Gegenstand war bald nur noch eine Meile von uns entfernt. Er sah aus, wie eine große Klippe im Meer. Was war es? Ich konnte mich noch nicht darüber aussprechen.

»Ah! es schwimmt! es taucht unter! rief Ned-Land. Tausend Teufel! Was mag dies für ein Thier sein? Es hat nicht den zweispaltigen Schwanz der Wallfische oder Pottfische, und seine Flossen sehen aus, wie verstümmelte Gliedmaßen.«

– Aber dann ... sprach ich.

– Richtig, fuhr der Canadier fort, es liegt auf dem Rücken und streckt seine Brüste empor!

– Eine Sirene, rief Conseil, eine echte Sirene, nehmen Sie's nicht übel, mein Herr.«

Dies Wort brachte mich auf den rechten Weg, und ich sah, daß dies Thier zu den Seegeschöpfen gehörte, woraus die Fabel Sirenen und Fischweibchen gemacht hat.

»Nein, sagte ich zu Conseil, eine Sirene ist's nicht, aber ein merkwürdiges Geschöpf, von dem es kaum noch einige Exemplare im Rothen Meere giebt. Es ist ein Dugong.

– Ordnung der Sirenen, Gruppe der fischförmigen, Unterclasse der Menodelphine, Classe der Säugethiere, Abtheilung der Wirbelthiere,« erwiderte Conseil.

Doch Ned-Land schaute unverwandten Blickes hin. Beim Anblick des Thieres glänzten seine Augen vor Begierde. Seine Hand zuckte schon, um es zu harpuniren. Man hätte meinen können, er warte nur auf den Moment, sich in's Meer zu werfen, um es da in seinem Element anzugreifen.

»O! mein Herr, sprach er zu mir mit vor Unruhe zitternder Stimme, so etwas hab' ich noch nie erlegt.«

In dieser Aeußerung zeigte sich der ganze Harpunier.

In diesem Augenblick zeigte sich der Kapitän Nemo auf der Plattform. Er bemerkte den Dugong, verstand die Haltung des Canadiers, und sprach zu ihm:

»Wenn Sie eine Harpune hätten, Meister Land, würde Ihnen da nicht die Hand zucken?

– Allerdings, mein Herr.

– Und es würde Ihnen nicht unangenehm sein, für einen Tag einmal wieder Ihr Fischergeschäft zu treiben, und dieses Thier zu den von Ihnen erlegten hinzuzufügen?

– Es wäre mir das ganz recht.

– Nun, Sie mögen's versuchen.

– Dank, mein Herr, erwiderte Ned-Land mit sprühenden Blicken.

– Nur, fuhr der Kapitän fort, fordere ich Sie auf, dies Thier nicht zu fehlen, und zwar in Ihrem eigenen Interesse.

– Ist's gefährlich, diesen Dugong anzugreifen? fragte ich trotz des Canadiers Achselzucken.

– Ja, mitunter, erwiderte der Kapitän. Das Thier stürzt sich wiederholt auf seine Angreifer und wirft ihr Fahrzeug um. Aber für Meister Land ist keine Gefahr zu besorgen. Er hat einen raschen Blick, einen sichern Arm. Ich empfehle es ihm nur deshalb, weil man es als ein feines Gericht ansieht, und ich weiß, daß Meister Land die guten Bissen nicht verschmäht.

– Ah! sagte der Canadier, dies Thier hat auch den Vorzug, daß es gut schmeckt?

– Ja, Meister Land, sein Fleisch, ein wirkliches Fleisch, ist ausnehmend geschätzt, und im ganzen Malayenland hebt man's für die Tafel der Fürsten auf. Darum macht man auch so hitzig Jagd auf das vortreffliche Thier, daß es, wie der Manati, sein Stammesgenosse, immer seltener wird.

– Herr Kapitän, sagte darauf Conseil im Ernst, wenn vielleicht dieses das Letzte seiner Race wäre, würde es dann nicht besser sein es zu schonen, im Interesse der Wissenschaft?

– Vielleicht, entgegnete der Canadier; aber im Interesse der Küche ist's besser es zu erlegen.

– Gehen Sie nur an's Werk, Meister Land,« erwiderte der Kapitän Nemo.

In dem Augenblick kamen sieben Mann von den Bootsknechten, stumm und ausdruckslos, wie immer, auf die Plattform. Einer trug eine Harpune und eine Schnur, wie sie die Wallfischfänger brauchen. Das Boot wurde aus seinem Gehäuse genommen und in's Meer hinabgelassen. Sechs Ruderer besetzten die Bänke und der Steuerer nahm seinen Platz ein. Ned, Conseil und ich setzten uns hinten hin.

– Sie kommen nicht, Kapitän? fragte ich.

– Nein, mein Herr, aber ich wünsche Glück zur Jagd.«

Das Boot stieß ab und fuhr mit seinen sechs Rudern pfeilschnell auf den Dugong zu, welcher damals zwei Meilen vom Nautilus entfernt schwamm.

Als wir bis auf einige Klafter dem Thiere nahe gekommen waren, fuhren wir langsamer, und die Ruder griffen geräuschlos in's ruhige Wasser. Ned-Land stellte sich, die Harpune in der Hand, auf dem Vordertheil des Bootes auf. Die Harpune, womit man nach einem Wallfisch wirft, ist gewöhnlich an einen sehr langen Strick befestigt, welcher sich rasch abwickelt, wenn das verwundete Thier sie mit sich fortschleppt. Aber hier maß der Strick nur etwa zehn Ellen, und war an eine kleine Tonne angeschlagen, welche schwimmend angab, in welcher Richtung der Dugong sich unter'm Wasser bewegte.

Ich war aufgestanden und betrachtete genau den Gegner des Canadiers. Dieser Dugong hatte viel Aehnlichkeit mit dem Manati. Sein länglicher Leib endigte sich in einen sehr langen Schwanz, und seine Seitenflossen in wirkliche Finger. Vom Manati unterschied es sich durch zwei lange, spitze Zähne seines Oberkiefers.

Der Dugong nun, auf welchen Ned-Land Jagd machte, war bei einer Länge von mindestens sieben Meter von kolossalen Verhältnissen. Er rührte sich nicht, und schien zu schlafen.

Das Boot kam dem Thiere vorsichtig bis auf drei Ellen nahe. Ich richtete mich halb auf. Ned-Land bog sich ein wenig rückwärts und warf seine Harpune mit geübter Hand.

Man hörte ein Zischen und der Dugong verschwand. Die kräftig geschwungene Harpune hatte wohl nur das Wasser gestreift.

»Tausend Teufel! schrie der Canadier wüthend, ich hab' ihn gefehlt.

– Nein, sagte ich, das Thier ist verwundet, hier sieht man Blut, aber Ihre Waffe ist nicht stecken geblieben.

– Meine Harpune! meine Harpune!« schrie Ned-Land.

Die Matrosen ruderten wieder, und der Steuerer lenkte das Boot auf die schwimmende Tonne. Die Harpune wurde wieder aufgefischt, und das Boot verfolgte das Thier.

Dasselbe kam von Zeit zu Zeit zum Athmen an die Oberfläche; es war durch die Wunde nicht entkräftet, denn es schwamm äußerst schnell. Das Boot folgte, von kräftigen Armen der Ruderer gefördert, ihm eilig auf der Spur. Manchmal kam es ihm auf einige Ellen nahe, und der Canadier war gefaßt zu werfen; aber der Dugong entwischte durch plötzliches Untertauchen, und es ward unmöglich, ihn zu erreichen.

Man kann sich denken, wie zornig der ungeduldige Ned-Land wurde; er schleuderte die kräftigsten Flüche der englischen Sprache dem Thiere nach. Ich meines Theils ärgerte mich nur, daß der Dugong sich all unseren Nachstellungen entzog.

Man verfolgte ihn eine Stunde lang unablässig, und ich fing an zu glauben, es werde sehr schwierig sein, seiner Meister zu werden, als dem Thiere der unglückselige Gedanke sich zu rächen kam, den es jedoch zu bereuen hatte.

Der Canadier merkte gleich seine Absicht.

»Aufgepaßt!« rief er.

Der Bootführer sprach einige Worte in seiner seltsamen Sprache, womit er vermuthlich seine Leute warnte, auf ihrer Hut zu sein.

Als der Dugong noch zwanzig Fuß vom Boot entfernt war; machte er Halt, zog hastig mit seinen oben auf der Schnauze stehenden ungeheuern Nasenlöchern Luft ein. Darauf nahm er seinen Anlauf und stürzte sich auf uns.

Das Boot konnte den Stoß nicht aushalten, schöpfte einige Tonnen Wasser, das man wieder ausleeren mußte; aber Dank der Geschicklichkeit des Bootführers schlug es nicht um. Ned-Land, an den Vordersteven geklammert, stach mit seiner Harpune auf das riesige Thier los, das mit seinen Zähnen den Deckbord packend, das Fahrzeug aus dem Wasser heraushob. Wir waren über einander geworfen, und ich weiß nicht, welchen Ausgang das Abenteuer genommen haben würde, hätte nicht der Canadier, der unablässig dem Thier hitzig zusetzte, es endlich in's Herz getroffen.

Ich hörte das Knirschen seiner Zähne am Eisenblech, der Dugong verschwand und zog die Harpune mit sich. Aber bald kam die Tonne wieder auf die Oberfläche, und nach wenigen Augenblicken kam auch, auf dem Rücken liegend, der Körper des Thieres zum Vorschein. Das Boot kam herbei, nahm ihn in's Schlepptau und kehrte zum Nautilus zurück.

Man bedurfte sehr starke Taue, um den Dugong auf die Plattform zu ziehen. Er wog fünftausend Kilogramm. Man zerlegte das Thier vor den Augen des Canadiers, der allen Details der Verrichtung aufmerksam zusah. Denselben Tag noch setzte mir der Steward beim Diner einige Stücke von diesem Fleisch vor, das der Schiffskoch kundig zubereitet hatte. Ich fand es vortrefflich, und sogar vorzüglicher, als Kalbfleisch, wo nicht Rindfleisch.

Am folgenden Tage, den 11. Februar, wurde die Küche des Nautilus mit noch einem köstlichen Wildpret bereichert. Ein Schwarm Seeschwalben ließ sich auf dem Nautilus nieder. Es war eine Art der in Aegypten einheimischen; ihr Schnabel ist schwarz, der Kopf grau getüpfelt, Rücken, Flügel und Schwanz graulich, Bauch und Kehle weiß, die Füße roth. Man fing auch einige Dutzend Nil-Enten, deren Hals und Kopf oben weiß und schwarz gefleckt sind.

Der Nautilus fuhr damals mit mäßiger Schnelligkeit. Ich bemerkte, daß das Wasser des Rothen Meeres an Salzgehalt mehr und mehr abnahm, je näher wir Suez kamen. Gegen fünf Uhr Abends gewahrten wir nördlich das Cap Ras-Mohammed, welches zwischen dem Golf von Suez und dem von Acabah das Ende des Peträischen Arabiens bildet. Der Nautilus fuhr durch die Enge von Jubal, welche zum Golf von Suez führt. Ich bemerkte deutlich einen hohen Berg, welcher zwischen den beiden Golfen den Ras-Mohammed beherrschte. Es war der Berg Horeb, jener Sinai, auf dessen Gipfel Moses Gott von Angesicht zu Angesicht schaute, und den man sich beständig von Blitzen umzuckt vorstellt.

Um sechs Uhr fuhr der Nautilus bald über, bald unter dem Wasserspiegel auf hoher See bei Tor vorüber, das in der Tiefe einer Bucht liegt, deren Wasser, wie der Kapitän bereits bemerkte, roth gefärbt erscheint.

Darauf trat die Nacht ein, in tiefer Stille, die nur mitunter vom Geschrei des Pelikans, und einiger Nachtvögel, vom Geräusch der am Felsen abprallenden Wogen, oder vom Wellenschlag eines in der Ferne segelnden Dampfers unterbrochen wurde.

Von acht bis neun Uhr blieb der Nautilus einige Meter unter'm Wasser. Meiner Berechnung nach mußten wir ganz nahe bei Suez sein. Durch die Fensterlucken des Salons sah ich den Felsengrund von unserem elektrischen Licht hell erleuchtet. Es schien mir, als werde die Enge immer schmäler.

Als um neun und ein viertel das Boot wieder auf die Oberfläche kam, begab ich mich auf die Plattform. Vor Ungeduld, den Tunnel des Kapitäns Nemo zu durchfahren, hielt ich's innen nicht aus und suchte die frische Nachtluft zu athmen.

Bald gewahrte ich im Dunkeln ein blasses, vom Nebel halb ersticktes Licht eine Meile weit von uns.

»Ein schwimmender Pharus,« sagte Jemand in meiner Nähe. Ich drehte mich um, und erkannte den Kapitän.

»Der schwimmende Pharus von Suez, wiederholte er. Wir werden gleich zur Mündung des Tunnel gelangen.

– Die Fahrt darin muß schwierig sein?

– Ja, mein Herr. Darum pflege ich selbst am Platze des Steuerers die Leitung zu übernehmen. Und jetzt, wenn Sie gefälligst hinabgehen wollen, Herr Arronax, wird der Nautilus untertauchen, und wird erst, nachdem er durch den Tunnel hindurch gefahren, wieder auf die Oberfläche kommen.«

Ich folgte dem Kapitän Nemo. Die Lucke schloß sich, die Wasserbehälter füllten sich, und das Fahrzeug tauchte etwa zehn Meter hinab.

Als ich eben im Begriff war, mich auf mein Zimmer zu begeben, redete mich der Kapitän an.

»Herr Professor, sprach er zu mir, wäre es Ihnen gefällig, mich in das Gehäuse des Steuerers zu begleiten.

– Ich wagte nicht, Sie darum zu bitten, erwiderte ich.

– So kommen Sie. Da werden Sie alles sehen, was man von dieser zugleich unterirdischen und unterseeischen Fahrt sehen kann.«

Der Kapitän führte mich zur Mittelstiege. Auf der Hälfte derselben öffnete er eine Thür und schritt durch die oberen Gänge bis zum Steuermannsgehäuse, welches, wie wir wissen, am Ende der Plattform hervorragte.

Es war eine Cabine von sechs Fuß im Gevierte, ungefähr wie die der Steuerer bei den Dampfern auf dem Mississippi oder Hudson. In der Mitte drehte sich in senkrechter Richtung ein Rad, das in die Stücktaue des Steuerruders eingriff, welche bis zum Hintertheil des Nautilus liefen. Vier Lucken mit Linsengläsern, die in den Wänden der Kabine angebracht waren, gewährten dem Steuermann die Aussicht nach allen Richtungen.

Diese Kabine war dunkel; aber meine Augen gewöhnten sich schnell an dieses Dunkel, und ich gewahrte den Steuerer, einen kräftigen Mann, dessen Hände sich auf die Radfelgen stützten. Außen schien das Meer von der Leuchte hell bestrahlt, welche hinter der Cabine am anderen Ende der Plattform glänzte.

»Jetzt, sagte der Kapitän Nemo, suchen wir unsere Durchfahrt.«

Die Zelle des Steuerers war durch elektrische Drähte mit der Maschinenkammer in Verbindung gesetzt, und so war der Kapitän im Stande, seinem Nautilus zugleich die Richtung und die Bewegung vorzuschreiben. Er drückte auf einen metallenen Knopf, und sogleich minderte sich die Schnelligkeit der Schraube.

Ich betrachtete schweigend die hohe, sehr steile Wand, an welcher wir eben vorbeifuhren, die unerschütterliche Grundlage des sandigen Kerns der Küste. Eine Stunde lang fuhren wir, nur einige Meter davon ab, längs derselben her. Der Kapitän Nemo verwandte keinen Blick von dem in der Cabine hängenden

Compaß. Auf einen bloßen Wink änderte der Steuerer jeden Augenblick die Richtung des Nautilus.

Ich hatte mich an die Lucke zur linken Seite gesetzt, wo ich prächtige Korallengerüste sah, Zoophyten, Algen und Schalthiere, die mit ihren ungeheuren Tatzen, welche sie aus den Spalten der Felsen herausstreckten, hin und her langten.

Um zehn und ein viertel nahm der Kapitän Nemo selbst das Steuer zur Hand. Eine breite, finstere und tiefe Gallerie öffnete sich vor uns. Der Nautilus fuhr kühn hinein. Ein ungewöhnliches Gebrause hörte man zu beiden Seiten. Die Gewässer des Rothen Meeres stürzten über den stark abfallenden Tunnel in's Mittelländische. Der Nautilus folgte der Strömung pfeilschnell, so sehr die Maschine sich anstrengte, zu hemmen.

Auf den engen Wänden der Durchfahrt sah ich nur noch schimmernde Striche, gerade Linien, Feuerstreifen, welche beim glänzenden Licht der Elektricität durch die Schnelligkeit gezogen wurden. Mein Herz klopfte, daß ich mit der Hand seinen Pulsschlag hemmen mußte.

Um zehn Uhr fünfunddreißig Minuten trat der Kapitän Nemo vom Rad des Steuers zurück und wendete sich zu mir mit den Worten:

»Das Mittelländische Meer.«

In weniger als zehn Minuten war der Nautilus, von der Strömung fortgerissen, durch den Isthmus von Suez hindurch gefahren.

Sechstes Capitel
Der griechische Archipel

Am folgenden Morgen, den 12. Februar, mit Tages-Anbruch, tauchte der Nautilus auf die Oberfläche empor. Ich eilte auf die Plattform. Drei Meilen südlich sah man einen unklaren Schattenriß von Pelusium. Wir waren mit reißend abfallender Strömung durchgefahren; aber aufwärts diesen Tunnel zu fahren, mußte unausführbar sein.

Gegen sieben Uhr kamen Ned und Conseil zu mir. Diese beiden unzertrennlichen Kameraden hatten ruhig geschlafen, ohne sich weiter über die Heldenthaten des Nautilus Gedanken zu machen.

»Nun, Herr Naturforscher, fragte der Canadier mit etwas spöttischem Ton, und das Mittelländische Meer?

– Wir fahren auf demselben, Freund Ned.

– Hm! sagte Conseil, diese Nacht ....?

– Ja, just diese Nacht, in einigen Minuten sind wir durch diesen Isthmus gefahren.

– Das glaub' ich nicht, erwiderte der Canadier.

– Und Sie haben Unrecht, Meister Land, versetzte ich. Diese niedrige Küste im Süden ist die ägyptische.

– Das mag man, mein Herr, sonst Jemanden weiß machen, entgegnete der starrköpfige Canadier.

– Aber da mein Herr es versichert, sagte Conseil zu ihm, so muß man ihm glauben.

– Zudem, Ned, hat der Kapitän Nemo mir die Ehre erwiesen, mich zu sich in die Zelle des Steuerers zu nehmen, und ich war zugegen, als er selbst den Nautilus durch die enge Fahrt lenkte.

– Hören Sie, Ned, sagte Conseil.

– Und Sie, Ned, mit ihren guten Augen, fügte ich hinzu, Sie können die Dämme am Port Said von hier aus erkennen.«

Der Canadier schaute achtsam hin.

»Wirklich, sagte er, Sie haben Recht, Herr Professor, und Ihr Kapitän ist ein Mann, wie es keinen mehr giebt. Wir sind im Mittelländischen Meer. Gut. So wollen wir, wenn's beliebt, von unseren Angelegenheiten plaudern, aber daß Niemand uns hören kann.«

Ich sah wohl, wo der Canadier hinaus wollte. Jedenfalls, dachte ich, sei es besser zu plaudern, weil er's wünschte, und wir drei setzten uns neben den Fanal, wo wir weniger den feuchten Meeresdünsten ausgesetzt waren.

»Jetzt, Ned, hören wir Ihnen zu, sagte ich. Was haben Sie uns mitzutheilen?

– Was ich Ihnen mitzutheilen habe, ist sehr einfach, erwiderte der Canadier. Wir sind in Europa, und ehe die Launen des Kapitäns Nemo uns bis zum Meeresgrund des Nordens mit fortschleppen oder wieder nach dem Stillen Ocean zurück bringen, verlange ich den Nautilus zu verlassen.«

Ich gestehe offen, daß diese Erörterung mit dem Canadier mich stets in Verlegenheit setzte. Ich wollte in keiner Weise der Befreiung meiner Genossen hinderlich sein, und doch spürte ich kein Verlangen den Kapitän Nemo zu verlassen. Ihm und seinem Apparat verdankte ich es, daß ich täglich meine unterseeischen Studien vervollständigte, und ich arbeitete mein Werk über die Meerestiefen mitten in dem Element selbst um. Würde ich jemals eine solche Gelegenheit wieder finden, die Wunder des Oceans zu beobachten? Gewiß nicht! Ich konnte mich daher nicht dem Gedanken anschließen, den Nautilus vor Vollendung unserer Forschungen zu verlassen.

»Freund Ned, sagte ich, antworten Sie mir frei heraus. Haben Sie Unlust an Bord? Bedauern Sie, daß das Schicksal Sie dem Kapitän Nemo in die Hand gegeben hat?«

Der Canadier schwieg eine Weile. Dann kreuzte er die Arme und sprach:

»Offen gesagt, diese Reise unter'm Meere mißfällt mir nicht. Ich werde befriedigt sein, wenn sie gemacht ist. Dafür aber muß sie ein Ende nehmen. Dies denke ich darüber.

– Sie wird ein Ende nehmen, Ned.

– Wo und wann?

– Wo? weiß ich nicht. Wann? Das kann ich auch nicht sagen, oder vielmehr ich nehme an, daß sie ihr Ende erreichen wird, wann wir in diesen Meeren nichts mehr zu lernen haben werden. In dieser Welt hat alles, was einen Anfang genommen hat, auch sein Ende.

– Ich denke wie mein Herr, erwiderte Conseil, und es ist wohl möglich, daß der Kapitän Nemo, nachdem wir alle Meere des Erdballs durchlaufen haben, uns drei zusammen in Freiheit setzen wird.

– In Freiheit! rief der Canadier. Er wird uns schon etwas anderes vorsetzen.

– Uebertreiben wir nicht, Meister Land, versetzte ich. Wir haben vom Kapitän nichts zu besorgen, aber ich theile auch nicht die Idee Conseil's. Wir sind im Besitz der Geheimnisse des Nautilus, und ich erwarte nicht, daß sein Commandant, um uns in Freiheit zu setzen, sich darein finden wird, daß sie mit uns sich in aller Welt verbreiten.

– Aber was erwarten Sie dann? fragte der Canadier.

– Daß sich Umstände ergeben werden, welche wir benutzen können und dürfen, und das in sechs Monaten eben so gut, wie jetzt.

– Der Henker! sagte Ned-Land. Und wo werden wir in sechs Monaten sein, wenn's beliebt, Herr Naturforscher?

– Vielleicht hier, vielleicht in China. Sie wissen, der Nautilus fährt reißend schnell. Er fliegt durch die Oceane, wie eine Schwalbe durch die Lüfte, oder ein Eilzug über die Continente. Er scheut sich nicht vor den befahrenen Meeren. Wer sagt uns, daß er nicht einmal an die Küsten Frankreichs, Englands oder Amerikas kommen wird, wo eine Flucht mit eben so viel Vortheil unternommen werden kann, wie hier?

– Herr Arronax, erwiderte der Canadier, Ihren Gründen fehlt's am Grund. Sie sprechen in zukünftiger Zeit: »Wir werden dort, wir werden hier sein!« Ich rede in der Gegenwart: »Wir sind hier, und man muß das benutzen.«

Die Logik Ned-Land's hatte mich in die Enge getrieben. Ich hatte keine Argumente für mich gegen ihn geltend zu machen.

»Mein Herr, fuhr Ned fort, setzen wir, was unmöglich der Fall, der Kapitän Nemo bietet Ihnen schon heute die Freiheit an. Würden Sie's annehmen?

– Ich weiß nicht, antwortete ich.

– Und wenn er beifügt, daß er das heute gemachte Erbieten später nicht wieder machen wird, werden Sie's dann annehmen?«

Ich blieb die Antwort schuldig.

»Und was denkt Freund Conseil darüber? fragte Ned-Land.

– Freund Conseil, erwiderte gelassen dieser brave Junge, Freund Conseil hat nichts dabei zu sagen. Wie sein Herr, wie sein Kamerad Ned, ist er ohne Familie. Weder Frau, noch Eltern, noch Kinder erwarten ihn in der Heimat. Er steht im Dienste seines Herrn und denkt wie sein Herr, und spricht wie sein Herr, und zu seinem großen Bedauern darf man nicht auf ihn zählen, um eine Majorität zu bilden. Es sind nur zwei Personen da: Mein Herr auf der einen, Ned-Land auf der anderen Seite. Freund Conseil hört zu, und ist bereit die Stiche zu zählen.«

Ich konnte mich des Lachens nicht erwehren, als ich sah, wie Conseil seine Persönlichkeit so vollständig verleugnete. Im Grunde konnte der Canadier herzlich froh sein, daß er ihn nicht gegen sich hatte.

»Also, mein Herr, sagte Ned-Land, weil Conseil nicht existirt, wollen wir nur unter uns disputiren. Ich habe meine Meinung gesagt, Sie haben mich gehört. Was haben Sie zu erwidern?«

Man mußte offenbar zum Schluß kommen, und Ausflüchte waren mir zuwider.

»Freund Ned, sagte ich, ich will Ihnen meine Antwort sagen. Sie haben Recht gegen mich, und meine Gründe können gegen die Ihrigen nicht Stich halten. Auf den guten Willen des Kapitäns Nemo darf man nicht rechnen. Die gewöhnlichste Klugheit verbietet ihm, uns in Freiheit zu setzen. Dagegen räth die Klugheit, daß wir die erste Gelegenheit benutzen, den Nautilus zu verlassen.

– Richtig, Herr Arronax, das heißt verständig gesprochen.

– Nur, sag' ich, eine Bemerkung, eine einzige. Die Gelegenheit muß eine ernstliche sein. Unser erster Fluchtversuch muß glücken; denn wenn er fehl schlägt, werden wir die Gelegenheit zu einem abermaligen Versuch nicht wieder bekommen, und der Kapitän Nemo wird uns nicht verzeihen.

– Alles dies steht richtig, erwiderte der Canadier. Aber Ihre Bemerkung gilt für jeden Fluchtversuch, mag er in zwei Jahren oder in zwei Tagen stattfinden. Folglich kommt die Frage immer darauf hinaus: wenn eine günstige Gelegenheit sich darbietet, muß man sie ergreifen.

– Einverstanden. Und nun, sagen Sie mir, was verstehen Sie unter einer günstigen Gelegenheit?

– Wenn bei einer dunkeln Nacht der Nautilus einer europäischen Küste nahe käme.

– Und Sie würden versuchen, durch Schwimmen zu entkommen?

– Ja, wenn wir einem Ufer nahe genug wären, und wenn der Nautilus auf der Oberfläche führe. Nein, wenn wir zu fern wären, und wenn wir unter'm Wasser führen.

– Und in diesem Falle?

– In diesem Falle würde ich mich bemühen, in Besitz des Bootes zu gelangen. Ich verstehe es zu führen. Wir würden uns in's Innere schleichen, die Zapfen wegnehmen und uns wieder auf die Oberfläche begeben, ohne daß selbst der vorne befindliche Steuermann unsere Flucht bemerkte.

– Gut, Ned. Spüren Sie diese Gelegenheit aus; aber behalten Sie im Sinn, daß ein Fehlschlagen unser Verderben wäre.

– Das werd' ich nicht vergessen, mein Herr.

– Und jetzt, Ned, wollen Sie meine Gedanken über Ihr Project vollständig kennen?

– Gerne, Herr Arronax.

– Nun, ich denke – ich sage nicht hoffe, – ich denke, daß diese günstige Gelegenheit sich nicht ergeben wird.

– Weshalb?

– Weil der Kapitän Nemo sich nicht verhehlen kann, daß wir die Hoffnung, unsere Freiheit wieder zu erlangen, nicht aufgegeben haben, und daß er achtsam sein wird, zumal in den Meeren und an den Küsten Europas.

– Ich theile meines Herrn Ansicht, sagte Conseil.

– Wir werden's wohl sehen, erwiderte Ned-Land, der mit entschiedener Miene den Kopf schüttelte.

– Und jetzt, Ned-Land, fügte ich hinzu, bleiben wir dabei. Kein Wort weiter über das alles. Wenn Sie dazu gerüstet und bereit sind, melden Sie's uns, und wir werden uns Ihnen anschließen. Ich verlasse mich gänzlich auf Sie.«

Diese Unterredung, welche später so schwere Folgen haben sollte, schloß also. Ich darf jetzt sagen, daß die Thatsachen mein Voraussehen zu bestätigen schienen, zur großen Verzweiflung des Canadiers. Mißtraute uns der Kapitän Nemo in diesen vielbesuchten Meeren, oder wollte er sich nur dem Angesicht der vielen Schiffe aller Nationen, welche das Mittelländische Meer befahren, entziehen? Ich weiß es nicht, aber er hielt sich meistens in mäßiger Tiefe unter Wasser und weit ab von den Küsten. Der Nautilus fuhr entweder so unter Wasser, daß nur des Steuermanns Gehäuse hervorragte, oder er verschwand in große Tiefen, denn zwischen dem griechischen Archipel und Kleinasien fanden wir bei zweitausend Meter noch keinen Grund.

Am 14. Februar beschloß ich, einige Stunden darauf zu verwenden, die Fische des Archipelagus zu studiren; aber aus irgend welchem Grunde blieben die Läden geschlossen. Wir fuhren in der Richtung nach der Insel Kandia. Am Abend befand ich mich mit dem Kapitän allein im Salon. Derselbe schien voll Gedanken schweigsam. Dann ließ er die beiden Läden öffnen, ging von einem zum andern und beobachtete sorgfältig die Gewässer. Diese Insel war, als ich auf dem Abraham Lincoln mich einschiffte, in vollem Aufstände gegen den türkischen Despotismus; ich hatte aber nie mit dem Kapitän Nemo davon gesprochen, da er ja außer Verbindung mit der Oberwelt war. Ich machte mich an die Betrachtung der Fische, und es fielen mir gleich einige schon im Alterthum bekannte Arten auf. Unter anderen sah ich den schon von Aristoteles angeführten Trichterfisch, den man gewöhnlich Meergrundel nennt; sodann Sackstoffen, die etwas phosphoresciren, eine Art Meerbrassen, die zu den heiligen Thieren der Aegypter gehörten, indem sie durch ihr Erscheinen im Fluß die befruchtende Überschwemmung desselben ankündigten. Sodann zog meine Aufmerksamkeit sich auf den sogenannten Hemmfisch, ein kleiner Fisch, von dem die Alten sagten, er könne, wenn er sich an den Kiel eines Schiffes anhängt, dessen Lauf hemmen.

Ich war ganz in die Anschauung dieser Herrlichkeit vertieft, als plötzlich eine unerwartete Erscheinung mein Erstaunen erregte. Mitten in den Gewässern zeigte sich ein Mann, ein Taucher mit einem ledernen Gurt um die Hüfte. Es war nicht ein Leichnam, der mit den Wogen trieb, sondern ein lebendiger Mensch, der mit kräftigem Arm ruderte, zuweilen verschwand, um an der Oberfläche Luft zu schöpfen, dann sogleich wieder untertauchte.

Ich wendete mich zum Kapitän und rief mit bewegtem Gemüth: »Ein Mann! ein Schiffbrüchiger! den müssen wir retten!«

Der Kapitän gab keine Antwort und lehnte sich an das Fenster. Der Mann war nahe gekommen und betrachtete uns durch die Fenster.

Zu meinem großen Erstaunen winkte ihm der Kapitän. Der Taucher erwiderte mit der Hand, begab sich unverzüglich wieder zur Oberfläche, und kam nicht wieder zum Vorschein.

»Beunruhigen Sie sich nicht, sagte zu mir der Kapitän. Es ist der auf allen Cykladen wohl bekannte, kühne Taucher Nicolas, vom Cap Matapan. Das Wasser ist sein Element, und er lebt in demselben mehr, wie auf dem Lande, indem er bis nach Kreta hin alle Inseln besucht.

– Ist er Ihnen bekannt, Kapitän?

– Warum nicht, Herr Arronax?«

Darauf wendete sich der Kapitän Nemo zu einem Schrank neben dem linken Fenster des Salons. Neben demselben sah ich einen mit Eisen beschlagenen Koffer, auf dessen Deckel eine kupferne Platte mit der Chiffre des Nautilus und seiner Devise *Mobilis in mobile* befand.

In dem Augenblick öffnete der Kapitän, ohne meine Anwesenheit zu beachten, den Koffer, der eine Menge Goldstangen enthielt. Woher kam das kostbare Metall von so ungeheurem Werth? Wo sammelte es der Kapitän, und was sollte damit geschehen?

Ich sprach kein Wort, sah zu. Der Kapitän Nemo nahm eine der Goldstangen nach der anderen heraus, legte sie regelmäßig in den Koffer hinein, den er ganz damit füllte. Ich schätzte den Inhalt auf mehr als tausend Kilogramm Gold, d. h. fast fünf Millionen Francs.

Der Koffer wurde wieder fest verschlossen, und der Kapitän schrieb auf seinen Deckel eine Adresse in einer Schrift, welche die neugriechische sein mußte.

Hierauf drückte der Kapitän Nemo auf einen Knopf, dessen Draht mit dem Posten der Mannschaft in Verbindung stand. Es erschienen vier Mann, und schoben nur mit Mühe den Koffer aus dem Salon hinaus. Nachher vernahm ich, daß sie ihn mit Hilfe von Stricken die eiserne Leiter hinauf zogen.

In dem Moment wandte sich der Kapitän Nemo zu mir:

»Und Sie sagten, Herr Professor? fragte er mich.

– Ich habe nichts gesagt, Kapitän.

– Dann erlauben Sie mir, mein Herr, Ihnen gute Nacht zu wünschen.«

Mit diesen Worten verließ der Kapitän den Salon.

Ich begab mich voll Unruhe, begreift man, auf mein Zimmer, versuchte vergebens zu schlafen. Ich suchte eine Beziehung zwischen der Erscheinung des Tauchers und dem mit Gold gefüllten Koffer. Bald merkte ich an einigen schwankenden Bewegungen, daß der Nautilus aus den niederen Schichten sich auf die Oberfläche der Gewässer hob.

Nachher vernahm ich Fußtritte auf der Plattform. Ich merkte, daß man das Boot los machte und es in's Meer hinabließ. Es stieß einen Augenblick an die Seite des Nautilus an, dann hörte man kein Geräusch mehr.

Zwei Stunden nachher vernahm man dasselbe Geräusch, das nämliche Hin- und Hergehen. Das Boot wurde heraufgezogen, in seinem Gehäuse geborgen, und der Nautilus tauchte wieder unter.

So waren also die Millionen zu ihrem Adressaten geschafft worden. An welchen Ort des Continents? Mit wem stand der Kapitän in solcher Verbindung?

Am folgenden Morgen erzählte ich Conseil und dem Canadier die Ereignisse dieser Nacht, welche meine Neugierde im höchsten Grade erregt hatten. Meine Gefährten waren nicht minder, wie ich, darüber erstaunt.

»Aber woher bekommt er diese Millionen?« fragte Ned-Land.

Darauf war eine Antwort nicht möglich. Ich begab mich nach dem Frühstück an die Arbeit, und war bis fünf Uhr mit meinem Tagebuch beschäftigt. Dann empfand ich eine so außerordentliche Hitze, daß ich mein Byssuskleid ablegen mußte. Unbegreiflich, denn wir befanden uns nicht unter Breitegraden von hoher Temperatur, und zudem durfte der Nautilus in der Tiefe eine Erhöhung derselben nicht verspüren. Ich sah auf das Meer-Manometer. Es zeigte eine Tiefe von sechzig Fuß, wohin die atmosphärische Luft nicht hätte dringen können.

Ich fuhr fort zu arbeiten, aber die Temperatur stieg dermaßen, daß es nicht zum Aushalten war.

»Sollte ein Brand an Bord sein?« fragte ich mich.

Ich war im Begriff, den Salon zu verlassen, als der Kapitän Nemo eintrat. Er trat zum Thermometer, sah nach und sprach zu mir:

»Zweiundvierzig Grad.

– Ich spür' es wohl, Kapitän, erwiderte ich, und sollte diese Hitze noch steigen, so können wir's nicht aushalten.

– O, Herr Professor, diese Hitze wird nur dann steigen, wenn wir wollen.

– Sie können sie also nach Belieben ändern?

– Nein, aber ich kann mich von der Quelle derselben entfernen.

– Also kommt sie von außen?

– Ja wohl. Wir fahren in siedendem Wasser.

– Ist's möglich? rief ich aus.

– Schauen Sie her.«

Die Laden öffneten sich, und ich sah das Meer um den Nautilus herum ganz weiß. Dicke Schwefeldünste entwirbelten inmitten der Wogen, welche sprudelten wie siedendes Wasser im Kessel. Ich hielt meine Hand an eins der Fenster, aber es war so heiß, daß ich sie zurück ziehen mußte.

»Wo befinden mir uns? fragte ich.

– Nächst der Insel Santorin, Herr Professor, erwiderte der Kapitän, und gerade in dem Kanal, welcher Nea-Kamenni von Palea-Kamenni scheidet. Ich wollte Ihnen den merkwürdigen Anblick eines unterseeischen Vulkanausbruchs gewähren.

– Ich meinte, sagte ich, die Bildung dieser neuen Inseln sei fertig.

– In vulkanischen Gegenden ist nie etwas fertig, erwiderte der Kapitän Nemo, und die Arbeit der unterirdischen Feuer dauerte da stets fort. Bereits im Jahre neunzehn unserer Zeitrechnung zeigte sich, nach Cassiodorus und Plinius, eine neue Insel, die göttliche Theia, an derselben Stelle, wo sich neuerdings diese Eilande bildeten. Nachher versank sie wieder, um im Jahre neunundsechzig wieder zu erscheinen, um dann abermals zu versinken. Seit jener Zeit bis auf unsere Tage war die plutonische Arbeit unterbrochen. Aber am 3. Februar 1866 tauchte ein neues Eiland, dem man den Namen Georgsinsel gab, aus den Schwefeldünsten auf nächst Nea-Kamenni, und vereinigte sich mit dieser am 6. desselben Monats. Sieben Tage nachher, am 13. Februar, erschien das Inselchen Aphroessa so nahe bei Nea-

Kamenni, daß nur ein Kanal von zehn Meter dazwischen blieb. Ich befand mich, während diese Naturerscheinung sich begab, in diesen Meeren, und ich konnte alle ihre Phasen beobachten. Das Eiland Aphroessa war von runder Gestalt und hatte dreihundert Fuß Durchmesser bei dreißig Fuß Höhe. Es bestand aus schwarzer glasartiger Lava, verbunden mit Feldspathstücken. Endlich, am 10. März, zeigte sich noch ein kleineres Inselchen, Reka genannt, nahe bei Nea-Kamenni, und seit dem bilden diese drei zusammengelötheten Eilande nur eine einzige Insel.

– Und der Kanal, worin wir uns in dem Augenblick befinden? fragte ich.

– Hier ist er, erwiderte der Kapitän Nemo, und wies auf eine Karte des Archipel. Sie sehen, daß ich die neuen Inselchen darauf eingetragen habe.

– Aber dieser Kanal wird sich einmal ausfüllen?

– Wahrscheinlich, Herr Arronax, denn seit 1866 sind acht kleine Lava-Eilande dicht vor dem Hafen St. Nicolas zu Palea-Kamenni aufgetaucht. Es ist also klar, daß Nea und Palea in kurzer Zeit sich vereinigen werden. Wie im Stillen Ocean die Continente durch Infusorien gebildet werden, so geschieht es hier durch vulkanische Ausbrüche. Sehen Sie, mein Herr, so vollzieht sich die Arbeit unter diesen Wogen.«

Ich trat wieder an's Fenster. Der Nautilus fuhr nicht weiter. Die Hitze ward unerträglich. Die weiße Farbe des Meeres wurde roth durch Hinzukommen eines Eisensalzes. Trotzdem, daß der Salon hermetisch verschlossen war, entwickelte sich ein unerträglicher Schwefelgeruch, und ich bemerkte scharlachrothe Flammen, die so lebhaft waren, daß der Glanz des elektrischen Lichtes sich darin verlor.

Ich war über und über in Schweiß, war am Ersticken. Wahrhaftig, ich fühlte, wie ich im Begriff war zu braten!

»Man kann es in diesem siedenden Wasser nicht länger aushalten, sagte ich zum Kapitän.

– Nein, das wäre nicht klug,« erwiderte Nemo phlegmatisch.

Es wurde Befehl ertheilt, und der Nautilus drehte sich, um sich aus diesem Glühofen, welchem er nicht ungestraft trotzen konnte, zu entfernen. Nach einer Viertelstunde athmeten wir an der Oberstäche wieder auf.

Am folgenden Tage, den 16. Februar, verließen wir dieses Becken, welches zwischen Rhodos und Alexandria Tiefen von dreitausend Meter zeigte; und der Nautilus verließ, indem er auf hoher See vor Cerigo vorbeifuhr, den griechischen Archipel, nachdem er um Cap Matapan herum lavirt.

Siebentes Capitel
Das Mittelländische Meer in vierundzwanzig Stunden

Das Mittelländische, das vorzugsweise blaue Meer, von den Hebräern »das große Meer«, von den Griechen »das Meer«, von den Römern »unser Meer« genannt, ist an seinen Gestaden mit Orangen, Aloe, Cactus, Pinien besetzt, von Myrthendüften durchdrungen, von rauhem Gebirgsland eingefaßt, von reiner, durchsichtiger Luft gesättigt; aber die unablässig thätigen unterirdischen Feuer machen es zu einem wahren Schlachtfeld, wo Neptun und Pluto sich noch um die Weltherrschaft streiten. An seinen Ufern, auf seinen Gewässern findet der Mensch im trefflichsten Klima der Welt seine stärkende Erholung.

Aber trotz dieser herrlichen Eigenschaft habe ich doch von diesem Becken, das eine Oberfläche von zwei Millionen Quadratkilometer enthält, nur einen raschen Ueberblick nehmen können; und selbst die persönlichen Kenntnisse des Kapitäns Nemo gingen mir ab, denn der räthselhafte Mann ließ sich während der Eilfahrt nicht ein einziges Mal sehen. Ich schätze den Weg, welchen der Nautilus unter den Wogen dieses Meeres durchlief, auf etwa sechshundert Lieues, und diese Fahrt machte er in zweimal vierundzwanzig Stunden. Wir fuhren am Morgen des 16. Februar aus den Gewässern Griechenlands ab, und am 18. bei Sonnenaufgang hatten wir die Straße von Gibraltar passirt.

Offenbar war das Mittelländische Meer, eingeengt zwischen Ländern, welche der Kapitän Nemo vermeiden wollte, demselben kein angenehmer Aufenthalt. Er hatte darin nicht jene Freiheit der Bewegungen, jene Unabhängigkeit seiner Unternehmungen, welche die Oceane ihm gewährten, und es ward seinem Nautilus zu enge zwischen den allzu nahen Gestaden Europa's und Afrika's. Daher fuhren wir denn auch mit einer Schnelligkeit von fünfundzwanzig Meilen die Stunde. Es versteht sich von selbst, daß dabei Ned-Land auf sein Entweichungsproject verzichten mußte. Unter solchen Umständen den Nautilus verlassen, wäre so mißlich gewesen, als bei einem Eilzug aus dem Waggon zu springen. Zudem kam unser Fahrzeug nur Nachts an die Oberfläche, um seine Luft zu erneuern, und es nahm seine Richtung nur nach den Angaben des Compasses und des Logs.

Ich sah also vom Inneren des Mittelländischen Meeres nur, was der Passagier eines Eilzugs von der Landschaft, die vor seinen Blicken entflieht, d. h. den entfernten Horizont, und nicht die Gegenstände im Vordergrunde, welche blitzschnell enteilen. Doch konnten wir manche der mittelländischen Fische beobachten, welche kräftig genug waren, sich einige Augenblicke in der Umgebung des Nautilus zu halten. Wir standen daher vor den Fenstern auf der Lauer, und notirten, was uns möglich war.

In den vom elektrischen Licht hell erleuchteten Strichen sah man Lampreten, die in fast allen Klimaten zu Hause sind, von der Länge eines Meter; fünf Fuß breite Rochen mit weißem Bauch und aschgrauem gesteckten Rücken; zwölf Fuß lange Haifische überboten sich einander in Schnelligkeit; acht Fuß lange Seefüchse mit äußerst feiner Spürkraft; Goldbrassen, mitunter bis dreizehn Decimeter lang, wie in Silber und lasurblauer Kleidung und mit goldenen Wimpern, eine kostbare Fischgattung, die in allen Gewässern, Flüssen, Seeen und Meeren zu Hause, in jedem Klima fortkommt, alle Temperaturen verträgt. Prachtvolle Störe, neun bis zehn Meter lang, mit bläulichem, braun getüpfeltem Rücken, schlugen mit kräftigem Schwanz wider die Fenster. Sie sind den Haifischen ähnlich, doch nicht so stark, und finden sich in allen Meeren; im Frühling kommen sie gern in die großen Flüsse stromaufwärts, die Wolga, Donau, den Po, Rhein, die Loire, die Oder hinauf, fressen Häringe, Makrelen, Salme u. a.; sie gehören zwar zu den Knorpelfischen, sind aber schmackhaft, und werden frisch, getrocknet, marinirt oder gesalzen gegessen. Am besten konnte man, wann der Nautilus in die Nähe der Oberfläche kam, die Thunfische beobachten, mit blauschwarzem Rücken, silbergepanzertem Leib und goldschimmernden Rückenflossen. Man sagt von ihnen, sie begleiten gern die Schiffe auf ihrer Fahrt, und suchten in ihrem kühlen Schatten Schutz gegen die tropischen Sonnenstrahlen; und so begleiteten sie auch Stunden lang den Nautilus, an Schnelligkeit mit ihm wetteifernd. Ich konnte mich nicht satt sehen an diesen Thieren, die wie für die Schnellfahrt gebaut sind, mit kleinem Kopf, schlankem, glattem Leib, der mitunter über drei Meter maß, ausnehmend kräftigen Brustflossen und gabelförmigem Schwanz. Sie schwammen im Triangel, wie manche Zugvögel stiegen, denen sie an Schnelligkeit gleich kommen. Doch den Provenzalen entrinnen sie nicht, welche sie ebenfalls schmackhaft finden, und sie zu Tausenden in großen Netzen fangen, indem sie blindlings, wie betäubt in diese hinein gerathen.

Zahllos war die Menge der übrigen Fische, die wir nur flüchtig wahrnahmen, oder bei der großen Schnelligkeit nicht beobachten konnten.

Von Seesäugethieren bemerkte ich im Vorüberfahren an der Mündung des Adriatischen Meeres zwei bis drei Pottfische; einige Delphine von der Gattung der kugelköpfigen, welche besonders im Mittelländischen Meere vorkommen, mit hellgestreiftem Vorderkopf; und auch ein Dutzend Robben mit weißem Bauch und schwarzem Hauthaar, denen man den Beinamen Mönche gab, und die auch ganz wie Dominicaner aussehen.

Am Abend des 16. fuhren wir zwischen Sicilien und der Küste von Tunis. An dieser engen Stelle zwischen Cap Bon und der Straße von Messina erhebt sich der Meeresgrund fast plötzlich, so daß er einen Kamm bildet, über welchem das Wasser nur siebenzehn Meter Tiefe hat, während er auf beiden Seiten wieder bis zu hundertundsiebenzig Meter abfällt. Der Nautilus mußte also mit Vorsicht fahren, um nicht gegen diese unterseeische Wand anzustoßen.

Ich zeigte Conseil auf der Karte des Mittelländischen Meeres die Stelle, wo dieses Riff sich befand.

»Erlauben Sie, mein Herr, bemerkte Conseil, das ist ja ein wahrhafter Isthmus zwischen Europa und Afrika.

– Ja, lieber Junge, erwiderte ich, er versperrt völlig die Lybische Enge, und Smith's Sondirungen haben bewiesen, daß zwischen Cap Bon und Cap Furina die Continente ehemals zusammen hingen.

– Ich glaub's wohl, sagte Conseil.

– Dazu will ich bemerken, fuhr ich fort, daß eine ähnliche Sperre zwischen Gibraltar und Ceuta besteht, welche in der Urzeit das Mittelländische Meer völlig schloß.

– Ah! sagte Conseil, wenn einmal durch eine vulkanische Einwirkung diese beiden Schranken wieder über die Meeresfläche empor gehoben würden!

— Das ist nicht wahrscheinlich, Conseil.

— Mein Herr möge mir noch die Bemerkung erlauben, wenn dieses vorginge, so wäre das dem Herrn von Lesseps, der sich mit dem Durchstich des Isthmus so viel Mühe giebt, recht unangenehm!

— Gewiß, aber, wiederholte ich, dies Ereigniß wird nicht eintreten. Die Wirkung der vulkanischen Kräfte unter der Erde nimmt stets ab. Die in der Urzeit der Welt zahlreichen Vulkane erlöschen nach und nach, die im Inneren wirkende Wärme wird schwächer, die Temperatur der unteren Schichten des Erdballs wird von Jahrhundert zu Jahrhundert bedeutend niedriger, und zum Nachtheil der Erde, denn diese Wärme ist ihr Leben.

— Doch, die Sonne ...

— Die Sonnenwärme ist nicht ausreichend, Conseil. Kann sie einem Leichnam sein Leben wieder geben?

— Nein, so viel ich weiß.

— Nun, die Erde wird dereinst so ein kalter Leichnam sein. Sie wird unbewohnbar und unbewohnt sein, wie der Mond, welcher längst seine Lebenswärme verloren hat.

— In wieviel Jahrhunderten? fragte Conseil.

— In einigen hunderttausend Jahren, mein Lieber.

— Dann haben wir noch Zeit, erwiderte Conseil, unsere Reise zu vollenden, sofern Ned-Land sich nicht darein mischt!«

Und Conseil machte sich ruhig wieder an das Studium der oberen Wasserschichten, durch welche eben der Nautilus mit mäßiger Schnelligkeit fuhr, und wo auf felsigem und vulkanischem Grund eine ganze Flora lebender Gewächse, Schwämme, Holoturien u. s. w. sich ausbreitete. Nicht minder eifrig befaßte er sich mit der Beobachtung der Mollusken und Gliederthiere, und stellte ein langes Verzeichniß auf, womit ich aber doch den Leser verschonen will. Er war mit denselben noch nicht fertig, als der Nautilus, nachdem er über die Lybische Enge hinaus gekommen, wieder tiefer auf den unteren Meeresgrund, wo es keine Mollusken und Zoophyten mehr giebt, sich begab, und seine gewöhnliche Schnelligkeit annahm.

Während der Nacht des 16. zum 17. Februar waren wir in das zweite Becken des Mittelländischen Meeres eingefahren, worin die größten Tiefen dreitausend Meter betragen; und der Nautilus tauchte bis in die untersten Schichten hinab.

Hier boten, in Ermangelung von Naturmerkwürdigkeiten, die Gewässer den Anblick rührender und furchtbarer Scenen; denn auf diesem Theil des Mittelländischen Meeres sind am häufigsten Unglücksfälle eingetreten, durch Schiffbruch oder Versinken von Schiffen. In Vergleichung mit dem Stillen Ocean ist das Mittelländische Meer nur ein See, aber ein launischer See mit tückisch wechselnden Wogen, heute günstig und schmeichelnd für eine zerbrechliche Tartane, morgen wüthend aufgeregt, von Stürmen gepeitscht, die stärksten Schiffe zertrümmernd. Was hatte ich also bei der raschen Fahrt für eine Masse Trümmer vor Augen, mit Korallen oder Rost überzogen, Kanonen, Anker, Kugeln, Eisengeräthe, Stücke von Maschinen, zerbrochene Cylinder, versenkte Kessel, Schiffsrümpfe in den verschiedensten Lagen.

Solche Trümmer waren zahlreicher, je näher man der Enge von Gibraltar kam, der Raum zwischen der afrikanischen und europäischen Küste sich verengte. Der Nautilus fuhr mit reißender Schnelligkeit gleichgiltig über sie alle hinweg, und langte am 18. Februar um drei Uhr früh beim Eingang der Straße an.

Hier giebt's zwei Strömungen: die obere, welche längst bekannt ist, führt die Gewässer aus dem Ocean in das Becken des Mittelländischen, sodann eine tiefer in entgegengesetzter Richtung, deren Existenz nun durch Folgerungen bewiesen ist. In der That sollte die Gesammtmasse der Mittelländischen Gewässer, welche durch die Atlantischen und durch die einmündenden Flüsse unaufhörlich anwächst, alljährlich das Niveau derselben erhöhen, denn die Ausdünstung ist nicht in gleichem Grade wirksam, um ein Gleichgewicht herzustellen. Nun ist aber dem nicht so, und hieraus hat man geschlossen, daß in tieferen Schichten eine Gegenströmung den Ueberschuß der Mittelländischen Gewässer durch die Enge von Gibraltar wieder in das Atlantische Becken führe.

Und genau so ist's wirklich. Der Nautilus fuhr mit dieser Strömung sehr rasch durch die Enge. Einen Augenblick Zeit hatte ich, um die Ruinen des Herkulestempels zu bewundern, welcher nach Plinius und Avienus sammt der niedrigen Insel, worauf er stand, einst versunken ist. Einige Minuten darauf schwammen wir auf den Wogen des Atlantischen Meeres.

Achtes Capitel
Die Bai von Vigo

Das Atlantische Meer! Die ungeheure Wasserfläche umfaßt fünfundzwanzig Millionen Quadratmeilen, bei einer Länge von neuntausend Meilen gegen eine mittlere Breite von zweitausendsiebenhundert Meilen. Das nun so bedeutende Meer war im Alterthum fast nicht gekannt, außer vielleicht den Karthagern, die bei ihren Handelsfahrten längs den Westküsten Europa's und Afrika's segelten. Seine Gestade mit parallelen Krümmungen bilden eine ungeheure Umfangslinie, und es münden in dasselbe die größten Ströme der Welt, St. Lorenz, Mississippi, Amazonenstrom, La-Plata, Orinocco, Niger, Senegal, Elbe, Loire, Rhein, und führen ihm die Gewässer aus den civilisirtesten Ländern und den wildesten Gegenden zu. Die prachtvolle Fläche ist beständig von den Schiffen aller Nationen unter'm Schutz aller Flaggen der Welt befahren.

Der Nautilus hatte bis zur Stunde nahezu zehntausend Lieues in drei und ein halb Monaten zurückgelegt, was mehr beträgt, als der Umfang des ganzen Erdkreises. Wohin fuhren wir jetzt, und was sollte uns bevorstehen?

Sobald wir aus der Straße von Gibraltar heraus waren, fuhr der Nautilus in die hohe See und tauchte zur Oberfläche empor, so daß wir wieder unseren täglichen Spaziergang auf der Plattform machen konnten.

Ich stieg sogleich in Gesellschaft von Ned-Land und Conseil hinauf. Zwölf Meilen entfernt sah man in unbestimmten Umrissen das Cap St. Vincent, die südwestliche Spitze der spanischen Halbinsel. Es wehte ein ziemlich starker Südwind. Das Meer war unruhig, die Fluthen gingen hoch, brachte durch arge Stöße den Nautilus in Schwankung, so daß man sich auf der Plateform fast nicht aufrecht halten konnte. Wir begaben uns also, nachdem mir uns ein wenig an der frischen Luft erquickt hatten, wieder hinab.

Ich ging in mein Zimmer, Conseil in seine Cabine, aber der Canadier folgte mir nach mit etwas befangener Miene. Unsere rasche Fahrt durch's Mittelländische Meer hatte ihm nicht gestattet, sein Vorhaben in Ausführung zu bringen, und er konnte sein Mißbehagen kaum verheimlichen.

Als die Thüre meines Zimmers geschlossen war, setzte er sich nieder, und sah mich schweigend an.

»Freund Ned, sagte ich zu ihm, ich verstehe Sie, aber Sie haben sich keinen Vorwurf zu machen. Unter den Umständen der Fahrt des Nautilus wäre der Gedanke an ein Entfliehen Narrheit gewesen!«

Ned-Land schwieg. Aus seinen zusammengepreßten Lippen, der gerunzelten Stirn konnte man abnehmen, daß er stark von einer fixen Idee befangen war.

»Sehen wir, fuhr ich fort, es ist noch nichts verloren. Wir fahren längs der portugiesischen Küste, sind nicht weit von Frankreich und England, wo wir leicht eine Zufluchtsstätte finden würden. Ja, wenn der Nautilus, als wir aus der Straße von Gibraltar herauskamen, sogleich südwärts gesteuert wäre; hätte er uns in Gegenden geschleppt, wo die Continente mangeln, so würde ich Ihre Unruhe theilen. Aber wir wissen jetzt, der Kapitän Nemo meidet nicht die civilisirten Länder, und ich glaube, daß Sie in einigen Tagen mit einiger Sicherheit werden handeln können.«

Ned-Land sah mich noch starrer an, öffnete endlich die Lippen und sprach: »Diesen Abend soll's sein.«

Ich nahm mich schnell zusammen. Ich war, gestehe ich, auf diese Mittheilung nicht gefaßt. Gerne hätte ich dem Canadier geantwortet, aber es versagten mir die Worte.

»Wir waren darüber einig, eine Gelegenheit abzuwarten, fuhr Ned-Land fort. Eine solche ist nun da. Wir werden diesen Abend nur einige Meilen von der spanischen Küste entfernt sein. Die Nacht ist dunkel; der Wind weht günstig. Ich habe Ihr Wort, Herr Arronax, und ich rechne auf Sie.«

Da ich fortwährend schwieg, stand der Canadier auf, trat zu mir heran und sprach:

»Diesen Abend um neun Uhr. Ich hab's Conseil schon gesagt. Dann wird der Kapitän Nemo in seiner Kammer sein, und wahrscheinlich schon zu Bette. Weder die Maschinisten, noch jemand von der Mannschaft kann uns sehen. Conseil und ich werden uns auf die Centralleiter begeben; Sie, Herr Arronax, werden in der Bibliothek sich aufhalten und auf mein Signal warten. Ruder, Mast und Segel befinden sich schon im Boot. Ich habe sogar einige Lebensmittel hingeschafft. Ich habe mir einen Schraubenschlüssel verschafft, um das Boot vom Nautilus los zu machen. So ist alles vorbereitet. Also diesen Abend.

– Das Meer ist nicht günstig, sagte ich.

– Ich geb's zu, erwiderte der Canadier, aber man muß es riskiren. Die Freiheit will bezahlt sein. Uebrigens ist das Boot solid, und einige Meilen mit treibendem Wind haben nicht viel auf sich. Wer weiß, ob wir nicht binnen heut' und morgen hundert Meilen weit in die hohe See kommen. Wenn uns die Umstände günstig sind, werden wir zwischen zehn und elf Uhr an einem Punkt des festen Landes ausgeschifft, oder nicht mehr unter den Lebenden sein. Darum, Gott befohlen, und diesen Abend!«

Nach dieser Aeußerung zog sich der Canadier zurück und ließ mich in ziemlicher Bestürzung. Ich hatte gedacht, wann der Fall einträte, würde ich Zeit zu überlegen, zum Besprechen haben. Mein starrköpfiger Genosse gestattete mir dies nicht. Was hätte ich ihm auch trotzdem sagen können? Ned-Land hatte hundertmal Recht. Es war beinahe ein günstiger Umstand, den er benutzen wollte. Konnte ich die Verantwortlichkeit übernehmen, aus persönlichem Interesse die Zukunft meiner Gefährten zu beeinträchtigen? Konnte nicht morgen der Kapitän Nemo uns in die weite See hinaus nach allen Weltgegenden hin schleppen?

In diesem Augenblick gab mir ein ziemlich starkes Zischen zu erkennen, daß die Behälter gefüllt wurden, und der Nautilus tauchte unter in die Atlantischen Wogen.

Ich blieb auf meinem Zimmer. Ich wollte dem Kapitän aus dem Wege gehen, um die Bewegung, welche mich beherrschte, ihm zu verbergen. So brachte ich einen traurigen Tag hin im Schwanken zwischen dem Wunsch, wieder in Besitz meiner freien Verfügung über mich zu gelangen, und dem Bedauern, diesen merkwürdigen Nautilus zu verlassen, ohne meine unterseeischen Studien zu vollenden; diesen meinen Ocean, wie ich ihn schon gerne nannte, ohne seine tiefsten Schichten untersucht, ohne die Geheimnisse, welche mir die Gewässer der Indischen Meere und des Stillen Oceans enthüllt hatten, auch ihm abzulauschen! Mein Roman fiel mir beim ersten Band aus den Händen, mein Traum zerrann im schönsten Moment! Schlimme Stunden waren dies, während ich bald mich sammt meinen Gefährten am Lande in Sicherheit sah, bald im Widerspruch mit meiner Vernunft wünschte, es möge ein unvorhergesehener Umstand die Verwirklichung der Projecte Ned-Land's hindern.

Ich begab mich zweimal in den Salon. Ich wollte den Compaß befragen. Ich wollte nachsehen, ob die Richtung des Nautilus uns wirklich der Küste näher oder von derselben abwärts führte. Nein. Der Nautilus hielt sich unverändert in den portugiesischen Gewässern, in nördlicher Richtung längs den Gestaden des Oceans.

Man mußte dieses benutzen und zur Flucht sich bereit machen. Mein Gepäck war nicht schwer: meine Notizen, nichts weiter.

Ich fragte mich weiter, wie der Kapitän Nemo unser Entweichen aufnehmen; welche Unruhe, vielleicht Kränkungen es ihm bereiten würde; was er wohl thun würde, wenn der Plan ihm enthüllt oder vereitelt würde. Ich hatte gewiß nicht über ihn zu klagen, im Gegentheil, nirgends war mir eine aufrichtigere Gastfreundschaft zu Theil geworden, wie bei ihm. Doch konnte man mich nicht des Undanks beschuldigen, wenn ich ihn verließ. Wir waren durch keinen Eid an ihn gebunden. Er zählte allein auf die Gewalt der Dinge, und nicht auf unser Wort, um uns auf immer in seine Nähe zu fesseln. Aber diese offen ausgesprochene Absicht, uns ewig als Gefangene an seinen Bord festzuhalten, rechtfertigte unsere Gegenbemühungen.

Seit unserem Besuch auf der Insel Santorin hatte ich den Kapitän nicht wieder gesehen. Sollte der Zufall mich vor unserem Entweichen noch einmal mit ihm zusammenbringen? Ich wünschte und fürchtete es zugleich. Ich horchte, ob ich ihn nicht in seinem an das meinige stoßenden Zimmer auf- und abgehen hören könnte. Ich vernahm nicht das geringste Geräusch; das Zimmer war ohne Zweifel leer.

Darauf fragte ich mich sogar, ob dieser seltsame Mann an Bord sei. Seit jener Nacht, in welcher das Boot den Nautilus um einer geheimnißvollen Verrichtung willen verlassen, hatten sich meine Ideen in Hinsicht auf denselben ein wenig geändert. Ich dachte, was er auch sagen mochte, der Kapitän Nemo müsse wohl einige Verbindungen gewisser Art mit der Erde unterhalten haben. Verließ er niemals den Nautilus? Oft verflossen ganze Wochen, ohne daß ich mit ihm zusammentraf. Was trieb er unterdessen? Und während ich glaubte, er sei einer Anwandlung von Menschenhaß anheim gefallen, vollführte er nicht indessen in der Entfernung einen stillen Act, dessen Natur mir bis jetzt verborgen geblieben?

Alle diese Ideen bestürmten mich mit einem Mal. In der seltsamen Lage, worin wir uns befanden, konnte das Feld der Vermuthungen nur ein unendliches sein. Ich empfand ein unerträgliches Mißbehagen. Dieser Tag schien kein Ende nehmen zu wollen. Meiner Ungeduld flossen die Stunden zu langsam hin.

Mein Diner wurde mir wie immer auf mein Zimmer gebracht. Das Essen schmeckte mir nicht, da ich zu sehr von Gedanken eingenommen war. Um sieben Uhr stand ich von der Tafel auf. Nur noch hundertundzwanzig Minuten, bis ich mit Ned-Land zusammen kommen sollte. Meine Unruhe verdoppelte sich. Mein Puls schlug ungestüm; ich konnte mich nicht stille halten, ging hin und her, hoffte durch die Bewegung den Aufruhr meines Geistes zu stillen. Der Gedanke an ein Mißlingen unseres verwegenen Vorhabens war mir am wenigsten peinlich; aber es pochte doch mein Herz bei dem Gedanken, daß dasselbe, bevor wir den Nautilus verlassen, entdeckt, und ich vor das Angesicht des entrüsteten Kapitäns zurückgebracht würde.

Ich wollte zum letzten Male den Salon sehen, schlich mich durch den Gang und kam in das Museum, wo ich so viele angenehme und nützliche Stunden hingebracht hatte. Ich schaute mir alle diese Schätze und Kleinodien noch einmal an, als sollte ich in ein ewiges Exil gehen. Ich war im Begriff, diese Wunder der Natur, diese Meisterwerke der Kunst, die mir so lieb geworden, auf immer zu verlassen.

Indem ich so den Salon durchlief, kam ich an die Thüre, welche in des Kapitäns Zimmer führte. Zu meinem großen Erstaunen war sie halb geöffnet. Ich fuhr unwillkürlich zurück. Wenn der Kapitän Nemo in seinem Zimmer war, konnte er mich sehen. Doch da ich kein Geräusch hörte, trat ich näher. Das Zimmer war leer; ich drückte die Thüre auf, that einige Schritte hinein. Stets das gleiche, mönchische Aussehen.

Jetzt fielen mir einige, an den Wänden hängende Kupferstiche auf, welche ich früher übersehen hatte. Es waren Brustbilder der großen historischen Männer, deren Dasein eine ununterbrochene Hingebung an eine große menschliche Idee enthielt, Kosziusko, Botzaris, Oconnel, Washington, Manin, Lincoln, und endlich der Märtyrer der Negerbefreiung, John Brown.

Welches Band einigte diese heroischen Seelen mit der des Kapitäns Nemo? Konnte ich endlich das Geheimniß seines Lebens lösen? War er der Kampfheld unterdrückter Völker, Befreier der Sclavenmassen? Hatte er in den letzten politischen oder socialen Bewegungen dieses Jahrhunderts eine Rolle gespielt?

Plötzlich schlug es acht Uhr. Der erste Glockenschlag riß mich aus meinen Träumen. Ich zitterte, als hätte ein unsichtbares Auge in's tiefste Geheimniß meiner Gedanken dringen können, und stürzte zum Zimmer hinaus.

Hier hafteten meine Blicke auf dem Compaß. Die Richtung unserer Fahrt war stets nördlich. Das Log zeigte eine mäßige Schnelligkeit, das Manometer eine Tiefe von etwa sechzig Fuß. Die Umstände waren also dem Vorhaben des Canadiers günstig.

Ich ging wieder in mein Zimmer und kleidete mich rasch an: Seestiefel, Ottermütze, Reiserock von Byssus mit Robbenfell gefüttert. Nun war ich fertig, ich wartete. Der Wellenschlag der Schraube allein unterbrach die tiefe Stille, welche an Bord herrschte. Ich horchte, spitzte mein Ohr. War nicht aus einigen Stimmen, die man plötzlich vernahm, abzunehmen, daß Ned-Land bei seinem Entweichungsplan war überrascht worden? Eine Unruhe zum Sterben befiel mich. Vergeblich trachtete ich meine Gemüthsruhe wieder zu gewinnen.

Einige Minuten vor neun Uhr lauschte ich an der Thüre des Kapitäns. Kein Geräusch. Ich verließ mein Zimmer und begab mich wieder in den Salon, der in halbem Dunkel war, aber Niemand anwesend.

Ich öffnete die Thüre zur Bibliothek. Sie war ebenso düster, ebenso leer. Ich stellte mich neben die Thüre, welche zur Mittelstiege führte, und wartete auf Ned-Land's Zeichen.

In dem Moment wurden die Bewegungen der Schraube merklich schwächer, dann hörte sie gänzlich auf. Weshalb diese Veränderung? Sollte dieses Anhalten das Vorhaben Ned-Land's begünstigen oder stören? Ich konnte es nicht sagen.

Nur noch meine Pulsschläge unterbrachen die Stille.

Plötzlich verspürte man einen leichten Stoß. Ich merkte, daß der Nautilus auf dem Meeresgrund hielt. Meine Unruhe verdoppelte sich. Kein Signal vom Canadier war zu vernehmen. Ich hatte Lust, Ned-Land aufzusuchen, um ihn aufzufordern, seinen Versuch zu verschieben, denn wir fuhren jetzt nicht mehr unter den gewöhnlichen Bedingungen ...

In dem Augenblick öffnete sich die Thüre des großen Saales und der Kapitän Nemo erschien. Er bemerkte mich, und sprach ohne weiteres:

»Ah! Herr Professor, sagte er in liebenswürdigem Ton, ich suchte Sie. Kennen Sie die Geschichte Spaniens?«

Mag man die Geschichte seines eigenen Landes noch so gründlich verstehen, in einer Lage, wie die meinige war, den Geist verstört, den Kopf verloren, wäre es unmöglich, ein Wort daraus anzuführen.

»Nun? wiederholte der Kapitän Nemo, Sie haben meine Frage gehört? Kennen Sie die Geschichte Spaniens?

– Sehr wenig, erwiderte ich.

– Das sind rechte Gelehrte, sagte der Kapitän, die nichts wissen. Dann setzen Sie sich, fuhr er fort, und ich will Ihnen eine merkwürdige Episode aus der spanischen Geschichte erzählen.«

Der Kapitän lagerte sich auf einen Divan, und ich setzte mich neben ihn im Halbdunkel.

»Herr Professor, sagte er zu mir, geben Sie wohl Acht. Diese Geschichte wird Sie in gewisser Hinsicht interessiren, denn sie wird auf eine Frage antworten, welche Sie wohl noch nicht zu lösen vermochten.

– Ich gebe Acht, Kapitän, sagte ich, indem ich nicht wußte, wo er damit hinaus wollte, und fragte mich, ob dieser Zwischenfall sich auf unser Fluchtproject beziehe.

– Herr Professor, fuhr der Kapitän Nemo fort, wenn es Ihnen beliebt, gehen wir bis auf 1702 zurück. Es ist Ihnen bekannt, daß damals Ihr König Ludwig XIV., in der Meinung, ein Machtherrscher brauche nur die Hand aufzuheben, um die Scheidewand der Pyrenäen niederzuwerfen, seinen Enkel, den Herzog von Anjou, den Spaniern zum König aufnöthigte. Dieser Prinz, der unter dem Namen Philipp V. regierte, fand im Ausland starken Widerstand.

»In der That hatten im Jahre zuvor die Königshäuser von Holland, Österreich und England im Haag einen Allianztractat geschlossen, um Philipp V. die spanische Krone zu entreißen und einem Erzherzog auf das Haupt zu setzen, welchem sie zu früh den Namen Karl III. gaben.

»Spanien mußte dieser Coalition Widerstand leisten, aber es war fast ohne Soldaten und Seeleute. Doch an Gold fehlte es ihm nicht, freilich unter der Bedingung, daß seine mit Gold und Silber beladenen Galionen aus Amerika in seine Häfen einlaufen konnten. Nun erwartete es gegen Ende des Jahres 1702 eine reiche Sendung, unter Bedeckung einer französischen Flotte von dreiundzwanzig Schiffen unter dem Oberbefehl des Admirals Chateau-Renaud, denn die Flotten der Alliirten kreuzten damals im Atlantischen Meer.

»Diese Sendung sollte zu Cadix landen; aber da der Admiral hörte, daß in jener Gegend die englische Flotte kreuzte, beschloß er einen französischen Hafen aufzusuchen.

»Die spanischen Befehlshaber der Sendung protestirten gegen diesen Beschluß. Sie wollten in einen spanischen Hafen einlaufen, und in Ermangelung von Cadix in die Bai von Vigo an der Nordwestküste Spaniens, welche nicht blockirt war.

»Der Admiral Chateau-Renaud war schwach genug, dieser Zumuthung Folge zu geben, und die Galionen liefen in die Bai von Vigo ein.

»Leider hat diese Bai nur eine offene Rhede, die nicht vertheidigt werden kann. Man mußte daher schleunigst, bevor die Flotten der Coalirten heran kamen, die Galionen ausladen, und es hätte auch dafür nicht an Zeit gemangelt, wäre nicht plötzlich eine elende Rivalitätsfrage entstanden.

»Sie folgen wohl dem Zusammenhang der Thatsachen? fragte mich der Kapitän Nemo.

– »Vollständig,« sagte ich, indem ich noch nicht wußte, weshalb er mir diese historische Lection ertheilte.

»Ich fahre fort. Hören Sie, was vorging. Die Kaufmannschaft zu Cadix hatte ein Privileg, wonach alle Waaren aus Westindien dort mußten ausgeladen werden. Diesem Vorrecht also widersprach es, daß man die Goldbarren zu Vigo auslud. Auf ihre Beschwerde gewährte ihnen der schwache Philipp V., daß die Sendung, ohne ausgeladen zu werden, auf der Rhede zu Vigo in Sequester bleiben sollte, bis die feindlichen Flotten sich wieder entfernt haben würden.

– Während man nun diesen Bescheid gab, erschien am 22. October 1702 die englische Flotte in der Bai von Vigo. Der Admiral Chateau-Renaud, obwohl schwächer an Streitkräften, kämpfte tapfer. Als er aber sah, daß die Schätze in die Hände der Feinde fallen mußten, steckte er seine Galionen in Brand und versenkte sie sammt ihrer reichen Ladung.«

Hier hielt der Kapitän inne. Ich gestehe, ich sah noch nicht, worin das Interesse dieser Geschichte für mich liegen sollte.

»Nun? fragte ich.

– Nun, Herr Arronax, erwiderte der Kapitän Nemo, wir befinden uns eben in dieser Bai von Vigo, und es steht bei uns, in ihre Geheimnisse zu dringen.«

Der Kapitän stand auf und bat mich, ihn zu begleiten. Ich hatte Zeit gehabt, mich zu fassen. Ich folgte. Der Salon war dunkel, aber durch die Fenster funkelten die Meeresfluthen. Ich schaute.

In einem Umkreis von einer halben Meile um den Nautilus herum waren die Gewässer von elektrischem Licht durchdrungen. Ein Theil der Mannschaft mit Skaphandern gepanzert, war beschäftigt, halb verfaulte Fässer abzuräumen und Kisten zu leeren inmitten des schwarzen Strandgutes. Aus diesen Kisten und Tonnen kamen Gold- und Silberbarren zum Vorschein, Piaster und Edelsteine gleich Springwassern. Der Sand war damit bedeckt. Beladen mit so kostbarer Beute brachten diese Männer sie zum Nautilus, legten sie nieder, und setzten dann ihr Fischen in der unerschöpflichen Quelle fort.

Ich verstand wohl, daß an dieser Stelle am 22. October 1702 die Schlacht vorgefallen, und die für Rechnung der spanischen Regierung geladenen Galionen versenkt waren. Hierhin begab sich der Kapitän Nemo, um nach Bedürfniß Millionen einzukassiren, und sie als Ballast mit zu nehmen. Für ihn allein hatte Amerika diese reichen Schätze gesendet. Er war directer Universalerbe der den Incas und den von Ferdinand Cortez überwundenen Eingeborenen entrissenen Schätze.

»Wußten Sie, Herr Professor, fragte er mich lächelnd, daß das Meer solche Schätze birgt?

– Ich wußte, erwiderte ich, daß man das in den Gewässern außer Umlauf gesetzte Geld auf zwei Millionen Tonnen anschlägt.

– Allerdings, aber um dasselbe heraufzuholen, würden die Kosten den Gewinn überwiegen. Hier dagegen habe ich nur zusammen zu raffen, was die Menschen verloren haben, und nicht blos in dieser Bai von Vigo, sondern auch noch unzähligen anderen Stellen von Schiffbruch, welche auf meiner unterseeischen Karte notirt sind. Begreifen Sie jetzt, daß ich einen Reichthum von Milliarden habe?

– Ja wohl, Kapitän. Gestatten Sie mir jedoch Ihnen zu sagen, daß Sie mit dem Ausbeuten dieser Bai nur den Arbeiten einer rivalisirenden Gesellschaft zuvorgekommen sind.

– Und welcher?

– Einer Gesellschaft, welche von der spanischen Regierung das Privilegium erhalten hat, die versenkten Galionen aufzusuchen. Die Actionäre werden durch den Köder einer ungeheuren Dividende angelockt, denn man schlägt den Werth dieser versenkten Schätze auf fünfhundert Millionen an.

– Fünfhundert Millionen! erwiderte der Kapitän Nemo. Sie waren vorhanden, sind's aber nicht mehr.

– Wirklich, sagte ich. Daher wäre eine angemessene Warnung an die Aktionäre eine Wohlthat. Wer weiß übrigens, ob man's danken würde. Die Spieler bedauern bei alledem meist weniger die Einbuße an Geld, als an thörichten Hoffnungen. Trotzdem bedaure ich sie weniger, als die Tausende von Unglücklichen, welchen bei richtiger Vertheilung solche Schätze nützen konnten, während sie nun für dieselben auf immer unfruchtbar sind!«

Kaum hatte ich diese Worte ausgesprochen, als ich merkte, daß sie den Kapitän Nemo verletzen mußten.

– Unfruchtbar! erwiderte er lebhaft. Glauben Sie denn, mein Herr, daß diese Schätze verloren sind, wenn ich sie hole? Nicht für mich selbst, wie Sie meinen, gab' ich mir die Mühe diese Schätze zu heben. Woher wissen Sie denn, daß ich nicht einen guten Gebrauch davon mache? Glauben Sie, ich wisse nicht, daß es auf dieser Erde leidende Geschöpfe giebt, unterdrückte Racen, Unglückliche zu unterstützen, Opfer zu rächen? Begreifen Sie nicht? ...«

Bei diesen letzten Worten hielt der Kapitän Nemo ein, vielleicht bedauernd, daß er zu viel gesprochen habe. Aber ich hatte es geahnt. Welche Beweggründe auch ihn gedrungen hatten, die Unabhängigkeit unter'm Meer zu suchen, vor allem war er Mensch geblieben! Sein Herz schlug noch bei den Leiden der Menschheit, und seine unbegrenzte Barmherzigkeit wendete sich sowohl den unterdrückten Racen, als dem Einzelnen zu!

Jetzt begriff ich auch, welche Bestimmung jene Millionen hatten, welche der Kapitän Nemo ausschiffte, als der Nautilus in den Gewässern der im Aufstand begriffenen Insel Creta fuhr!

Neuntes Capitel
Ein verschwundener Continent

Am folgenden Morgen, den 19. Februar, trat der Canadier in mein Zimmer. Ich erwartete seinen Besuch. Seine Miene war sehr herabgestimmt.

»Nun, mein Herr, sagte er zu mir.

– Nun, Ned, der Zufall ist gestern uns nicht günstig gewesen.

– Ja! Der verdammte Kapitän mußte gerade zu der Stunde anhalten, da wir im Begriff waren, von seinem Fahrzeug zu entweichen.

– Ja, Ned, er hatte Geschäfte bei seinem Banquier.

– Seinem Banquier!

– Oder vielmehr bei seinem Bankhause. Ich verstehe darunter diesen Ocean, wo seine Schätze sicherer aufgehoben sind, als sie's in den Staatskassen wären.«

Ich erzählte darauf dem Canadier, was am Abend zuvor sich begeben hatte, in der stillen Hoffnung, ihn auf den Gedanken zu bringen, den Kapitän nicht zu verlassen; aber meine Erzählung hatte nur den Erfolg, daß Ned energisch sein Bedauern aussprach, daß er nicht auf eigene Rechnung einen Ausflug auf den Kampfplatz von Vigo hatte machen können.

»Kurz, sagte er, es ist noch nicht aller Tage Abend! nur ein vergeblicher Wurf der Harpune! Ein andermal wird's glücken, und gleich diesen Abend, wenn es sein muß ...

– In welcher Richtung fährt der Nautilus? fragte ich.

– Ich weiß nicht, erwiderte Ned.

– Nun denn! So werden wir zu Mittag die Aufnahme sehen.«

Der Canadier kehrte zu Conseil zurück. Sobald ich angekleidet war, begab ich mich in den Salon. Der Compaß beruhigte nicht. Der Nautilus fuhr in süd-süd-westlicher Richtung. Wir kehrten Europa den Rücken.

Ich wartete mit einiger Ungeduld, bis die Aufnahme geschah. Gegen halb zwölf entleerten sich die Behälter und unser Fahrzeug stieg zur Oberfläche des Oceans auf. Ich eilte auf die Plattform, Ned-Land war mir schon zuvor gekommen.

Es war kein Land mehr in Sicht. Auf der unermeßlichen Meeresfläche zeigten sich nur einige Segel am Horizont, ohne Zweifel von solchen, die bis zum Cap Roque die günstigen Winde zur Fahrt um das Cap der guten Hoffnung herum suchen. Es war bedeckter Himmel; ein Windstoß bereitete sich vor.

Ned versuchte voll Zorn den nebeligen Horizont zu durchdringen. Er hoffte noch, daß hinter diesem Nebel sich das so ersehnte Land zeigen werde.

Um zwölf Uhr schien die Sonne einen Augenblick durch. Der Lieutenant benutzte diesen hellen Zeitpunkt, um die Höhe aufzunehmen. Darauf, als das Meer unruhiger ward, stiegen wir wieder hinab, und die Lücke ward wieder geschlossen.

Als ich eine Stunde nachher auf die Karte sah, bemerkte ich, daß die Lage des Nautilus darauf eingetragen war mit 16° 17' Länge, und 33° 22' Breite, hundertundfünfzig Lieues von der nächsten Küste entfernt. An ein Entweichen konnte man nicht mehr denken, und man kann sich den Zorn des Canadiers vorstellen, als ich ihm zu erkennen gab, wo wir uns befanden.

Ich meines Theils war nicht übermäßig untröstlich. Ich fühlte gleichsam eine lastende Bürde mir abgenommen, und ich konnte mich mit einer gewissen Ruhe wieder zu meiner gewohnten Beschäftigung wenden.

Am Abend gegen elf Uhr erhielt ich ganz unerwartet den Besuch des Kapitäns Nemo. Er fragte mich sehr höflich, ob ich mich von dem Wachen in der vorigen Nacht ermüdet fühle. Ich sagte Nein.

»Dann, Herr Arronax, will ich Ihnen einen merkwürdigen Ausflug vorschlagen.

– Thun Sie das, Kapitän.

– Sie haben den Meeresgrund noch nicht anders besucht, als bei Tag und Sonnenschein. Würde es Ihnen gefallen, ihn in dunkler Nacht zu sehen?

– Recht gerne.

– Dieser Spaziergang wird ermüdend sein, sag' ich zum voraus. Man muß weit gehen und einen Berg hinauf. Die Wege sind nicht sehr gut gebahnt.

– Was Sie da sagen, Kapitän, erhöht nur meine Neugierde. Ich bin bereit, Sie zu begleiten.

– Nun, so kommen Sie, Herr Professor, um unsere Skaphander anzuziehen.«

Als mir im Ankleidezimmer waren, sah ich, daß weder meine Gefährten, noch irgend Jemand von der Bemannung uns bei diesem Ausflug begleiten sollten. Der Kapitän hatte mir nicht einmal vorgeschlagen, Ned oder Conseil mit zu nehmen.

In einigen Augenblicken waren wir angezogen. Man gab uns reichlich mit Luft versehene Behälter auf den Rücken, aber die elektrischen Lampen waren nicht in Bereitschaft. Ich bemerkte es dem Kapitän.

»Sie würden uns unnütz sein«, erwiderte er.

Ich glaubte mißverstanden zu haben, aber ich konnte meine Bemerkung nicht wiederholen, denn der Kopf des Kapitäns war schon in seiner Metallumhüllung verschwunden. Ich legte meinen Panzer vollständig an, und fühlte, daß man mir einen beschlagenen Stock in die Hand gab, und nach einigen Minuten faßten wir Fuß auf dem Grunde des Atlantischen Meeres in einer Tiefe von dreihundert Meter.

Es war bald Mitternacht, und die Gewässer in tiefem Dunkel, aber der Kapitän Nemo zeigte mir, in der Ferne einen röthlichen Punkt, einen weithin leuchtenden Schimmer, der etwa zwei Meilen vom Nautilus entfernt glänzte. Was es für ein Feuer war, wodurch genährt, weshalb und wie es in der Wassermasse sich wieder belebte, hätte ich nicht sagen können. Jedenfalls leuchtete es uns, obwohl unbestimmt; aber ich gewöhnte mich bald an dies eigenthümliche Dunkel; und ich begriff, wie unnütz unter diesen Umständen der Ruhmkorff'sche Apparat gewesen wäre.

Wir schritten also neben einander her, gerade auf das bezeichnete Feuer los. Der ebene Boden stieg unmerklich. Wir machten mit Hilfe des Stockes große Schritte; aber im Ganzen kamen wir langsam vorwärts, denn unsere Füße blieben oft in einer Art Schlamm stecken, der mit Algen durchknetet und mit flachen Steinen bedeckt war.

Während des Voranschreitens vernahm ich über meinem Kopf ein gewisses Nieseln. Dieses Geräusch wurde mitunter stärker und erzeugte gleichsam ein anhaltendes Knistern. Die Ursache wurde mir bald klar. Es war der Regen, welcher ungestüm und prasselnd auf die Oberfläche fiel. Es kam mir instinctartig das Gefühl, als würde ich durchnäßt! Vom Wasser mitten im Wasser! Ich konnte nicht umhin, über den närrischen Gedanken zu lachen. Aber unter dem dichten Skaphanderkleid fühlt man das nasse Element nicht mehr, und man meint mitten in einer Atmosphäre zu sein, die etwas dichter, wie auf der Erde wäre. Das ist alles.

Nachdem wir eine halbe Stunde weit gegangen, wurde der Boden steinig. Die Medusen, die mikroskopischen Schalthiere, die Seefedern beleuchteten ihn ein wenig mit phosphorescirendem Schimmer. Ich erblickte dann Steinhaufen, die von Millionen Zoophyten und einer Menge Algen bedeckt waren. Der Fuß glitt oft aus auf dieser klebrigen Decke von Tang, und ohne meinen eisenbeschlagenen Stock wäre ich manchmal gefallen. Wandte ich mich um, so sah ich stets die weißliche Leuchte des Nautilus, welche in der Entfernung zu erbleichen begann.

Diese Steinschichtungen, wovon ich eben sprach, waren auf dem Grunde des Oceans mit einer gewissen Regelmäßigkeit gereiht, welche ich nicht zu erklären wußte. Ich gewahrte riesenhafte Furchen, die sich im fernen Dunkel verloren, und deren Länge man nicht zu schätzen im Stande war. Noch andere besondere Eigenthümlichkeiten zeigten sich, welche ich nicht zu erklären wußte. Es kam mir vor, als zertraten meine schweren bleiernen Sohlen eine Lage von Gebein, das mit trockenem Geräusch krachte. Was war dies für eine weite Ebene, über die ich herschritt? Ich hätte den Kapitän fragen mögen, aber seine Zeichensprache, wodurch er mit seinen Gefährten, wann sie ihn bei seinen unterseeischen Ausflügen begleiteten, sich verständigen konnte, war mir noch unverständlich.

Inzwischen vergrößerte sich der röthliche Schein, welcher uns leitete, und setzte den Horizont in Flammen. Daß es unter den Wassern einen solchen Lichtheerd gab, beunruhigte mich im höchsten Grade. War's eine elektrische Ausströmung, die sich kund gab? oder eine den Gelehrten der Erde noch unbekannte Naturerscheinung? Oder gar – der Gedanke fuhr mir durch den Kopf – hatte der Mensch bei dieser Gluth die Hand im Spiele? Fachte er diesen Brand an? Sollte ich auf tiefem Meeresgrunde Genossen, Freunde des Kapitäns Nemo finden, welche gleich ihm ein so seltsames Dasein hatten, denen er einen Besuch abstatten wollte? Sollte ich dort unten eine ganze Kolonie Landesflüchtiger finden, welche des irdischen Elends müde, die Unabhängigkeit im tiefsten Grunde des Oceans aufgesucht und gefunden hatten? Alle diese tollen, unglaublichen Ideen verfolgten mich, und in dieser Stimmung des Geistes, der unablässig von den zahllosen Wundern, die unter meinen Augen geschahen, überspannt war, wäre ich nicht überrascht gewesen, wenn ich im tiefen Meeresgrunde auf eine der unterseeischen Städte, wovon der Kapitän Nemo träumte, gestoßen wäre!

Unser Weg wurde immer heller. Der bleiche Schimmer strahlte auf dem Gipfel eines etwa achthundert Fuß hohen Berges. Aber was ich bemerkte, war nur der Widerschein, welcher sich durch das Krystall der Wasserschichten bildete. Die Quelle dieser unerklärbaren Helle, die Gluthstätte, war auf der entgegengesetzten Seite gelegen.

Mitten in diesen steinigen Irrgängen, welche den Grund des Atlantischen Meeres durchzogen, ging der Kapitän Nemo ohne Anstoß weiter; er kannte die dunkeln Pfade. Ohne Zweifel hatte er sie schon oft gemacht, und konnte sich nicht verirren. Ich folgte ihm mit unerschütterlichem Vertrauen. Er kam mir vor, wie ein Genius des Meeres, und wenn er vor mir her schritt, bewunderte ich seine hohe Gestalt, die auf dem hellen Hintergrunde schwarz abstach.

Um ein Uhr früh befanden mir uns an den ersten Gebirgsaufgängen; aber um hinauf zu kommen, mußte man sich durch die schwierigen Pfade eines ungeheuren Gehölzes wagen.

Ja, ein Gehölz von abgestorbenen, blätterlosen, saftlosen Bäumen, die durch Einwirkung des Wassers mineralisirt waren, und über welche hier und da riesenhafte Fichten emporragten. Es war, so zu sagen, ein noch aufrecht stehender Kohlenschatz, der mit den Wurzeln im Boden steckte, und dessen Gezweig, gleich den seinen Papierausschnitten, sich auf der Oberfläche der Gewässer klar abzeichnete. Man stellte sich einen Harzwald, an den Seiten eines Gebirges vor, aber einen versunkenen Wald. Die Pfade waren mit Tang und Meergras überschüttet, worunter eine Welt von Schalthieren wimmelte. Ich klimmte die Felsen hinan, schritt über hingestreckte Baumstämme, zerriß die Meer-Lianen, welche sich von einem Baum zum anderen hinzogen, scheuchte die Fische auf, welche von einem Zweig zum anderen entflohen. Fortgerissen, fühlte ich keine Müdigkeit. Ich folgte meinem Führer, welchem Ermüdung unbekannt war.

Welch ein Schauspiel! Wie ließe sich ein Bild geben, von dieser Waldung und diesen Felsen, unten düster und wild, oben in der Färbung rother Töne durch Einwirkung jenes hellen Schimmers, welche durch die zurückstrahlende Kraft der Gewässer verstärkt wurde? Wir klimmten Felsen hinan, die späterhin mit dem dumpfen Getöse einer Lavine zusammen fielen. Rechts und links zogen finstere Gänge, worin sich der Blick verlor.

Der Kapitän Nemo ging stets aufwärts. Ich wollte nicht zurück bleiben, folgte ihm kühn, unterstützt durch meinen tüchtigen Stock. Ein Fehltritt wäre verderblich gewesen auf diesen engen Pfaden neben Abgründen; aber ich schritt weiter mit festem Tritt und ohne Schwindel. Bald sprang ich über einen tiefen Spalt, bald wagte ich mich über einen wankenden Baumstamm, der umgestürzt von einer Kluft zur anderen führte. Dort schienen monumentale Felsen auf unregelmäßiger Basis überhängend, den Gleichgewichtsgesetzen zu trotzen.

Und ich selbst fühlte nicht den Unterschied der starken Dichtigkeit des Wassers, wenn ich, trotz meines schwerfälligen Anzugs, der kupfernen Kopfbedeckung und den bleiernen Sohlen über steile Abhänge so leicht fast, wie eine Gemse aufwärts drang.

Ich fühle wohl, daß ich bei dieser Erzählung Unwahrscheinliches zu sagen scheine. Aber es ist doch wirklich und unbestreitbar so; es ist kein Traum, den ich berichte.

Zwei Stunden, nachdem wir den Nautilus verlassen hatten, waren wir über die Linie des Baumwuchses hinaus gekommen, und hundert Fuß über unseren Köpfen ragte die Spitze des Berges empor, welcher die glänzende Bestrahlung des Abhangs der anderen Seite verdeckte. Hier und da zogen sich versteinerte Gebüsche im Zickzack. Massenweis entflohen die Fische unter unseren Tritten, wie Vögel im Gesträuch. Die Felsenmasse war voll undurchdringlicher Spalten, tiefer Grotten, unergründlicher Löcher, worin es sich auf dem Grunde fürchterlich rührte und regte. Mein Pulsschlag stockte, wenn sich mir enorme Fühlhörner in den Weg streckten oder im Dunkel der Höhlungen erschreckliche Scheeren klafften. Tausende leuchtender Punkte glänzten inmitten des Dunkels. Es waren die Augen riesenmäßiger Schalthiere, die in ihren Löchern hockten, kolossale Hummern, die sich wie Hellebardiere reckten, Krabben wie Kanonen auf ihren Laffetten, und gräßliche Polypen, die ihre Fühlhörner gleich einem lebendigen Schlangengebüsch verschlungen ausstreckten.

Diese Ungeheuerlichkeiten waren eine mir unbekannte Welt. Seit wieviel Jahrhunderten lebten diese Thiere also in den tiefsten Schichten des Oceans?

Aber ich konnte mich nicht dabei aufhalten. Der Kapitän Nemo achtete nicht mehr darauf. Wir waren auf einer ersten Hochfläche angelangt, wo andere Ueberraschungen meiner harrten. Man bekam da malerische Ruinen zu Gesicht, welche die Hand des Menschen erkennen ließen: ungeheure Haufen von Steintrümmern, woran man unklare Formen von Schlössern und Tempeln unterscheiden konnte, die mit einer Welt von Zoophyten in Blüthe, und mit einer dicken Hülle von Tang und Algen, gleich Epheu überdeckt waren.

Aber was hatte es mit diesem durch Überschwemmung versenkten Erdtheil für eine Bewandtniß? Wer hatte diese Felsen und Steine als Zeugen aus der Urzeit aufgerichtet? Wohin hatte mich des Kapitäns Nemo Laune geschleppt?

Gerne hätte ich ihn gefragt. Ich hielt ihn an, faßte ihn beim Arm. Aber er schüttelte den Kopf, und zeigte auf den höchsten Gipfel des Berges, als wolle er sagen:

»Komm'! Komm' immer weiter!«

Ich nahm meine letzten Kräfte zusammen, ihm zu folgen, und in einigen Minuten hatten wir die Spitze erstiegen, die um etwa zehn Meter über diese ganze Felsenmasse emporragte.

Ich blickte auf die Seite, woher wir gekommen waren, zurück. Der Berg erhob sich nur sieben- bis achthundert Fuß über die Ebene; aber auf der entgegengesetzten Seite beherrschte er aus doppelter Höhe den Grund dieses Theiles des Atlantischen Meeres. Ich konnte weit hinaus blicken, und gewahrte einen ungeheuren Raum von starkem Blitzesschein erleuchtet. In der That, der Berg war ein Vulkan. Fünfzig Fuß unterhalb der Spitze, mitten in einem Regen von Steinen und Schlacken, warf ein weiter Krater Lavaströme aus, die in feurigem Sprudeln durch die Gewässer drangen. So erleuchtete der Vulkan wie eine ungeheure Fackel die darunter liegende Ebene bis zu den äußersten Grenzen des Horizonts.

Ich habe gesagt, der unterseeische Krater warf nur Laven aus, keine Flammen. Für diese bedarf's des Sauerstoffs der Luft, und sie konnten ohne diesen sich nicht unter dem Wasser entwickeln; aber Lavaströmungen, die das Princip ihres Brandes in sich tragen, können bis zum Rothweißen gedeihen, siegreich gegen das nasse Element kämpfen, und bei einer Berührung verdunsten. Alle diese Gase verbreiteten sich in reißenden Strudeln, und die Lavaströme glitten auf dem Krater des Berges hinab, wie einst aus dem Krater des Vesuvs auf Torre del Greco.

Wirklich zeigte sich da unter meinen Augen in Trümmern eine in den Abgrund versunkene Stadt mit eingestürzten Dächern, zerfallenen Tempeln, verschobenen Gewölben, zu Boden gestürzten Säulen, an denen man noch die Verhältnisse toskanischer Architektur erkannte: weiter hinaus Trümmer eines riesenhaften Aquäducts; hier in Schlamm vergraben eine Akropole mit den Formen eines Parthenon; dort die Spuren eines Quai, als hätte einst ein antiker Hafen am Gestade eines verschwundenen Oceans den Kaufmannsschiffen und Kriegs-Triremen Schutz gewährt; noch weiter hinaus lange Reihen zerfallener Mauern, große verödete Straßen, ein ganzes versunkenes Pompeji, welches der Kapitän Nemo vor meinen Augen wieder in's Leben rief.

Wo war ich? Ich wollte es um jeden Preis wissen, ich wollte reden, die kupferne Kugel, welche meinen Kopf einkerkerte, abreißen.

Aber der Kapitän Nemo kam zu mir und hielt mich ab.

Darauf hob er ein Stückchen kreideartigen Gesteins auf, trat an einen schwarzen Basaltfelsen und schrieb darauf nur das einzige Wort:

Atlantis.

Wie ein Blitzstrahl fuhr mir ein Gedanke durch den Kopf! Die alte Atlantis Platon's, das einst versunkene Festland, dessen Dasein eine Menge Gelehrten von Origenes an bis Humboldt geleugnet, ein Verschwinden unter die Märchen gerechnet, von anderen nicht minder großen Gelehrten, von Plinius bis Buffon anerkannt wurde, – hier lag es vor meinen Augen mit den unverwerflichen Zeugnissen seines Hinabsinkens! Es war also die versunkene Landschaft, welche einst außerhalb Europas, Asiens, Libyens vorhanden war, draußen vor den Säulen des Herkules, wo einst das mächtige Volk der Atlanten lebte, mit welchem das alte Griechenland seine ersten Kriege führte.

Plato selbst hat in seinen Schriften die Großthaten dieser Heroenzeit aufgezeichnet. Sein Dialog Timäus und Kritias ist so zu sagen unter Eingebung Solon's geschrieben.

Einst unterhielt sich Solon mit einigen weisen Greisen aus Sais, einer bereits achthundert Jahre alten Stadt. Einer dieser Greise erzählte die Geschichte einer anderen Stadt, die über tausend Jahre älter war. Diese erste etwa neun Jahrhunderte alte athenische Stadt war von den Atlanten angegriffen und zum Theil zerstört worden. Diese Atlanten, sagte er, hatten ein unermeßliches Festland inne, das größer war als Afrika und Asien zusammen, und eine Fläche vom zwölften bis vierzigsten Grad nördlicher Breite deckte. Ihre Herrschaft erstreckte sich selbst auf Aegypten. Sie wollten dieselbe auch über Griechenland ausdehnen, mußten aber vor dem unbezwinglichen Widerstand der Hellenen zurückweichen. Jahrhunderte verflossen. Es entstand eine Ueberschwemmung, ein Erdbeben, und in Zeit von einer Nacht und einem Tag verschwand jene Atlantis, deren höchste

Spitzen, Madera, die Azoren, die Kanarien, die Capverdischen Inseln noch hervorragen.

Diese historischen Erinnerungen rief die Inschrift des Kapitäns Nemo in meinem Geiste wach. Also hatte mich das seltsamste Geschick dahin geleitet, daß ich auf einem der Berge dieses Continents stand, die Ruinen aus der Urzeit der geologischen Epochen mit Händen zu berühren im Stande war!

Ach! wie bedauerte ich diesen Mangel an Zeit! Gerne wäre ich die steilen Abhänge des Berges hinabgestiegen, um den unermeßlichen Continent ganz zu durchlaufen, der ohne Zweifel einst Afrika mit Amerika verband, um die großen Städte der Urzeit zu besuchen.

Während ich über diesen Gedanken in Träume versank, und alle Details dieser großartigen Landschaft mir einzuprägen bemüht war, stand auch der Kapitän Nemo, wider eine bemooste Säule gelehnt, in stummes Träumen verloren.

Eine volle Stunde blieben wir an dieser Stelle, und betrachteten beim Glanz der Laven die ungeheure Ebene. Aus der Tiefe drang ein Getöse, das klar durch die umgebenden Gewässer drang, und mit majestätischer Fülle widerhallte.

In diesem Augenblick schien auch der Mond eine Weile durch die Masse der Gewässer, und warf einige bleiche Strahlen auf den versunkenen Continent. Nur ein Schimmer zwar, aber von unbeschreiblichem Effect. Der Kapitän erhob sich, warf einen letzten Blick auf diese unermeßliche Ebene; darauf winkte er mit der Hand, ihm zu folgen.

Wir stiegen rasch den Berg hinab. Als wir den mineralischen Wald einmal hinter uns hatten, sah ich die Leuchte des Nautilus gleich einem Stern glänzen. Der Kapitän schritt gerade darauf los, und wir befanden uns wieder an Bord, als eben das erste Schimmern des Morgenroths die Oberfläche des Oceans traf.

Zehntes Capitel
Unterseeische Kohlenminen

Am folgenden Tage, den 20. Februar, stand ich sehr spät auf. Die Ermüdung der nächtlichen Partie hatte mich bis elf Uhr zu Bette gehalten. Ich zog mich rasch an, um mich bald über die Richtung des Nautilus zu versichern. Die Instrumente gaben mir an, daß er mit einer Schnelligkeit von zwanzig Meilen in der Stunde bei einer Tiefe von hundert Meter stets südlich fuhr.

Conseil trat ein. Ich erzählte unseren nächtlichen Ausflug, und da die Läden geöffnet waren, so konnte er noch einen Theil des versunkenen Continents aus der Ferne erkennen.

Der Nautilus fuhr in der That nur zehn Meter hoch über dem Boden der Atlantis hin, und zwar so schnell, wie ein Ballon, den der Wind über Wiesenland treibt; richtiger gesagt, wir waren in diesem Salon wie in dem Waggon eines Eilzuges. Der Vordergrund vor unseren Augen bestand aus phantastisch zugeschnittenen Felsen, Bäumen, die bereits aus dem Pflanzen- in's Mineralreich übergegangen waren; ferner aus steinigen Massen mit einem Teppich von Axidien und Anemonen bedeckt, voll langen senkrechten Wasserpflanzen; ferner aus seltsam gestalteten Lavablöcken, welche von der wüthenden Gewaltsamkeit plutonischer Umgestaltungen Zeugniß gaben.

Während diese bizarren Landschaften in der Beleuchtung unseres elektrischen Lichtes glänzten, erzählte ich Conseil von jenen Atlanten, von den Kriegen dieser Heroenzeit. Ich besprach die Frage der Atlantis wie ein Mann, der davon überzeugt ist. Aber Conseil, in voller Zerstreuung zeigte wenig Sinn für diesen historischen Punkt. Zahlreiche Fische zogen seine Blicke an, und in die Tiefen der Classification versunken, befand er sich nicht mehr in der wirklichen Welt. Ich schloß mich ihm an in ichthyologischen Untersuchungen.

Uebrigens zeigten die Fische des Atlantischen Meeres keinen erheblichen Unterschied von den bisher beobachteten. Es waren Rochen von riesenhafter Größe, fünf Meter lang und von ungeheurer Muskelkraft, so daß sie sich über die Oberfläche des Wassers emporschnellen konnten; verschiedene Arten Haifische, unter anderen ein blaugrüner, fünfzehn Fuß langer, der wegen seiner Durchsichtigkeit mitten im Wasser fast unsichtbar war, braune Speerhaie, Störe gleich denen im Mittelländischen, Seepferde, Trompetenfische, anderthalb Fuß lang, gelbbraune, mit kleinen grauen Flossen, ohne Zähne noch Zunge.

Unter den Knochenfischen notirte Conseil schwärzliche Makaïra, drei Meter lang und mit einem scharfen Degen am Oberkiefer; Seedrachen von lebhaften Farben, die wegen der Stacheln ihrer Rückenflossen schwer zu fangen sind, schöne Goldbrassen; acht Meter lange Schwertfische, die truppweise ziehen, mit gelblichen sichelförmigen Flossen und sechs Fuß langen Schwertern, unverzagte Thiere, die jedoch mehr von Pflanzen als Fischen leben und ihren Weibchen auf einen Wink gehorchen, wie ein bestgezogener Ehemann.

Aber neben der Beobachtung der Seefauna verabsäumte ich nicht, die ausgedehnten Ebenen der Atlantis zu untersuchen. Manchmal war der Nautilus durch launenhafte Unebenheiten des Bodens genöthigt, langsam zu fahren, und glitt dann so gewandt wie ein Delphin durch die engen Wege zwischen Hügeln. War dies unmöglich, so stieg er wie ein Luftballon aufwärts, und setzte, nachdem das Hinderniß beseitigt war, seine Schnellfahrt einige Meter tiefer fort. Diese Fahrt war reizend zum Staunen, ähnlich den Bewegungen einer Luftschiffahrt, nur daß der Nautilus folgsam der Hand seines Steuerers gehorchte.

Um vier Uhr Abends zeigte das Erdreich, welches im Allgemeinen aus dichtem Schlamm mit mineralisirtem Gezweig vermischt bestand, allmälig eine andere Beschaffenheit; es ward steinig und schien bedeckt mit einem Gemenge von Basalttuff mit einigen Lagen Lava und schwefelichtem Obsidian. Ich dachte, auf die ausgedehnten Ebenen werde bald die Bergregion folgen, und wirklich, bei einigen Schwenkungen des Nautilus sah ich den südlichen Horizont durch eine hohe Wand versperrt, welche jeden Ausweg abzuschneiden schien. Sie ragte offenbar über den Meeresspiegel hinan. Es mußte ein Continent oder wenigstens eine Insel sein, eine der Canarischen oder Capverdischen. Wo wir uns befanden, war mir völlig unbekannt. Jedenfalls schien eine solche Wand das Ende der Atlantis, wovon wir nur einen sehr kleinen Theil durchstreift hatten, zu bilden.

Die Nacht unterbrach meine Beobachtungen nicht. Ich befand mich allein, da Conseil sich in seine Kabine begeben hatte. Der Nautilus fuhr langsam, bewegte sich leicht über unklaren Massen des Bodens, bald an demselben hinstreifend, bald zur Oberfläche aufsteigend. Dann sah ich durch die Gewässer einige lebhafte Sternbilder, oben gerade von denjenigen, welche zum Schweife des Orion gehören.

Ich wäre noch lange an meinem Fenster geblieben um die Schönheiten des Meeres und Himmels zu bewundern, – da schlossen sich die Läden. Der Nautilus war eben an die senkrechte Wand gekommen. Wie er nun manoeuvriren würde, konnte ich nicht errathen. Ich begab mich auf mein Zimmer. Der Nautilus rührte sich nicht. Ich schlief ein, fest entschlossen, nach einigen Stunden wieder aufzustehen.

Aber am folgenden Morgen kam ich erst um acht Uhr in den Salon. Ich sah auf das Manometer, und fand, daß der Nautilus auf der Oberfläche des Meeres schwamm. Ich vernahm übrigens Fußtritte auf der Plattform. Doch verrieth kein Schwanken den Wellenschlag des Meeresspiegels.

Ich stieg zur Luckenöffnung; sie war geschlossen. Aber anstatt des Tageslichtes, wie ich erwartete, sah ich mich von dichtem Dunkel umgeben. Wo befanden wir uns? Hatte ich mich geirrt? War es noch Nacht? Nein, es schimmerte kein Stern, und so stockfinstere Nacht giebt's nicht.

Ich wußte nicht, was ich davon denken sollte, als eine Stimme mich anrief:

»Sind Sie's, Herr Professor?

– Ah! Kapitän Nemo, erwiderte ich, wo sind wir?

– Unter der Erde, Herr Professor.

– Unter der Erde! rief ich aus. Und der Nautilus schwimmt noch?

– Er schwimmt fortwährend.

– Aber, ich begreife nicht?

– Warten Sie einige Augenblicke. Unsere Leuchte wird angezündet werden, und wenn Sie Klarheit lieben, sollen Sie befriedigt werden.«

Ich betrat die Plattform und wartete. Das Dunkel war so vollständig, daß ich nicht einmal den Kapitän Nemo wahrnehmen konnte. Doch als ich zum Zenith aufblickte, gerade über meinem Kopf, glaube ich einen unbestimmten Schimmer zu bemerken, eine Art Dämmerlicht durch ein rundes Loch. In dem Augenblick wurde die Leuchte plötzlich angezündet, und vor seinem lebhaften Glanz verschwand jener unbestimmte Schimmer.

Einen Augenblick mußte ich meine durch das elektrische Licht geblendeten Augen schließen, dann blickte ich umher. Der Nautilus lag still auf der Wasserfläche neben einer steilen Küste, die einem Quai gleich gestaltet war. Dies Meer, worauf er eben lag, war ein See, umschlossen von Felswänden in einem Umkreis, welcher zwei Meilen Durchmesser, also sechs Meilen Umfang hatte. Sein Wasserspiegel konnte nur – das Manometer wies es nach – von gleicher Höhe, wie der äußere sein, denn es fand nothwendig eine Verbindung zwischen diesem See und dem Meere statt. Die hohen Wände wölbten sich oben, und bildeten einen ungeheuren umgekehrten Trichter von fünf bis sechs Meter Höhe. An der Spitze befand sich eine kreisrunde Oeffnung, durch welche ich den matten Schein, offenbar vom Tageslicht, bemerkt hatte.

Bevor ich die innere Beschaffenheit dieser enormen Höhle aufmerksam untersuchte, bevor ich mir die Frage vorlegte, ob sie ein Werk der Natur oder des Menschen sei, wendete ich mich an den Kapitän Nemo.

»Wo sind wir? fragte ich.

– Mitten im Centrum eines erloschenen Vulkans, erwiderte mir der Kapitän, eines Vulkans, in dessen Inneres das Meer eingedrungen ist in Folge einer Zerreißung des Bodens. Während Sie schliefen, Herr Professor, ist der Nautilus durch einen natürlichen Kanal, zehn Meter unter dem Meeresspiegel, in diesen See eingelaufen. Hier ist sein Haupthafen, ein sicherer, bequemer, geheimnißvoller, gegen alle Windstriche geschützt! Ist denn auf den Küsten Eurer Continente oder Inseln eine Rhede zu finden, die eine so sichere Zuflucht und Schutz gegen wüthende Orkane darböte.

– Wahrhaftig, erwiderte ich, hie sind Sie in Sicherheit, Kapitän Nemo. Wer könnte im Centrum eines Vulkans Ihnen beikommen? Aber habe ich nicht in seinem Gipfel eine Oeffnung bemerkt?

– Ja, sein Krater, der vormals von Lava, Dünsten und Flammen erfüllt, nun diese erquickende Luft, welche wir einathmen, herein läßt.

– Aber was ist es für ein vulkanischer Berg? fragte ich.

– Er gehört zu einem der zahlreichen Eilande, womit dieses Meer bedeckt ist. Nur eine Klippe für die Schiffe, für uns eine unermeßliche Höhle. Der Zufall hat mich sie finden lassen, und hat mir damit sehr genützt.

– Aber könnte man nicht durch diese Oeffnung, welche den Krater des Vulkans bildet, hinabsteigen?

– Eben so wenig als ich hinaufsteigen könnte. Bis zu einer Höhe von hundert Fuß ist der untere Theil des Berges innen zu ersteigen, aber darüber hinaus hängen die Wände über, und auf ihren Abhängen kann man nicht hinauf kommen.

– Ich sehe, Kapitän, daß die Natur Ihnen überall und immer zu Diensten ist. Sie sind auf diesem See in Sicherheit, und kein Mensch außer Ihnen kann seine Gewässer besuchen. Aber wozu ein Zufluchtsort? Der Nautilus bedarf eines Hafens nicht.

– Nein, Herr Professor, aber er bedarf Elektricität, um sich zu bewegen, Elemente zur Erzeugung seiner Elektricität; Sodium, um die Elemente zu nähren; Kohle, um sein Sodium zu bereiten, und Kohlenminen, um seine Kohlen zu gewinnen. Nun aber bedeckt das Meer eben hier ganze Wälder, die in der Urzeit versanken, um mineralisirt und in Steinkohle verwandelt mir eine unerschöpfliche Vorrathsgrube bilden.

– Ihre Matrosen also, Kapitän, sind die Grubenleute?

– Ja wohl. Diese Minen laufen unter dem Meer her, wie die Gruben von Newcastle. Hier holen meine Leute in ihren Skaphandern, mit Hacke und Schaufel die Kohle, welche ich aus den Gruben der Erde nicht bedarf. Wenn ich diesen Stoff für Gewinnung des Sodiums verbrenne, bekommt der Berg durch den aus dem Krater aufsteigenden Dampf noch das Aussehen eines thätigen Vulkans.

– Und wir können Ihre Leute bei der Arbeit sehen?

– Nein, diesmal wenigstens nicht, denn ich habe Eile, unsere unterseeische Fahrt fortzusetzen. Darum beschränke ich mich jetzt darauf, aus meinem Vorrath von Sodium mich zu versehen. Wir brauchen nur einen Tag, um dasselbe an Bord zu schaffen, dann werden mir unsere Fahrt fortsetzen. Wenn Sie also, Herr Arronax, diese Zeit benutzen wollen, diese Höhle zu durchwandern und den See rings zu befahren, so steht's in Ihrem Belieben.«

Ich dankte dem Kapitän, und suchte meine Gefährten auf, die noch nicht aus ihrer Cabine herausgekommen waren. Ich lud sie ein, mir zu folgen, ohne ihnen zu sagen, wo sie sich befanden.

Sie kamen auf die Plattform. Conseil, der über nichts mehr sich verwunderte, sah es als etwas ganz Natürliches an, daß er unter einem Berg aufwachte, nachdem er unter dem Wasser eingeschlafen war. Aber Ned-Land hatte keinen andern Gedanken, als zu forschen, ob die Höhle nicht einen Ausgang habe.

Nach dem Frühstück, gegen zehn Uhr, stiegen wir aus an die Küste.

»Da sind wir einmal wieder auf dem Lande, sagte Conseil.

– Das nenn' ich nicht »Land«, erwiderte der Canadier. Und zudem sind wir nicht auf, sondern unter demselben.«

Zwischen dem Fuß der Gebirgswände und dem Wasser des Sees zog sich ein sandiger Uferrand, der, wo am weitesten, fünfhundert Fuß breit war. Auf diesem sandigen Rand konnte man leicht um den See herum gehen. Aber die Basis der hohen Wände bildete ein unebener Boden, worauf malerisch aufgeschichtete vulkanische Felsblöcke und ungeheure Bimssteine lagen. Alle diese durcheinander geworfenen Massen, durch die Einwirkung der unterirdischen Feuer mit einem glatten Schmelz bedeckt, warfen, wenn die elektrischen Strahlen der Leuchte sie trafen, einen schimmernden Glanz zurück. Der Glimmerstaub des Ufers, den unsere Tritte erregten, flog auf gleich einer Wolke von Funken.

Der Boden erhob sich merklich, sowie man sich von dem Wasser entfernte, und wir gelangten bald zu langen, gewundenen Auswegen, wahren Anbergen, welche allmälig hinauf zu kommen gestatteten, aber man mußte inmitten dieser, von keinem Bindemittel zusammengehaltenen Haufen vorsichtig schreiten, und der Fuß glitt auf diesen glasartigen Trachyten, die aus Krystallen von Feldspath und Quarz gebildet waren.

Die vulkanische Natur dieser enormen Höhlung bestätigte sich allerwärts. Ich machte meine Gefährten darauf aufmerksam.

»Können Sie sich vorstellen, fragte ich sie, wie dieser Trichter sein müßte, wenn er mit siedender Lava sich füllte, und das Niveau dieser glühenden Masse bis zur Mündung des Berges stieg, wie das siedende Metall über die Wände des Gießofens?

– Ich kann mir's völlig so vorstellen, erwiderte Conseil. Aber kann mir mein Herr sagen, weshalb der große Gießer seine Verrichtung eingestellt hat, und woher es kommt, daß an die Stelle des Gießofens ein See mit so stillem Wasser getreten ist?

– Sehr wahrscheinlich, Conseil, weil irgend eine gewaltsame Zerklüftung unterhalb der Meeresoberfläche diese Oeffnung hervorgebracht, welche dem Nautilus zur Einfahrt gedient hat. Da stürzten die Wasser des Atlantischen Meeres in's Innere des Berges hinein. Es gab dann einen fürchterlichen Kampf zwischen beiden Elementen, aus welchem Neptun als Sieger hervorging. Aber es sind seitdem viele Jahrhunderte verflossen und, der vom Wasser überwältigte Vulkan hat sich zu einer friedlichen Grotte umgewandelt.

– Sehr richtig, versetzte Ned-Land. Ich lasse die Erklärung gelten, aber ich bedaure in unserm Interesse, daß diese Oeffnung, wovon der Herr Professor spricht, nicht oberhalb des Meeresspiegels entstanden ist.

– Aber, Freund Ned, erwiderte Conseil, wäre diese Oeffnung nicht unter der See gewesen, so hätte der Nautilus nicht dahin gelangen können!

– Und ich will hinzufügen, Meister Land, die Wasser wären dann nicht unter dem Berg eingedrungen, und der Vulkan wäre Vulkan geblieben. Ihr Bedauern ist also überflüssig.«

– Wir stiegen weiter aufwärts. Die Aufwege wurden immer steiler und enger. Mitunter wurden sie von tiefen Schluchten unterbrochen, über welche man setzen mußte. Ueberhängende Massen mußten umgangen werden. Man glitt auf den Knieen, man rutschte auf dem Bauch. Aber mit Hilfe der Geschicklichkeit Conseil's und der Kraft des Canadiers wurden alle Hindernisse überwunden.

In einer Höhe von etwa dreißig Meter änderte sich die Beschaffenheit des Bodens, ohne daß er darum bequemer zu passiren wurde. An der Stelle der Conglomerate und Trachyte traten schwarze Basalte; diese zogen theils in blasigen Streifen, theils bildeten sie regelmäßige Prismen, die sich wie eine Colonnade reiheten, auf welcher das ungeheure Gewölbe ruhte, ein staunenswerthes Muster natürlicher Architektur. Sodann schlängelten sich weithin Gänge kalt gewordener Lava mit Harzstreifen durchzogen, und stellenweise bereiteten sich weite Schwefellager. Durch den oberen Theil des Kraters fiel ein stärkeres Licht herein und übergoß mit einem Dämmerschein alle diese, für immer im Schooße des erloschenen Gebirges vergrabenen vulkanischen Auswürfe.

Doch wurde unser Aufsteigen bald auf einer Höhe von etwa zweihundertfünfzig Fuß durch unüberwindliche Hindernisse gehemmt. Die innere Wölbung ward überhängend, und wir mußten nun seitwärts um den See herum wandern. Auf dieser Stufe fing das Thierreich an mit dem Mineralreich zu ringen. Es ragten einige Gebüsche und selbst Bäume aus den Krümmungen der Wand. Ich erkannte Euphorbien und Heliotropien. Diese letzteren konnten freilich nicht sich der Sonne zuwenden, weil die Strahlen derselben nicht zu ihnen reichten; einige Chrysanthemumen wuchsen schüchtern neben Aloe mit langen, traurigen und kränkelnden Blättern. Aber zwischen den Lavagängen bemerkte ich kleine Veilchen, die noch leicht dufteten, und erquickte mich an dem köstlichen Geruch.

Wir waren zu einem Gebüsch gekommen, das mit starken Wurzeln die Felsen auseinander trieb, als Ned-Land ausrief:

»Mein Herr, ein Bienenstock!

– Ein Bienenstock! versetzte ich mit ungläubiger Miene.

– Ja! ein Bienenstock, wiederholte der Canadier, und da summen Bienen herum.«

Ich trat hinzu und mußte mich durch den Augenschein überzeugen. Es fanden sich da, an der Mündung eines Loches in einem hohlen Baume einige tausend dieser fleißigen Insecten, die auf den Canarischen Inseln sehr häufig sind, wo man auch den Honig sehr zu schätzen weiß.

Ganz natürlich wünschte da der Canadier sich mit Honig zu versehen, und er hätte mir's sehr übel genommen, wenn ich ihm hätte entgegen sein wollen. Er zündete mit seinem Feuerstahl ein Häufchen dürrer Blätter mit Schwefel vermischt an, und ließ den Rauch zu den Bienen dringen. Bald hörte das Summen auf, und die Waben lieferten einige Pfund duftenden Honig, welchen Ned-Land in seinem Ranzen barg.

»Wenn ich diesen Honig mit dem Teig vom Brodfruchtbaum menge, sprach er, bin ich im Stande, Ihnen einen schmackhaften Kuchen vorzusetzen.

– Potz! sagte Conseil, das giebt ja Lebkuchen.

– Lassen wir jetzt den Lebkuchen, sagte ich, und setzen unsern interessanten Spaziergang fort.«

Nachdem wir auf dem Pfade, worauf wir uns befanden, noch etwas weiter gegangen, lag der See in seiner ganzen Ausdehnung vor unseren Blicken. Die Leuchte ließ seinen riesigen Spiegel vollständig erkennen, wie er ohne Wellen und Runzeln war. Der Nautilus hielt sich völlig unbeweglich. Auf seiner Plattform und dem Ufer regte sich die Mannschaft gleich schwarzen Schatten, die mitten aus dem Lichtkreise sich deutlich hervorhoben.

In diesem Augenblick kamen wir um die höchste Spitze des Vordergrundes der Felsen, auf welcher das Gewölbe ruhte. Da sah ich, daß Bienen nicht die einzigen Repräsentanten des Thierreichs im Innern dieses Vulkans waren. Raubvögel schweiften und streiften hier und da im Dunkel oder flohen aus ihren Nestern auf Felsenspitzen. Es waren Sperber und schreiende Weihe. Auf den Abhängen gab's auch hübsche fette Trappen, die so schnell als ihre Läufe sie trugen, davon eilten. Man kann sich denken, wie der Canadier Lust nach einem solchen Braten bekam, und wie leid es ihm war, keine Flinte zur Hand zu haben. Er versuchte durch Steine das Blei zu ersetzen, und es gelang ihm auch, nach einigen fruchtlosen Versuchen, eins der prächtigen Thiere zu verwunden. Zwanzigmal, das ist reine Wahrheit, setzte er sein Leben daran, bis daß er es in seinen Sack zu den Lebkuchen bekam.

Darauf mußten mir uns wieder abwärts nach dem Ufer zuwenden, denn aus den Gebirgskamm konnten wir nicht gelangen. Ueber uns sah der klaffende Krater aus wie eine weite Brunnenmündung. Von dieser Stelle aus konnte man den Himmel ziemlich klar erkennen, und ich sah vom Westwind zerzaustes Gewölk ziehen, das mit seinen Nebelfetzen am Gipfel des Berges streifte, also in mäßiger Höhe, denn der Vulkan ragte nicht mehr als achthundert Fuß über den Meeresspiegel.

Eine halbe Stunde nach der letzten That des Canadiers waren wir wieder am inneren Ufer angelangt. Hier war die Flora durch ein dichtes Beet Meerfenchel repräsentirt, die kleinen Schirmpflänzchen, welche man gerne zum Einmachen verwendet. Conseil sammelt einige Büschel davon. Die Fauna zählte nach Tausenden, Schalthiere aller Art, Hummer, Krabben, Palämon, Feldspinnen, Seejungfern, und eine zahllose Menge von Muscheln, Porzellan-, Purpurschnecken, Napfmuscheln.

Hier öffnete sich eine prachtvolle Grotte. Wir genossen ein wahres Vergnügen, uns auf den feinen Sand hinzustrecken. Ihre Wände waren vom Feuer glatt emaillirt und funkelnd, ganz mit Glimmerstaub bestreut. Ned-Land betastete die Wände, als wolle er untersuchen, wie dick sie seien. Ich konnte mich des Lachens nicht enthalten. Die Unterhaltung wendete sich ans die ewigen Entweichungsprojekte, und ich glaubte, ohne Uebertreibung, ihm die Hoffnung geben zu können, der Kapitän Nemo sei nur deshalb so weit nach Süden gegangen, um sich mit Sodium zu versehen. Ich hoffte demnach, er werde jetzt sich wieder den Küsten Europa's und Amerika's nähern; dann sei es möglich mit mehr Aussicht auf Erfolg den gescheiterten Versuch nochmals zu machen.

Seit einer Stunde hatten wir uns in dieser reizenden Grotte gelagert. Die Anfangs so belebte Unterhaltung stockte, und wir neigten zum Schlaf. Da ich gar keinen Grund sah, dieser Neigung Widerstand zu leisten, so gab ich mich tiefem Schlummer hin. Ich träumte – die Träume liegen nicht in unserer Wahl – ich träumte mein Dasein habe sich nun auf das vegetative Leben einer Molluske eingeengt. Es kam mir vor, diese Grotte bilde die doppelte Schaale meiner Muschel ...

Da weckte mich plötzlich Conseil's lauter Ruf:

»Auf! Auf! schrie der wackere Junge.

– Was giebt's? fragte ich, und richtete mich etwas auf.

– Das Wasser dringt auf uns ein!«

Ich sprang auf. Das Meer stürzte reißend wie ein Bergstrom in unsere Zufluchtsstätte, und da wir keine Molluske waren, so mußten wir allerdings flüchten.

In einigen Augenblicken waren wir in Sicherheit auf dem höchsten Punkt eben dieser Grotte.

»Was geht denn vor? fragte Conseil. Ist's ein neues Phänomen?

– Nein! meine Freunde, erwiderte ich, es ist die Fluth, nichts weiter. Der Ocean schwillt draußen an, und nach dem Naturgesetz muß auch der Wasserspiegel des See's steigen. Wir sind mit einem kleinen Bade davon gekommen. Wir wollen zum Nautilus und uns umkleiden.«

Nach dreiviertel Stunden hatten wir unseren Rundgang vollendet und kamen wieder an Bord. Die Leute der Bemannung waren eben mit dem Einladen des Sodiums fertig, und der Nautilus hätte sogleich abfahren können.

Doch der Kapitän Nemo gab keinen Befehl dazu. Wollte er die Nacht abwarten und im Stillen die unterseeische Einfahrt passiren? Vielleicht.

Wie dem auch sein mag, am folgenden Morgen fuhr der Nautilus, nachdem er seinen Zufluchtshafen verlassen, weit ab von jedem Land auf hoher See, einige Meter unter dem Spiegel des Atlantischen Oceans.

Elftes Capitel
Das Tang-Meer

Die Richtung des Nautilus hatte sich nicht geändert. Jede Hoffnung auf meine Rückkehr in die Meere Europa's mußte also für die nächste Zeit aufgegeben werden. Der Kapitän Nemo steuerte gerade südwärts. Wohin schleppte er uns? Ich getraute mir nicht, es zu ahnen.

An diesem Tage fuhr der Nautilus durch einen ansehnlichen Theil des Atlantischen Oceans. Jedermann weiß, daß darin eine große Strömung warmen Wassers ist, bekannt unter dem Namen Golfstrom. Er fließt, nachdem er aus den Engen von Florida herausgekommen, in der Richtung von Spitzbergen. Aber bevor dieser Strom in den Golf von Mexiko gedrungen, um den Vierundvierzigsten Grad nördlicher Breite, theilt er sich in zwei Arme, von denen der eine nach den Küsten Irlands und Norwegens hinzieht, während der andere südlich nach den Azoren zu sich wendet; darauf bricht er sich an der afrikanischen Küste und kehrt in einem länglichen Oval nach den Antillen zurück.

Dieser zweite Arm nun, — eher ein Halsband als ein Arm — umgiebt mit seinen Ringen warmen Wassers den kalten, ruhigen, unbeweglichen Theil des Oceans, welchen man das Tang-Meer nennt. Die Gewässer dieser großen Strömung bilden inmitten des Atlantischen Oceans einen wahren See, und brauchen nicht weniger als drei Jahre Zeit, um ihn ganz zu durchlaufen.

Das Tang-Meer bedeckt eigentlich den ganzen Theil der versunkenen Atlantis. Manche Schriftsteller haben gar die Meinung aufgestellt, die zahlreichen Kräuter, womit es bedeckt ist, hätten ihren Ursprung in dem Wiesenland des vormaligen Continents. Wahrscheinlicher jedoch ist, daß diese Kräuter, Algen und Meergras vom Golfstrom aus den Küstengegenden Europa's und Amerika's fortgeschwemmt und bis in diese Zone geführt worden sind. Dieses war auch einer der Gründe, welche Columbus auf die Vermuthung brachten, es existire eine neue Welt. Als die Fahrzeuge dieses kühnen Entdeckers in das Tang-Meer kamen, konnten sie nur mit Mühe inmitten der Kräuter fortkommen, welche zum großen Schrecken der Mannschaft den Lauf der Schiffe hemmten, und sie verloren drei lange Wochen damit, über sie hinaus zu kommen.

So war die Gegend beschaffen, welche der Nautilus eben besuchte, ein echtes Wiesenland, ein dichtes Gewirke von Algen und Meergras, das so fest zusammen hing, daß der Kiel eines Fahrzeuges nur mit Mühe hindurch dringen konnte. Der Kapitän Nemo wollte auch nicht seine Schraube sich in dieser Kräutermasse verwickeln lassen, und hielt sich daher einige Meter tief unter der Meeresoberfläche.

Der Hauptbestandtheil dieser ungeheuren Bank ist Seegras. Als Grund, weshalb diese Wassergewächse in dem ruhigen Becken des Atlantischen Meeres zusammen kommen, führt der gelehrte Maury Folgendes an:

»Die Erklärung, sagt er, welche man davon geben kann, scheint aus einer allgemein bekannten Wahrnehmung hervor zu gehen. Wenn man Korkstöckchen oder sonst schwimmende Gegenstände in ein Gefäß thut, und setzt das Wasser des Gefäßes in eine Kreisbewegung, so sieht man, daß die zerstreuten Krümlichen sich im Centrum der Oberfläche zu einer Gruppe sammeln, d. h. an dem am wenigsten bewegten Punkt. Bei der fraglichen Naturerscheinung ist das Atlantische Meer das Gefäß, der Golfstrom die Kreisbewegung, und das Tang-Meer der Mittelpunkt, zu welchem die zerstreuten schwimmenden Körper sich sammeln.«

Ich theile Maury's Ansicht, und habe die Erscheinung von dem eigenthümlichen Standpunkt aus, wohin die Schiffe selten dringen, studiren können. Ueber uns schwammen Körper, die aus allen Gegenden her kamen, und häuften sich mitten in diesen bräunlichen Kräutern, Baumstämme aus den Anden oder den Felsengebirgen, welche durch den Amazonenstrom oder den Mississippi herbeigeschwemmt waren, zahlloses Strandgut, Stücke von Kielen und Brettern, dermaßen von Muschelwerk beschwert, daß es nicht wieder auf die Meeresoberfläche aufsteigen konnte. Und die Zeit wird einst die andere Ansicht Maury's rechtfertigen, daß diese seit Jahrhunderten so zusammen gehäuften Stoffe durch Einwirken des Wassers sich mineralisiren und dann unerschöpfliche Kohlengruben bilden werden. So bereitet die Natur einen kostbaren Vorrath für die Zeit, wann die Menschen die Gruben des Continents werden ausgebeutet haben.

Mitten in diesem verworrenen Gewebe von Kräutern und Seegras bemerkte ich reizende rosenfarbene Seesplinte, Meernesseln, deren Fühlhörner gleich langem Haupthaar herabhingen; grüne, rothe, blaue Medusen, und besonders die großen Rhizotomen Cuvier's, deren bläulicher Schirm mit einer violetten Guirlande umbordet ist.

Den ganzen 22. Februar brachten wir im Tangmeer zu, wo die Fische, welche gerne Seepflanzen und Schalthiere fressen, reichliche Nahrung finden. Am folgenden Tage hatte der Ocean wieder ein gewöhnliches Aussehen.

Von da an neunzehn Tage lang, vom 23. Februar bis 12. März, fuhren wir unausgesetzt mit der Geschwindigkeit von hundert Lieues in vierundzwanzig Stunden. Der Kapitän Nemo wollte offenbar sein unterseeisches Programm ausführen; und ich zweifelte nicht, daß er im Sinne hatte, nachdem er um das Cap Horn herum gefahren, in die südlichen Meere des Stillen Oceans zurück zu kehren.

Ned-Land hatte daher Grund zu Besorgnissen gehabt. Auf hoher See durfte man ja nicht versuchen, von Bord zu entweichen. Eben so wenig konnte man sich dem Willen des Kapitäns Nemo widersetzen. Das einzige, was uns blieb, war Unterwerfung; aber ich gab mich gerne dem Gedanken hin, daß, was man nicht mehr von der Gewalt oder List erwarten durfte, einmal durch Ueberredung zu erlangen sein würde. Sollte nicht der Kapitän Nemo nach Beendigung dieser Fahrt einwilligen, uns auf einen Eid, niemals das Geheimniß seines Daseins zu enthüllen, die Freiheit wieder zu geben? Wir würden ein Ehrenwort gehalten haben. Aber man mußte über diese delicate Frage mit dem Kapitän unterhandeln. Würde ich nun aber mit dieser Reklamation ankommen können? Hatte er nicht von Anfang an förmlich erklärt, das Geheimniß seines Lebens verlange unsere ewige Gefangenschaft an Bord des Nautilus? Mußte ihm nicht mein Stillschweigen seit vier Monaten als eine stille Genehmigung dieser Lage vorkommen? Den Gegenstand zur Sprache zu bringen, konnte ihm Verdacht einstoßen, der unseren Plänen schaden mußte, wenn sich später eine günstige Gelegenheit ergeben sollte, sie wieder vorzunehmen? Ich erwog alle diese Gründe, überlegte sie in meinem Geist hin und her, besprach sie mit Conseil, der eben so verlegen war, wie ich. Schließlich, obwohl ich nicht leicht zu entmuthigen war, begriff ich doch, daß sich die Aussichten, meines gleichen jemals wieder zu sehen, täglich minderten, zumal seit der Kapitän wie unsinnig in den Süden eilte!

Während der abgedachten neunzehn Tage begab sich kein besonderer Zwischenfall. Ich sah den Kapitän wenig. Er arbeitete. Ich sah in der Bibliothek öfters Bücher, die er aufgeschlagen liegen ließ, besonders naturhistorischen Inhalts. Mein Werk über den Meeresgrund war am Rande mit Anmerkungen bedeckt, welche oft mit meinen Theorien und Ansichten im Widerspruch waren. Aber der Kapitän beschränkte sich darauf, dergestalt meine Arbeit zu bessern, und selten besprach er sich darüber mit mir. Manchmal hörte ich die melancholischen Töne seiner Orgel, die er sehr ausdrucksvoll spielte, aber nur bei Nacht, mitten in stiller Dunkelheit, wann der Nautilus in den einsamen Gegenden des Oceans schlummerte.

Während dieser Zeit fuhren wir ganze Tage lang auf der Oberfläche. Das Meer war wie öde und verlassen. Kaum sah man einige Segelschiffe, Ostindienfahrer in der Richtung nach dem Cap der guten Hoffnung. Eines Tages wurden wir von Wallfischjägern verfolgt, die uns ohne Zweifel für einen kostbaren Wallfisch ansahen. Aber der Kapitän Nemo wollte nicht diese wackeren Leute Zeit und Mühe verlieren lassen, und tauchte unter.

Die Fische, welche ich unterdessen mit Conseil beobachtete, unterschieden sich wenig von denjenigen, welche wir unter anderen Breiten studirt hatten. Hauptsächlich gehörten sie der fürchterlichen Gattung der Knorpelfische an, welche nicht weniger als zweiunddreißig Arten zählt: gestreifte Haifische, fünf Meter lang, mit plattem Kopf, der breiter als der Körper ist, zugerundeten Schwanzflossen, und sieben großen schwarzen Parallelstreifen der Länge nach auf dem Rücken; sodann perlgraue oder aschgraue mit sieben Kiefernöffnungen und einer einzigen Rückenflosse, ungefähr an der Mitte des Körpers.

Auch große Meerhunde zogen vorüber, die unendlich gefräßig sind. Es giebt Fischermärchen, welche berichten, man habe im Leib eines solchen einen Büffelkopf und ein ganzes Kalb gefunden; in einem anderen zwei Thunfische und einen Matrosen in Uniform u. a. dergl. Lassen wir nun diese dahin gestellt sein, so waren diese Thiere doch immer von der Art, daß sie sich in den Garnen des Nautilus nicht fangen ließen, um von ihrer Gefräßigkeit mich selbst zu überzeugen.

Ganze Tage lang begleiteten uns zierliche und muthwillige Delphine schaarenweise. Sie zogen in Banden von fünf bis sechs zusammen, und hielten Hetzjagd, wie die Wölfe zu Lande; gefräßig sind sie übrigens nicht minder als die Meerhunde. Diese Familie zählt zehn Gattungen; die ich bemerkte, waren drei Meter lang, oben schwarz, unten rosa weiß mit einzelnen Flecken, und hatten eine sehr schmale Schnauze, die viermal so lang war als der Schädel. Auch trafen wir in diesen Gewässern merkwürdige Probestückchen von Stachelflossern, von denen man erzählt, sie sängen melodisch, wie in einem Concert, und zwar schöner als Menschenstimmen. Ich will dem nicht widersprechen, muß aber bedauern, daß sie uns bei dem Vorüberfahren nicht mit einem Ständchen bedacht haben.

Conseil zählte endlich auch eine Menge fliegender Fische auf. Es ist gewiß merkwürdig, wie die Delphine mit höchster Genauigkeit auf sie Jagd machen. Wohin ein solcher Vogel auch seinen Flug richten, welche Bahn er dabei beschreiben mag, selbst über den Nautilus hinaus, der Unglückliche fällt immer in den zum Aufschnappen geöffneten Rachen des Delphins. Es waren entweder Seehäher oder Meerweihe mit leuchtendem Maul, die bei der Nacht feurige Streifen durch die Luft zogen, dann gleich Sternschnuppen in das dunkle Wasser fielen.

In dieser Weise fuhren wir ununterbrochen bis zum 13. März. An diesem Tage wurde der Nautilus zu Sondirungen verwendet, welche mein lebhaftes Interesse erregten.

Wir hatten damals nahezu dreizehntausend französische Meilen seit unserer Abfahrt aus der hohen See des Stillen Oceans gemacht, und befanden uns unter 45° 37' südlicher Breite, und 37° 53' westlicher Länge. In derselben Gegend hatte der Kapitän Denham des Herald mit vierzehntausend Meter Sonde keinen Grund gefunden, und eben so war der Lieutenant Parcker von der amerikanischen Fregatte Congreß mit fünfzehntausendhundertundvierzig Meter nicht zum Ziel des Meeresgrundes gekommen.

Der Kapitän Nemo entschloß sich, mit seinem Nautilus bis in die äußerste Tiefe hinab zu fahren, um diese verschiedenen Sondirungen zu prüfen. Ich machte mich bereit, alle Ergebnisse des Experiments zu notiren. Die Läden des Salons wurden geöffnet, und die Manoeuvres begannen, um zu den so wunderhaft tiefen Schichten hinabzukommen.

Es versteht sich wohl, daß nicht davon die Rede sein konnte, durch Anfüllen der Behälter hinabzutauchen. Vermuthlich hätten sie die specifische Schwere des Nautilus nicht hinreichend erhöhen können. Sodann hätte man, um wieder aufwärts zu kommen, dieses Uebermaß von Wasser hinaustreiben müssen, und die Pumpen hätten nicht Kraft genug gehabt, um den äußeren Druck zu überwinden.

Der Kapitän Nemo entschloß sich, den Meeresgrund durch eine hinreichend lange Diagonale aufzusuchen vermittelst seiner geneigten Flächen, welche in einem Winkel von fünfundvierzig Grad zu den Wasserlinien des Nautilus gerichtet wurden. Hierauf wurde der Schraube ihr höchstes Maaß von Schnelligkeit gegeben, und sie schlug mit unbeschreiblicher Gewalt die Wellen.

Unter diesem mächtigen Druck dröhnte der Rumpf des Nautilus wie eine tönende Saite, und sank regelmäßig unter die Gewässer hinab. Der Kapitän und ich, wir begleiteten den Zeiger des Manometer, welcher reißend schnell umlief. Bald hatten wir die bewohnbare Zone, wo die meisten Fische hausen, zurückgelegt. Wenn manche dieser Thiere nur an der Oberfläche der Meere oder Flüsse leben können, so halten sich andere, eine geringere Anzahl in sehr großen Tiefen auf. Unter diesen letzteren beobachtete ich eine Art Meerhunde mit sechs Athmungsspalten, den Telescopen mit enormen Augen, den Panzerhahn, mit grauen Bauch- und schwarzen Bauchflossen, der mit einem Brustharnisch von blaßrothen Knochenplättchen geschützt war.

Ich fragte den Kapitän Nemo, ob er in noch größerer Tiefe Fische bemerkt habe.

»Fische? erwiderte er; selten. Aber nach gegenwärtigem Zustand der Wissenschaft, was nimmt man an, was weiß man?

ZWANZIGTAUSEND MEILEN UNTER'M MEER – ZWEITER BAND

– Das will ich Ihnen sagen, Kapitän. Man weiß, daß, wenn man zu den niederen Schichten des Oceans hinabsteigt, das vegetale Leben schneller, als das animale, verschwindet. Man weiß, daß da, wo sich noch belebte Wesen finden, nicht eine einzige Wasserpflanze mehr fortkommt. Man weiß, daß die Pilgermuscheln, die Austern in einer Tiefe von zweitausend Meter leben, und daß Mac Clintock einen lebenden Seestern aus einer Tiefe von zweitausendfünfhundert Meter geholt hat. Aber, Kapitän Nemo, vielleicht werden Sie mir sagen, daß man nichts weiß?

– Nein, Herr Professor, erwiderte der Kapitän, ich werde so unhöflich nicht sein. Doch will ich Sie fragen, wie erklären Sie, daß lebende Geschöpfe in solchen Tiefen leben können?

– Ich erkläre es aus zwei Gründen, erwiderte ich. Erstlich, weil die senkrechten Strömungen, welche durch den verschiedenen Salzgehalt und Dichtigkeit der Wasser bestimmt werden, eine Bewegung hervorrufen, welche genügt, um den niederen Grad vom Leben der Meerpalmen u. a. zu unterhalten?

– Richtig, sagte der Kapitän.

– Sodann, weil man weiß, daß, wenn Sauerstoff die Basis des Lebens ist, die Quantität im Meerwasser aufgelösten Sauerstoffes mit der Tiefe zunimmt, anstatt abzunehmen, und daß der Druck der unteren Schichten dazu beiträgt, ihn darin zusammen zu pressen.

– So! man weiß das? erwiderte der Kapitän Nemo, im Ton einiger Ueberraschung. Nun, Herr Professor, man hat Grund es zu wissen, denn es ist wirklich so. Ich will nun die Thatsache hinzufügen, daß die Schwimmblase der Fische mehr Stickstoff als Sauerstoff enthält, wenn diese Thiere an der Oberfläche der Wasser gefischt wurden, dagegen mehr Sauerstoff als Stickstoff, wenn sie aus großen Tiefen geholt werden. Dadurch erhält Ihr System eine Bestätigung. Doch setzen wir unsere Beobachtungen fort.«

Mein Blick fiel auf das Manometer. Das Instrument zeigte eine Tiefe von sechstausend Meter. Unser Hinabfahren dauerte schon eine Stunde lang. Der Nautilus glitt über seinen geneigten Flächen immer tiefer hinab. Die leeren Gewässer waren zum Staunen durchsichtig. Eine Stunde nachher waren wir dreizehntausend Meter tief, und man konnte noch nichts vom Meeresgrund spüren.

Doch bei vierzehntausend Meter gewahrte ich schwarze Spitzen, die inmitten der Gewässer sich erhoben. Aber es konnten ja Spitzen von Bergen sein, die höher als der Himalaja oder Montblanc sind, man konnte also die Tiefe noch nicht abschätzen.

Der Nautilus drang immer noch tiefer, ungeachtet des starken Druckes, den er litt. Ich fühlte, daß seine Eisenplatten unter der Fügung ihrer Zapfen zitterten, seine Eisenstangen sich krumm bogen; seine Verschläge dröhnten; die Glasscheiben des Salons schienen unter dem Druck zu weichen. Und dieses solide Fahrzeug hätte ohne Zweifel nachgegeben, wäre es nicht, wie sein Kapitän gesagt hatte, widerstandsfähig gewesen, wie ein fester Block.

Im Vorbeifahren an den Felswänden bemerkte ich noch einige Muscheln, wie *Serpula* und *Spinorbis* lebend.

Aber bald verschwanden auch diese letzten Repräsentanten des Thierlebens, und in einer Tiefe von zwölftausend Meter drang er über die Grenzlinie unterseeischen Lebens hinaus, wie wenn der Ballon über die athmungsfähige Zone hinaus in die Lüfte steigt. Wir hatten eine Tiefe von sechzehntausend Meter – vier Lieues – erreicht, und die Seitenwände des Nautilus hatten damals einen Druck von sechzehnhundert Atmosphären auszustehen, d. h. sechzehnhundert Kilogramm auf jeden Quadratcentimeter seiner Oberfläche!

»Welche Lage, rief ich aus! Diese tiefen Regionen zu durchlaufen, wohin der Mensch noch nie gedrungen ist! Sehen Sie doch, Kapitän, diese prachtvollen Felsen, diese unbewohnten Grotten! Und warum sollen wir darauf verwiesen sein, nur die Erinnerung daran fest zu halten?

– Wäre es Ihnen angenehm, fragte mich der Kapitän Nemo, mehr als die Erinnerung daran mit zu nehmen?

– Was meinen Sie damit?

– Ich meine, daß es ganz leicht ist, eine photographische Ansicht von dieser unterseeischen Gegend aufzunehmen!«

Ich hatte noch nicht Zeit, mein Erstaunen über diesen neuen Vorschlag auszudrücken, als auf Bestellung des Kapitäns Nemo ein Objectiv in den Salon gebracht wurde. Durch die weit geöffneten Läden, indem das umgebende Wasser elektrisch beleuchtet war, vertheilte sich das Licht mit vollständiger Klarheit. Kein Schatten, keine Abschwächung unserer künstlichen Beleuchtung. Das Sonnenlicht hätte einer solchen Vorrichtung nicht günstiger sein können. Der Nautilus, unter dem durch seine geneigten Ebenen bemeisterten Druck seiner Schraube, hielt sich unbeweglich. Das Instrument wurde auf die Ansichten des Meeresgrundes gerichtet, und in einigen Secunden hatten wir ein äußerst reines Negativbild.

Ich gebe hier eine Beschreibung des positiven. Man sieht darauf jene urweltlichen Felsen, welche niemals das Himmelslicht erblickt haben, jenen Granitkern, welcher die mächtige Grundschicht des Erdballs bildet, diese tiefen, in den Steinmassen ausgehöhlten Grotten, diese unvergleichlich klaren Profile, deren letzter Strich sich schwarz abhebt. Sodann, weiter hinaus ein Horizont von Bergen, eine bewundernswerthe Wellenlinie, welche den Hintergrund des Gemäldes bildet. Unbeschreiblich ist dieses Gesammtbild glatter, schwarzer, glänzender Felsen, ohne ein Moospflänzchen, ohne einen Flecken, in seltsam geschnittenen Formen, von solidem Bau auf diesem Teppich von Sand, der in den Strahlen des elektrischen Lichtes funkelte.

Doch als diese Arbeit fertig war, sprach der Kapitän Nemo:

»Jetzt wollen wir wieder aufsteigen, Herr Professor. Man darf den Nautilus nicht allzulange solchem Druck aussetzen.

– Ja wohl, erwiderte ich.

– Halten Sie sich fest.«

Ich hatte noch nicht Zeit zu begreifen, weshalb der Kapitän mir dieses empfahl, als ich zu Boden geworfen wurde.

Als auf ein Signal des Kapitäns die Schraube gehemmt, die Ebenen senkrecht gerichtet waren, fuhr der Nautilus, wie ein Ballon in die Lüfte steigt, mit blitzgleicher Schnelligkeit aufwärts. Er durchschnitt die Masse der Gewässer mit lautem Zischen. Unmöglich war's, irgend ein Detail zu sehen. In vier Minuten legte er die vier Lieues zurück, welche er von der Oberfläche des

Oceans entfernt war, fuhr gleich einem fliegenden Fisch über dieselbe empor und fiel wieder herab, daß die Wogen zum Erstaunen hoch aufspritzten.

Zwölftes Capitel
Pottfische und Wallfische

Während der Nacht des 13. zum 14. März fuhr der Nautilus in seiner südlichen Richtung weiter. Ich dachte, auf der Höhe des Cap Horn werde er dieses umfahren, um in dem Stillen Ocean seine Rundreise um die Erde zu vollenden. Wollte er zu dem Pol dringen, das wäre unsinnig gewesen. Ich fing an zu glauben, daß die Verwegenheiten des Kapitäns hinlänglich die Befürchtungen Ned-Land's rechtfertigten.

Der Canadier sprach seit einiger Zeit nicht mehr mit mir über seine Fluchtprojecte. Er war weniger mittheilsam, fast schweigsam geworden. Ich sah, wie die Fortdauer der Gefangenschaft auf ihm lastete. Ich fühlte, wie sich der Zorn in ihm steigerte. Wenn er mit dem Kapitän zusammen traf, funkelten seine Augen von einem düsteren Feuer, und ich fürchtete stets, das Ungestüm seines Charakters werde ihn zu einem Aeußersten treiben.

Am 14. März kam er mit Conseil auf mein Zimmer. Ich fragte sie um die Ursache ihres Besuchs.

– Ich habe eine einfache Frage an Sie zu richten, mein Herr, erwiderte der Canadier.

– Reden Sie, Ned.

– Wieviel Mann glauben Sie, daß sich an Bord des Nautilus befinden?

– Ich wüßte es nicht zu sagen, mein Freund.

– Es scheint mir, versetzte Ned-Land, sein Manoeuvriren erfordert keine große Mannschaft.

– In der That, erwiderte ich, müssen in den Verhältnissen, worin er sich befindet, wohl zehn Mann höchstens dafür genügen.

– Nun, sagte der Canadier, weshalb sollten mehr vorhanden sein?

– Weshalb?« entgegnete ich, und sah Ned-Land, dessen Absichten leicht zu errathen waren, fest in's Angesicht.

– Weil, sagte ich, wenn meine Ahnungen nicht mich trügen, wenn ich die Existenz des Nautilus recht verstehe, derselbe nicht blos ein Schiff ist, sondern eine Zuflucht für diejenigen sein soll, welche, wie sein Commandant, alle Verbindungen mit der Erde abgeschnitten haben.

– Vielleicht, sagte Conseil; aber am Ende kann der Nautilus doch nur eine gewisse Anzahl Menschen fassen, und mein Herr könnte wohl schätzen, wie viele höchstens?

– Wie so, Conseil?

– Durch Berechnung. Da der Umfang des Schiffsraumes meinem Herrn bekannt ist, folglich auch, wie viel Luft er fassen kann; da er ferner weiß, wie viel Luft jeder Mensch durch Einathmen verbraucht; und vergleicht er diese Resultate damit, daß der Nautilus alle vierundzwanzig Stunden auftauchen muß ...«

Ich ließ Conseil nicht seinen Satz ausreden, denn ich sah wohl, wo hinaus er damit wollte.

»Ich verstehe Dich, sagte ich; aber diese Berechnung, obwohl leicht anzustellen, kann doch nur eine unbestimmte Ziffer ergeben.

– Gleichviel, versetzte Ned-Land dringend.

– Die Rechnung ist folgende, sagt' ich. Jeder Mensch verbraucht in einer Stunde den in hundert Liter Luft enthaltenen Sauerstoff, das macht in vierundzwanzig Stunden so viel als zweitausendvierhundert Liter. Also muß man aufsuchen, wie vielmal zweitausendvierhundert Liter Luft der Nautilus faßt.

– Ganz richtig, sagte Conseil.

– Da nun der Nautilus fünfzehnhundert Tonnen faßt, und die Tonne tausend Liter enthält, so muß der Nautilus fünfzehnhunderttausend Liter Luft fassen, die man mit zweitausendvierhundert zu dividiren hat ...«

Ich rechnete rasch das Exempel mit dem Bleistift: »... Das macht sechshundertfünfundzwanzig. Das will eben so viel heißen als, daß der Nautilus strenge genommen so viel Luft faßt, als für sechshundertfünfundzwanzig Mann während vierundzwanzig Stunden erforderlich ist.

– Sechshundertfünfundzwanzig, wiederholte Ned.

– Aber seien Sie nur versichert, fügte ich bei, daß wir, Passagiere, Matrosen oder Officiere, nicht den zehnten Theil dieser Zahl ausmachen.

– Gegen drei Mann ist dies zu viel! brummte Conseil.

– Folglich, armer Ned, kann ich Ihnen nichts rathen, als Geduld.

– Und mehr noch Ergebung, erwiderte Conseil.

– Trotzdem, fuhr er fort, kann der Kapitän nicht immerfort südwärts fahren! Er muß wohl einmal einhalten, sei es auch nur vor den Eisbergen, und muß in mehr cultivirte Meere zurückkehren! Dann wird es Zeit sein, Ned-Land's Projecte wieder vorzunehmen!«

Der Canadier schüttelte den Kopf, fuhr mit der Hand über seine Stirne, und zog sich ohne zu antworten zurück.

»Erlaube mir mein Herr, sagte darauf Conseil, etwas zu bemerken. Diesem armen Ned stehen seine Gedanken auf alles, was er nicht haben kann. Es kommt ihm alles aus seiner Vergangenheit. Alles was uns untersagt ist, darnach sehnt er sich. Seine früheren Erinnerungen überwältigten ihn, und sein Gemüth ist davon voll. Man muß ihn begreifen. Was hat er hier zu thun? Nichts. Er ist nicht ein Gelehrter, wie mein Herr, und weiß den Wundern des Meeres keinen Geschmack abzugewinnen. Er würde alles daran setzen, um einmal eine Schenke seines Landes besuchen zu können!«

An ein thätiges Leben in Freiheit gewöhnt, mußte der Canadier die Einförmigkeit des Lebens an Bord unerträglich finden. Selten traten Ereignisse ein, die ihn mit Leidenschaft interessiren konnten. Doch begab sich damals ein Zwischenfall, der ihm seine frohen Tage als Harpunier in Erinnerung brachte.

Gegen elf Uhr Vormittags, als sich der Nautilus auf der Meeresoberfläche befand, gerieth er mitten unter einen Trupp Wallfische. Diese Thiere flüchten nämlich, wenn sie auf's Aeußerste verfolgt werden, in die höheren Breitengrade.

Der Wallfisch hat in der Geschichte der Entdeckungen eine große Rolle gespielt. Er hat die Basken, die Asturier, Engländer und Holländer gegen die Gefahren des Meeres gleichgiltig gemacht, so daß sie bei seiner Verfolgung von einem Land zum anderen drangen. Sie sind vorzugsweise in den südlichen und nördlichen Meeren zu Hause.

Wir saßen bei ruhiger Fluth auf der Plattform, und der October hat unter jenen Breitegraden recht schöne Herbsttage. Der Canadier gewahrte in einer Entfernung von fünf Meilen einen Walisisch am östlichen Horizont.

»Ach! rief Ned-Land, wäre ich an Bord eines Wallfischjägers, das wäre mir eine Lust! Was für ein stattliches Thier das ist! Wie mächtig schleudert er die Wassersäulen empor! Tausend Teufel! Daß ich auch an dies Stück Eisen gefesselt bin!

– Wie? Ned, erwiderte ich, Sie haben immer noch Ihre alten Fischergedanken?

– Mein Herr, kann ein Wallfischfänger sein Handwerk vergessen?

– In diesen Meeren, Ned, haben Sie nie gefischt?

– Nein, mein Herr. Nur im Norden, und in der Berings- wie in der Davis-Straße.

– So kennen Sie also den südlichen Wallfisch noch nicht. Der nördliche, den Sie bisher gejagt haben, würde sich nicht in die warmen Gewässer des Aequators wagen.

– Ah! Herr Professor, was sagen Sie mir da? erwiderte der Canadier etwas ungläubig.

– Ich sage, wie es wirklich ist.

– Ich will Ihnen ein Beispiel sagen. Ich habe im Jahre fünfundsechzig in der Nähe von Grönland einen Wallfisch aufgetrieben, dem steckte in der Seite eine Harpune mit dem Stempel eines Wallfischjägers der Beringsstraße. Nun frage ich Sie, wie ist es möglich gewesen, daß ein Thier, das im Westen von Amerika getroffen worden, im Osten erlegt wurde, wenn es nicht über den Aequator kam, sei es um's Cap Horn oder das Cap der guten Hoffnung?

– Das ist auch meine Meinung, sagte Conseil, und ich bin begierig, was mein Herr darauf antworten wird.

– Ich habe darauf zu antworten, meine Freunde, daß die Wallfische ihren Gattungen nach in gewissen Meeren einheimisch sind, welche sie nicht verlassen. Wenn es nun der Fall ist, daß ein solches Thier aus der Berings- in die Davis-Straße kam, so ist das ganz einfach ein Beweis, daß zwischen dem einen und dem anderen Meere eine Verbindung stattfindet, sei's auf der amerikanischen oder asiatischen Küste.

– Darf man das glauben? fragte der Canadier.

– Meinem Herrn muß man wohl glauben, erwiderte Conseil.

– Weil ich also, fuhr der Canadier fort, niemals in diesen Gegenden gefischt habe, kenne ich nicht die da hausenden Wallfische?

– Das ist meine Meinung, Ned.

– Um so mehr Grund ihre Bekanntschaft zu machen, versetzte Conseil.

– Sehen Sie da! Sehen Sie! rief der Canadier mit bewegter Stimme. Da kommt einer heran! Auf uns zu! Er verhöhnt mich! Er weiß, daß ich nichts gegen ihn kann!«

Ned stampfte mit dem Fuße, ballte die Faust, als schwinge er seine Harpune.

– Sind diese Wallfische eben so groß, fragte er, als die im Norden?

– Fast ebenso, Ned.

– Denn ich habe sehr große Wallfische gesehen, mein Herr, die waren bis hundertundfünfzig Fuß lang! Man hat mir sogar erzählt, der Hullamock und der Umgallick der Aleuteninseln seien mitunter noch größer.

– Das scheint mir übertrieben, erwiderte ich. Die hiesigen, gleich den Pottfischen, sind im Allgemeinen kleiner, wie die nördlichen.

– Ah! rief der Canadier, der unverwandt auf das Meer hin schaute, er kommt näher, in den Bereich des Nautilus!«

Dann fuhr er fort:

»Sie haben den Pottfisch ein kleines Thier genannt. Doch führt man Beispiele von riesenmäßiger Größe an. Sie sind gescheit. Mitunter, sagt man, bedecken sie sich mit Algen und Meergras. Man hält sie für Eilande, läßt sich darauf nieder, macht Feuer an ...

– Man baut Häuser darauf, sagte Conseil.

– Ja, Possenreißer, erwiderte Ned-Land. Darauf, eines schönen Morgens taucht das Thier unter, und nimmt alle seine Bewohner mit in die Tiefe.

– Ei! Meister Land, es scheint, Sie lieben solche Extra-Geschichtchen! Ich hoffe, Sie glauben nicht daran.

– Herr Naturforscher, erwiderte der Canadier ernsthaft, von den Wallfischen kann man alles glauben. – Man behauptet, sie könnten in vierzehn Tagen den Weg um die ganze Erde machen.

– Ich widerspreche nicht, sagte ich. – Doch muß man daran glauben?

– Nicht allzuviel, erwiderte Ned-Land; ebenso wenig, als wenn ich sage, es gäbe dreihundert Fuß lange Wallfische.

– Das ist allerdings etwas stark«, sagte ich.

So plauderten sie noch eine Weile von unglaublichen Dingen. Aber Ned-Land hörte nicht mehr zu. Der Wallfisch kam näher.

»Ach! rief er aus, es ist nicht mehr ein Thier; es sind zehn, zwanzig, eine ganze Heerde! Und nichts thun zu können!

– Aber, Freund Ned, sagte Conseil, warum fragen Sie nicht den Kapitän Nemo um Erlaubniß, eine Jagd zu machen?«

Conseil hatte noch nicht ausgesprochen, als Ned-Land schon die Lucke hinab eilte, den Kapitän aufzusuchen. Nach einer kleinen Weile erschienen sie beide wieder auf der Plattform.

Der Kapitän Nemo betrachtete die Truppe, welche sich eine Meile entfernt auf dem Wasser belustigte.

»Es sind Süd-Wallfische, sagte er. Es wäre da für eine Flotte von Wallfischjägern zu thun.

– Nun, mein Herr, könnte ich nicht Jagd darauf machen, sei's auch nur, um mein früheres Handwerk nicht zu vergessen?

– Weshalb denn, erwiderte der Kapitän Nemo, jagen, nur um zu vernichten? Wir brauchen an Bord keinen Thran.

– Doch haben Sie mir im Rothen Meere gestattet, den Dugong zu verfolgen.

– Damals handelte sich's darum, meiner Mannschaft frisches Fleisch zu verschaffen. Hier aber wäre es tödten, nur um zu tödten. Ich weiß zwar, daß dies ein Vorrecht des Menschen ist, aber ich lasse so mörderischen Zeitvertreib nicht gelten. Wenn Ihr den südlichen Wallfisch ebenso wie den nördlichen vernichtet, unschädliche und nützliche Geschöpfe, so ist das zu tadeln. So hat man bereits die ganze Baffinsbai verödet, und so wird man eine Classe nützlicher Thiere ausrotten. Lasset doch die armen Wallfische in Ruhe, die an ihren natürlichen Feinden, den Pottfischen, Schwert- und Sägefischen schon genug haben.«

Man kann sich vorstellen, was der Canadier bei dieser Moral-Lection für ein Gesicht machte. Solche Gründe waren bei einem Jäger weggeworfene Worte. Ned-Land sah dem Kapitän Nemo in's Angesicht, verstand aber offenbar nicht, was erdamit meinte. Doch hatte der Kapitän Recht. Der barbarische und unüberlegte Eifer der Wallfischjäger wird einmal diese Thierart vom Ocean vertilgen.

Ned-Land pfiff halblaut sein *Yankee doodle,* steckte seine Hände in die Taschen und wendete uns den Rücken.

Indessen betrachtete der Kapitän Nemo die Heerde Wallfische, und sprach zu mir:

»Nicht ohne Grund habe ich gesagt, daß auch ohne den Menschen die Wallfische Feinde genug haben. Es wird nicht lange dauern, so werden diese ihre harte Noth bekommen. Sehen Sie, Herr Arronax, acht Meilen unter'm Wind diese schwärzlichen Punkte sich bewegen?

– Ja, Kapitän, erwiderte ich.

– Das sind Pottfische, fürchterliche Thiere, die ich mitunter in Schaaren von zwei- bis dreihundert getroffen habe! Diese, ein grausames, schädliches Gezücht, zu vernichten, ist wohl gerechtfertigt.«

Bei diesen Worten wendete sich der Canadier lebhaft um.

»Nun denn, Kapitän, sagte ich, es ist noch Zeit, zu Gunsten der Wallfische ...

– Man braucht sich nicht der Gefahr auszusetzen, Herr Professor. Der Nautilus wird schon allein mit diesen Pottfischen fertig werden. Sein stählerner Schnabel kann wohl eben so viel ausrichten, als Meister Land's Harpune.«

Der Canadier zuckte keck die Achseln. Fische mit dem Schiffsschnabel angreifen, das wäre unerhört.

»Warten Sie nur, Herr Arronax, sagte der Kapitän Nemo. Wir werden Ihnen eine Jagd zum Besten geben, von der Sie noch keinen Begriff haben. Kein Mitleid mit diesem wilden Gethier. Sie bestehen ja nur aus Maul und Zähnen!«

Maul und Zähne! Jawohl. Denn obwohl der Pottfisch mitunter fünfundzwanzig Meter groß ist, so nimmt sein enormer Kopf doch etwa den dritten Theil seines Körpers ein. Er ist besser bewehrt als der Wallfisch, dessen Oberkiefer nur mit Barten besetzt ist, hat fünfundzwanzig starke, zwanzig Centimeter hohe, walzenförmige, zugespitzte, zwei Pfund schwere Zähne. Im oberen Theile dieses enormen Kopfes und in großen, durch Knorpel gesonderten Höhlungen befinden sich drei- bis vierhundert Kilogramm des kostbaren Oeles, welches »Wallrath« genannt wird. Der Pottfisch ist ein häßliches Thier, von üblem Körperbau, so zu sagen auf der ganzen linken Seite mangelhaft, so daß er auch nur mit dem rechten Auge sieht.

ZWANZIGTAUSEND MEILEN UNTER'M MEER – ZWEITER BAND

Inzwischen kam die Truppe Ungeheuer immer näher heran; sie hatten die Wallfische bemerkt und bereiteten sich zum Angriff vor. Man konnte den Sieg der Pottfische voraussehen, nicht allein weil ihr Körpertheil ihnen den Vortheil über ihre Gegner giebt, sondern auch weil sie länger unter'm Wasser aushalten können, ohne auf der Oberfläche Luft schöpfen zu müssen.

Es war hohe Zeit, den Wallfischen zu Hilfe zu kommen. Der Nautilus tauchte ein wenig unter die Oberfläche. Conseil und Ned setzten sich neben mich vor die Fenster des Salons. Der Kapitän Nemo begab sich an die Seite des Steuerers, um sein Fahrzeug als wie eine Zerstörungsmaschine zu lenken. Bald wurden die Schläge der Schraube rascher, und unsere Schnelligkeit nahm zu.

Der Kampf zwischen den beiden Gegenparteien hatte schon begonnen, als der Nautilus zur Stelle kam. Er manoeuvrirte dergestalt, daß er die Angreifer abschnitt. Diese waren anfangs ziemlich gleichgiltig, als sie sahen, wie sich das neue Ungeheuer einmischte. Aber bald mußten sie seinen Stößen ausweichen.

Welch ein Kampf! Ned-Land frohlockte bald, und klatschte mit den Händen. Der Nautilus kam ihm vor wie eine furchtbare Harpune, welche sein Kapitän schleuderte. Er warf sich gegen die Fleischmassen und schnitt sie entzwei, so daß hinter ihm zwei gesonderte Hälften des Thieres zappelten. Die fürchterlichen Schläge seines Schwanzes, womit er ihn auf den Seiten traf, spürte er nicht; eben so wenig seine Stöße. War *ein* Pottfisch vernichtet, so drang er auf einen anderen ein, wendete an der Stelle, daß er ihm nicht entgehe, schoß vorwärts oder zog sich zurück, nach der Weisung seines Steuerers, tauchte unter, wenn sein Gegner die Tiefe suchte, kam wieder mit ihm zur Oberfläche, traf ihn gerade aus oder schräg, zerschnitt oder zerfleischte, und wohin er sich wendete und drehte, mit seinem fürchterlichen Schnabel ihn durchbohrend.

Welch Gemetzel! Welches Getöse auf der Oberfläche der Fluthen! Welch scharfes Pfeifen und eigenthümliches Schnarchen der von Entsetzen ergriffenen Thiere!

Eine ganze Stunde lang dauerte das Blutbad, dem die Großköpfe nicht entrinnen konnten. Einigemal machten zehn bis zwölf zusammen den Versuch, den Nautilus durch ihre Masse zu zerdrücken. Man sah durch's Fenster ihren ungeheuren, mit Zähnen umzäunten Rachen, ihr fürchterliches Auge. Ned-Land, der außer sich war, drohte ihnen, höhnte sie. Man fühlte, wie sie sich an unser Fahrzeug klammerten, wie Hunde, die einen Keiler packen. Aber der Nautilus, mit gesteigerter Kraft seiner Schraube, schleuderte sie fort, schleppte sie nach und zog sie wieder auf die Oberfläche, ohne daß ihr enormes Gewicht, oder ihr mächtiges Drücken ihm etwas anhaben konnte.

Endlich lichtete sich die Schaar der Gegner; die aufgeregten Wogen wurden wieder ruhig. Ich fühlte, daß wir wieder zur Oberfläche kamen. Die Lucke wurde geöffnet und wir stürzten auf die Plattform.

Das Meer war mit verstümmelten Leichnamen bedeckt. Eine fürchterliche Explosion hätte nicht ärger zerrissen, zerschnitten, zerfetzt, wie hier mit diesen Massen geschehen war. Wir schwammen mitten durch die Riesenkörper mit bläulichem Rücken und weißlichem Bauch. Einige Pottfische flohen voll Entsetzen nach dem Horizont. Einige Meilen weit waren die Wogen roth gefärbt, und der Nautilus schwamm durch ein Blutmeer.

Der Kapitän Nemo kam zu uns.

»Nun, Meister Land? sagte er.

– Ei nun, mein Herr, erwiderte der Canadier, dessen Enthusiasmus sich gelegt hatte, 's ist ein erschrecklicher Anblick, wirklich. Aber ich bin kein Metzger, sondern ein Jäger, und das ist eine Metzelei.

– Es ist ein Vernichten schädlicher Thiere, erwiderte der Kapitän, und mein Nautilus ist kein Metzgerbeil.

– Meine Harpune ist mir doch lieber, versetzte der Canadier.

– Jeder hat seine Waffe,« erwiderte der Kapitän, und blickte Ned-Land scharf in's Angesicht.

Ich fürchtete schon, dieser werde sich zu einer Gewaltthat fortreißen lassen, die gefährliche Folgen haben könnte. Aber sein Zorn legte sich beim Anblicke eines Wallfisches, der den Zähnen der Pottfische nicht hatte entrinnen können. Ich erkannte den südlichen Wallfisch, der ganz schwarz ist, mit plattem Kopf, und sich von dem weißen und dem Nordkaper anatomisch dadurch unterscheidet, daß die sieben Nackenwirbel zusammengelöthet sind, und er zwei Rippen mehr hat, als die anderen derselben Gattung. Das Thier lag todt auf dem Rücken, den Bauch von Bissen durchbohrt; an einem Zipfel seiner Flossen hing ein Junges, das er nicht mehr hatte retten können.

Der Kapitän Nemo fuhr zu dem Leichnam heran. Zwei Matrosen stiegen auf den Leib des Thieres, und ich sah mit einigem Erstaunen, wie sie aus den Eutern desselben alle Milch, welche dieselben enthielten, herausmolken, im Gehalt von zwei bis drei Tonnen.

Der Kapitän bot mir eine Tasse der noch warmen Milch an. Ich konnte mich nicht enthalten, meinen Ekel davor ihm zu erkennen zu geben. Er versicherte mich, die Milch sei vortrefflich, und auch nicht im Mindesten von Kuhmilch verschieden.

Ich kostete sie, und theilte seine Meinung. Das war für uns ein nützlicher Vorrath; denn diese Milch, in Form von Butter oder Käse, mußte für unsere tägliche Kost eine angenehme Abwechselung abgeben.

Von diesem Tage an merkte ich mit Unruhe, daß Ned-Land's Stimmung gegen den Kapitän Nemo immer übler wurde, und entschloß mich, seine Handlungen und Geberden strenge zu überwachen.

Dreizehntes Capitel
Die Eisdecke

Der Nautilus setzte seine Fahrt unabänderlich südwärts längst dem fünfzigsten Meridian mit großer Geschwindigkeit fort. Wollte er bis zum Pol dringen? Ich dachte nicht, denn bisher waren alle Bemühungen, bis dahin vorzudringen, gescheitert. Uebrigens war die Jahreszeit bereits sehr vorwärts gerückt, denn der 13. März der Südpolarländer entspricht dem 13. September der nördlichen Regionen.

Am 14. März bemerkte ich unter'm 55. Breitegrade Treibeis, blasse Blöcke von nur zwanzig bis fünfundzwanzig Fuß, gleich Klippen, woran sich die Wellen brachen. Der Nautilus hielt sich auf der Meeresoberfläche. Ned-Land war schon vom Norden her mit Eisbergen bekannt; Conseil und ich, wir sahen sie zum ersten Mal.

Gegen den südlichen Horizont hin zeigte sich in der Atmosphäre ein blendend weißer Streifen. Ein solcher Schein, den auch das dichteste Gewölk nicht verdüstert, kündigt die Nähe einer Eisbank an.

In der That, bald zeigten sich bedeutend größere Blöcke, die je nach den Launen des Nebels in anderen Farben schimmerten. Einige dieser Massen zeigten grüne Adern, als seien sie mit wellenförmigen Streifen schwefelsauren Kupfers überzogen. Andere glichen enormen Amethysten, indem sie die Strahlen desselben, den Einwirkungen des Lichtes ausgesetzt, theils auf ihre Krystallfacetten zurückwarfen, theils in lebhaftem Reflex zu Nuancen brachen.

Je mehr wir weiter nach Süden kamen, desto zahlreicher und bedeutender wurden diese schwimmenden Inseln. Polarvögel nisteten daran zu Tausenden.

Während dieser Fahrt zwischen den Eisblöcken befand sich der Kapitän Nemo häufig auf der Plattform. Er beobachtete sorgfältig diese öden Gegenden. Manchmal belebte sich die kalte Ruhe seines Blickes; aber er sprach nicht, blieb schweigsam, unbeweglich, außer wenn die Lust zu manoeuvriren die Oberhand bekam; dann leitete er seinen Nautilus mit vollendeter Gewandtheit, und wich geschickt dem Stoß dieser Massen aus, die mitunter einige Meilen lang waren und siebenzig bis achtzig Meter hoch. Oft schien der Horizont völlig geschlossen. Unter'm sechzigsten Breitengrade hörte jedes Fahrwasser auf. Aber der Kapitän Nemo fand bald eine enge Oeffnung, durch welche er kühn weiter drang, obwohl er wußte, daß sie sich hinter ihm wieder schloß.

So fuhr der Nautilus durch seine geschickte Hand geleitet durch alle diese Eisberge, unendliche Eisflächen und schwimmende Treibeisblöcke.

Die Temperatur war ziemlich niedrig. Das Thermometer zeigte in der äußeren Luft zwei bis drei Grad unter Null. Aber wir waren warm in Pelzwerk, Robben- oder Seebärenfelle gehüllt. Im Inneren des Nautilus war man durch regelmäßige Heizung mit dem elektrischen Apparat gegen die strengste Kälte geschützt. Auch brauchte er nur einige Meter tief unter die Wellen zu tauchen, um da eine erträgliche Temperatur zu finden.

Zwei Monate früher hätten wir unter dieser Breite ununterbrochenen Tag getroffen; aber schon ward es drei bis vier Stunden Nacht, und später sollten diese Polargegenden sechs Monate sich in Dunkel hüllen.

Am 15. März hatten wir die Breite der New-Shetland- und Süd-Orkney-Inseln hinter uns. Der Kapitän theilte mir mit, diese Striche seien ehemals von zahlreichen Robben bewohnt gewesen, aber die englischen und amerikanischen Wallfischjäger hätten in Zerstörungswuth durch Vernichtung der Erwachsenen sammt den trächtigen Weibchen Todesstille an der Stelle regen Lebens verbreitet.

Am 16. März, um acht Uhr früh, durchschnitt der Nautilus längs dem fünfundfünfzigsten Meridian den südlichen Polarkreis. Nun waren wir von allen Seiten mit Eis umgeben, das den Horizont abschloß. Doch der Kapitän drang von Enge zu Enge immer weiter.

»Aber wohin fährt er denn? fragte ich.

— Vorwärts, erwiderte Conseil. Doch, wenn er nicht mehr weiter kann, wird er halt machen.

— Darauf möchte ich nicht schwören,« erwiderte ich.

Und, offen gestanden, diese abenteuerliche Fahrt war mir nicht zuwider. Die Schönheiten dieser neuen Gegenden setzten mich über die Maßen in Erstaunen. Prachtvolle Gestaltungen, Lagen und Stellungen der Eisblöcke. Hier sahen sie aus wie eine orientalische Stadt mit zahllosen Minarets und Moscheen; dort wie eine durch Erdbeben zerfallene Stadt. Ansichten, die in den schief fallenden Sonnenstrahlen unaufhörlich wechselten, oder inmitten der Schneestürme sich in graue Nebel verloren. Dann allerwärts polterndes Zusammenstürzen hinpurzelnder Eisberge mit wechselnden Decorationen, wie in einem Diorama.

Wenn ein solcher Gleichgewichtsbruch statt fand, während der Nautilus untergetaucht war, so pflanzte sich außerordentlich stark das Getöse unter'm Wasser fort, und durch den Sturz dieser Massen entstanden fürchterliche Wirbelbildungen bis in die tiefsten Wasserschichten hinab.

Oft, wenn ich keinen Ausweg sah, dachte ich, wir seien unabänderlich festgefahren; aber der Kapitän Nemo entdeckte immer wieder neue Wege.

Am 16. März jedoch versperrte uns eine Eisdecke gänzlich die Bahn. Dies Hinderniß konnte den Kapitän nicht aufhalten, er drang mit schrecklicher Gewalt auf so ein Eisfeld ein, und der Nautilus zerspaltete wie ein Keil die zerbrechliche Masse, daß sie mit fürchterlichem Krachen aus einander wich. Lediglich die Treibkraft des Fahrzeugs bahnte ihm die Durchfahrt. Manchmal schoß es über die Eisdecke und zertrümmerte sie durch sein Gewicht.

Während dieser Tage wurden wir von ungestümen Windstößen heimgesucht. Mitunter war der Nebel so dicht, daß man nicht von einem Ende des Nautilus zum andern sehen konnte. Der Schnee fiel in dicken Lagen, die so hart waren, daß man sie mit dem Beil zerhauen mußte. Obwohl nur fünf Grad unter Null, war doch der Nautilus außen ganz mit Eis überdeckt.

Unter diesen Umständen stand das Barometer meist sehr niedrig, sank sogar bis 73° 5'. Der Compaß war in seinen Angaben nicht mehr zuverlässig; die irre gewordene Nadel zeigte auf alle Richtungen, als man dem Südpol des Magnets nahe kam, der nicht mit dem Südpol des Himmels zu verwechseln ist. Nach Hansten liegt dieser Pol in Wirklichkeit fast unter'm 70° Breite und 130° Länge, und nach den Beobachtungen Duperrey's unter 135° Länge und 70° 30' Breite. Man mußte da den Compaß an verschiedenen Stellen des Schiffes anbringen, zahlreiche Beobachtungen anstellen und aus den verschiedenen Angaben das durchschnittliche Maß nehmen.

Endlich, am 18. März, sah sich der Nautilus unabänderlich den Weg versperrt. Es waren nicht nur Blöcke und Eisfelder, welche hemmten, sondern eine endlose, unverrückbare Schranke von an einander gereihten Eisbergen.

»Die Eisdecke«, sagte der Canadier zu mir.

Ich begriff, daß dies für Ned-Land, wie für alle früheren Seefahrer, ein unüberwindliches Hinderniß war. Als um Mittag die Sonne einen Augenblick zum Vorschein kam, konnte der Kapitän Nemo eine ziemlich genaue Aufnahme machen, wonach wir uns unter 31° 30' Länge und 67° 69' südlicher Breite befanden.

Von flüssiger Meeresoberfläche keine Spur mehr vor unseren Augen. Vor dem Schnabel des Nautilus lag eine unendliche Ebene voll launisch durcheinander gewürfelter Blöcke von riesiger Größe; hier und da ragten Bergspitzen, schlanke Gipfel bis zu zweihundert Fuß hoch empor; weiter entfernt eine Reihe steiler Bergwände in graulicher Farbe, ungeheure Spiegel, welche die seltenen, halb im Nebel versenkten Sonnenstrahlen reflectirten. Ueber diese öde Natur breitete sich eine Stille, die kaum vom Flügelschlag der Sturmvögel oder Wasserscherer unterbrochen war. Rings alles gefroren, selbst die Töne.

So war denn der Nautilus genöthigt, mitten in den Eisfeldern seine abenteuerliche Fahrt einzustellen.

»Mein Herr, sagte da Ned-Land, wenn Ihr Kapitän noch weiter fahren wird?

– Nun?

– Dann ist's sein Meisterstück.

– Weshalb, Ned?

– Weil über die Eisdecke Niemand hinaus kann. Ihr Kapitän vermag viel; aber, tausend Teufel! über die Natur hinaus kann er nicht, und wo diese ihre Schranken gesteckt hat, muß er wohl Halt machen.

– Wahrhaftig, Ned-Land, und doch möchte ich gerne wissen, was hinter dieser Eisdecke ist! Eine Eiswand, die reizt nur mehr meine Neugier!

– Mein Herr hat Recht, sagte Conseil. Die Bergwände sind nur da, um die Gelehrten zu höhnen.

– Gut! sagte der Canadier. Was es hinter dieser Eisdecke giebt, weiß man wohl.

– Was denn? fragte ich.

– Eis, nichts als Eis!

– Sie, Ned, sind davon überzeugt, versetzte ich, aber ich bin es nicht. Darum möchte ich hin, um zu sehen.

– Darauf, Herr Professor, erwiderte der Canadier, werden Sie schon verzichten müssen. Sie sind bis an die Eisdecke gedrungen, das ist schon genug, und weiter hinaus werden Sie nicht kommen, und Ihr Kapitän Nemo mit seinem Nautilus auch nicht. Er mag wollen oder nicht, zurück in den Norden muß er wieder.«

Ich muß zugeben, daß Ned-Land Recht hatte, und so lange es nicht Schiffe giebt, die über die Eisfelder hinaus fahren, müssen sie wohl vor der Eisdecke anhalten.

Wirklich, trotz aller Anstrengungen mit seinen mächtigen Mitteln, mußte der Nautilus still liegen. Gewöhnlich muß, wer nicht weiter vorwärts kann, seines Weges wieder zurück. Aber hier war rückwärts eben so wenig möglich, wie vorwärts, denn die Durchwege hatten sich hinter uns wieder geschlossen, und unser Fahrzeug war im Begriff einzufrieren. Bis zwei Uhr Mittags war dieses eingetreten, und das frische Eis bildete sich erstaunlich schnell um seine Seiten herum. Ich muß gestehen, der Kapitän war doch sehr unvorsichtig.

Ich befand mich eben auf der Plattform. Der Kapitän, der seit einer Weile die Lage untersuchte, sprach zu mir:

»Nun, Herr Professor, was halten Sie davon?

– Ich denke, wir stecken fest, Kapitän.

– Wir stecken fest! Was meinen Sie damit?

– Ich meine, wir können weder vor noch rückwärts, und auch nicht seitwärts.

– Also, Herr Professor, Sie meinen, der Nautilus könne sich nicht frei machen?

– Schwerlich, Kapitän.

– Herr Professor, versetzte der Kapitän Nemo ironisch. Sie sind doch immer derselbe! Sie sehen nur Hindernisse! Ich versichere Sie, daß der Nautilus sich nicht allein frei machen, sondern noch weiter dringen wird!

– Noch weiter südlich? fragte ich den Kapitän.

– Ja, mein Herr, nach dem Pol.

– Nach dem Pol! rief ich aus, mit unwillkürlichem Ausdruck des Zweifels.

– Ja! erwiderte der Kapitän kalt, nach dem Südpol, dem unbekannten Punkt, wo alle Meridiane zusammen laufen. Sie wissen, was ich mit dem Nautilus vermag.«

Ja! ich wußte es. Daß dieser Mann bis zur Verwegenheit kühn sei, war mir bekannt! Aber die Hindernisse zu überwinden, um bis zu dem Südpol zu dringen, der weit weniger zugänglich ist wie der Nordpol, zu welchem die erfahrensten Seemänner noch nicht gelangen, schien doch ein durchaus wahnsinniger Gedanke zu sein!

Es fiel mir ein, den Kapitän Nemo zu befragen, ob er den Pol bereits entdeckt habe.

»Nein, mein Herr, erwiderte er, wir wollen ihn mit einander entdecken. Ich bin mit meinem Nautilus noch nie so weit nach Süden gedrungen; aber, sag' ich nochmals, er wird noch weiter dringen.

– Ich glaub's gerne, Kapitän, fuhr ich etwas ironisch fort. Vorwärts denn! Für uns giebt's keine Hindernisse! Zersprengen wir die Eisdecke, oder fahren wir darüber hinaus!

– Darüber hinaus? Herr Professor, erwiderte der Kapitän Nemo ruhig. Zwar nicht darüber hinaus, aber doch darunter her.

– Darunter her!« rief ich aus.

Ich begriff den Kapitän. Die wunderbaren Eigenschaften des Nautilus sollten auch zu diesem übermenschlichen Vorhaben dienen!

»Ich sehe, daß wir anfangen uns zu verstehen, Herr Professor, sagte der Kapitän lächelnd. Dem Nautilus wird leicht, was für gewöhnliche Fahrzeuge unausführbar ist. Ist der Pol von Festland umgeben, so wird er bei diesem Halt machen; ist dagegen dort freies Meer, so wird er bis zu ihm selbst dringen!

– In der That, sagte ich, besteht auch an der Oberfläche des Meeres eine feste Eisdecke, so sind doch seine tiefern Schichten frei; denn je größer die Dichtigkeit des Meerwassers ist, steigt seine Temperatur über den Gefrierpunkt. Irre ich nicht, so verhält sich der unter dem Meeresspiegel befindliche Theil der Eisdecke zu dem über demselben vorragenden wie vier zu eins?

– Beinahe, Herr Professor. Gegen *einen* Fuß über der Meeresfläche haben die Eisberge drei unter derselben. Da nun diese Eisberge nicht über hundert Meter hoch sind, so reichen sie nicht über dreihundert Meter in die Tiefe. Und dreihundert Meter, was will das heißen für den Nautilus?

– Nichts, mein Herr.

– Er wird sogar in größerer Tiefe die gleichförmige Temperatur des Meerwassers aufsuchen können, wo wir getrost den dreißig bis vierzig Kältegraden der Oberfläche Trotz bieten können.

– Richtig, mein Herr, sehr richtig, erwiderte ich lebhaft.

– Die einzige Schwierigkeit, fuhr der Kapitän Nemo fort, besteht darin, daß wir mehrere Tage unter'm Wasser bleiben müssen, ohne unsern Luftvorrath zu erneuern.

– Sonst keine? versetzte ich. Füllen wir die großen Behälter des Nautilus, und sie werden uns mit allem nöthigen Sauerstoff versehen.

– Wohl ausgedacht, Herr Arronax, erwiderte der Kapitän lächelnd. Aber damit Sie mich nicht der Verwegenheit beschuldigen, so lege ich Ihnen zum Voraus alle meine Einwände vor.

– Haben Sie denn noch weitere zu machen?

– Nur einen. Wenn der Südpol von Meer umgeben ist, so wäre der Fall möglich, daß dasselbe dort völlig festgefroren ist, und dann könnten wir folglich nicht wieder zur Oberfläche gelangen!

– Wohl, mein Herr, denken Sie nicht daran, daß der Nautilus mit einem fürchterlichen Schnabel bewehrt ist, mit welchem wir in diagonaler Richtung die Decke der Eisfelder durchbohren und zertrümmern könnten?

– Ah! Herr Professor, heute haben Sie Ideen!

– Uebrigens, Kapitän, fuhr ich noch eifriger fort, warum sollten wir nicht das Meer am Südpol frei finden, wie es am Nordpol ist? Die Kältepole und die Erdpole fallen wohl in der südlichen Hemisphäre eben so wenig zusammen, wie in der nördlichen, und bis das Gegentheil erwiesen wird, darf man an diesen Punkten annehmen, daß ein Continent oder ein Ocean eisfrei sein werde.

– Das glaub' ich auch, Herr Arronax, erwiderte der Kapitän Nemo. Ich will Ihnen nur die einzige Bemerkung machen, daß Sie, nachdem Sie so viele Einwände gegen mein Project hatten, nun mich durch Ihre Gründe überwältigen.

Der Kapitän hatte Recht. Ich übertraf ihn schon an Kühnheit! Ich riß ihn fort zur Fahrt nach dem Pol!

Doch verlor er keinen Augenblick. Auf ein Signal erschien der Schiffslieutenant. Die beiden Männer besprachen sich rasch mit einander in ihrer unverständlichen Sprache, und der Lieutenant zeigte gar keine Ueberraschung, sei es, daß er schon vorher davon unterrichtet, oder von der Ausführbarkeit überzeugt war.

Aber auf Conseil machte die Mittheilung des Planes, nach dem Südpol zu dringen, doch noch weniger Eindruck. »Wie es meinem Herrn gefällt«, sagte er, und ich durfte damit zufrieden sein. Der Canadier aber zuckte gewaltig die Achseln.

»Sehen Sie, mein Herr, sprach er, Sie dauern mich, sammt Ihrem Kapitän Nemo!

– Aber doch werden wir zum Pol gelangen, Meister Land.

– Möglich, aber zurück werden Sie nicht kommen!«

Und Ned-Land begab sich wieder in seine Cabine, »um nicht ein Unglück anzurichten«, wie er beim Weggehen sagte.

Unterdessen begann man mit den Vorbereitungen zu dem kühnen Unternehmen. Die mächtigen Pumpen des Nautilus füllten die Behälter mit Luft und preßten sie in hohem Grade zusammen. Gegen vier Uhr kündigte der Kapitän Nemo mir an, daß die Lucken zur Plattform geschlossen würden. Ich warf einen letzten Blick auf die Eisdecke. Das Wetter war hell, die Atmosphäre ziemlich rein, die Kälte strenge, zwölf Grad unter Null; aber da der Wind sich gelegt hatte, schien diese Temperatur nicht zu unerträglich.

Zehn Mann hieben mit Beilen das Eis um den Nautilus herum auf, eine Verrichtung, die rasch ausgeführt war, weil das jüngst gefrorene Eis noch dünn war. Die gewöhnlichen Behälter füllten sich mit dem nun frei gewordenen Wasser, und der Nautilus tauchte unverzüglich unter.

Ich setzte mich nebst Conseil in den Salon, und wir betrachteten durch die freien Fenster die untern Schichten des Süd-Oceans. Das Thermometer stieg und der Zeiger des Manometers bewegte sich auf dem Zifferblatt.

Ungefähr dreihundert Meter, wie der Kapitän Nemo bemerkt hatte, schwammen wir unter der wellenförmigen Eisdecke. Aber der Nautilus tauchte noch tiefer, bis zu achthundert Meter hinab. Die Temperatur des Wassers, welche an der Oberfläche zwölf Grad betragen hatte, sank schon um einen Grad herab, bald schon um zwei. Es versteht sich, daß im Nautilus die Temperatur durch die Heizung bedeutend höher war. Alle seine Bewegungen vollzogen sich mit äußerster Genauigkeit.

»Man wird zum Ziel kommen, erlauben Sie, mein Herr, sagte Conseil.

– Ich rechne sicher darauf!« erwiderte ich mit dem Ton völliger Ueberzeugung.

ZWANZIGTAUSEND MEILEN UNTER'M MEER – ZWEITER BAND

Der Nautilus nahm unter'm Wasser, stets auf der Linie des zweiundfünfzigsten Meridian, seine Richtung geradezu nach dem Pol. Von 69° 30' bis zu 90° waren noch 22° 30' an Breite zu durchlaufen, d. h. etwas über fünfhundert Lieues. DerNautilus fuhr mit einer mittlern Schnelligkeit von sechsundzwanzig Meilen in der Stunde, also der eines Eilzuges. Behielt er dieselbe bei, so reichten vierzig Stunden hin, um zu dem Pol zu gelangen.

Während eines Theiles der Nacht hielt die Neuheit der Lage uns, Conseil und mich, am Fenster des Salons. Das Meer war von dem elektrischen Licht des Fanals beleuchtet. Aber es war leer. Die Fische hielten sich in diesen eingeschlossenen Gewässern nicht auf; sie dienten ihnen nur zum Uebergang aus dem antarktischen Ocean zu dem freien Polarmeer. Wir fuhren reißend schnell, wie man aus den zitternden Bewegungen des stählernen Schiffskörpers abnahm.

Gegen zwei Uhr Morgens legte ich mich einige Stunden zur Ruhe, und Conseil folgte meinem Beispiel. Der Kapitän Nemo befand sich wahrscheinlich beim Steuerer.

Am folgenden Morgen, den 19. März, um fünf Uhr, nahm ich wieder meinen Posten im Salon. Das elektrische Log zeigte nur an, daß die Schnelligkeit des Nautilus vermindert war. Er stieg damals aufwärts, aber vorsichtig mit langsamer Entleerung seiner Behälter.

Es klopfte mir das Herz. Sollten wir schon zur freien Luft des Pols auftauchen?

Nein. Eine Erschütterung gab mir zu erkennen, daß der Nautilus wider die untere Fläche der Eisdecke gestoßen war, welche, nach der Schwäche des Getöses zu urtheilen, noch sehr dick war. Wir befanden uns in einer Tiefe von tausend Fuß. Das machte zweitausend Fuß Eis über uns, wovon eintausend über dem Meeresspiegel. Die Eisdecke war damals dicker, als zur Zeit, da wir oben waren.

Während dieses Tages wiederholte der Nautilus einige Mal dieses nämliche Experiment. Manchmal fand man, daß die Dicke zwölfhundert Meter betrug; das war noch das Doppelte der Höhe des Eises, wie sie zur Zeit des Untertauchens war. Ich notirte genau die verschiedenen Tiefen.

Am Abend war noch keine Aenderung unserer Lage eingetreten. Das Eis hatte stets eine Dicke von vier- bis fünfhundert Meter.

Es war damals acht Uhr. Bereits seit vier Stunden hätte die Luft im Innern des Nautilus erneuert werden sollen. Doch litt ich nicht sehr darunter, obwohl der Kapitän Nemo seinen Vorrath von Sauerstoff in den Behältern noch nicht angerührt hatte.

Ich schlief doch unruhig während dieser Nacht: Furcht und Hoffnung hielten mich in steter Spannung. Ich stand einige Mal auf; die Versuche des Nautilus dauerten fort. Gegen drei Uhr Morgens beobachtete ich, daß die untere Fläche der Eisdecke nur noch fünfzig Meter tief lag, wir also nur noch hundertundfünfzig Fuß von der Oberfläche geschieden waren.

Meine Blicke wichen nicht vom Manometer. Wir fuhren immer in einer Diagonale aufwärts nach der Oberfläche, die im Widerschein der elektrischen Beleuchtung schimmerte. Die Eisdecke ward immer dünner, nach oben und unten, von Meile zu Meile.

Endlich, um sechs Uhr früh, öffnete sich die Thüre des Salons, und der Kapitän Nemo trat ein.

»Das freie Meer!« sprach er.

Vierzehntes Capitel
Der Südpol

Ich eilte auf die Plattform. Ja! Das freie Meer. Kaum einzelne zerstreute Eisblöcke, bewegliche Eisberge; in der Ferne eine weite Meeresfläche; eine Menge Vögel in den Lüften, und Myriaden Fische in den Gewässern, welche, je nach dem Grund, wechselnd tiefblau und olivengrün waren. Das Thermometer zeigte drei hunderttheilige Grad über Null. Es war verhältnißmäßig gleichsam Frühling hinter dieser Eisdecke, deren ferne Massen am nördlichen Horizont sich abzeichneten.

»Sind wir am Pol? fragte ich mit klopfendem Herzen den Kapitän.

– Ich weiß es nicht, erwiderte er mir, zu Mittag werden wir die Aufnahme machen.

– Aber wird die Sonne durch diesen Nebel sichtbar werden? fragte ich mit einem Blick auf den grauen Himmel.

– So wenig sie zum Vorschein kommt, genügt sie mir,« erwiderte der Kapitän.

Zehn Meilen vom Nautilus südlich ragte ein vereinzeltes Eiland zweihundert Meter hoch. Wir fuhren auf dasselbe los, aber vorsichtig, denn dieses Meer konnte mit verdeckten Klippen bedeckt sein.

Nach einer Stunde hatten wir das Eiland erreicht. Zwei Stunden später waren wir um dasselbe herum gefahren. Es hatte vier bis fünf Meilen Umfang, und war durch einen engen Kanal von einem ansehnlichen Land geschieden, das vielleicht ein Festland war, dessen Grenzen wir noch nicht wahrnehmen konnten. Das Dasein dieses Landes schien für die Hypothesen Maury's einen Beleg zu geben. Der geistreiche Amerikaner hat die Bemerkung gemacht, daß zwischen dem Südpol und dem sechzigsten Breitegrade das Meer mit treibenden Eisblöcken von enormer Größe bedeckt ist, wie man sie im Nordatlantischen niemals trifft. Aus dieser Thatsache hat er den Schluß gezogen, daß der Südpolarkreis bedeutendes Festland enthalten müsse, weil die Eisberge sich nicht im hohen Meere bilden können, sondern nur an den Küsten. Seinen Berechnungen nach bildet die Eismasse, welche den Südpol umgiebt, eine große Kappe, die bis viertausend Kilometer breit sein müsse.

Der Nautilus hielt jedoch, um nicht fest zu fahren, drei Kabellängen von einem flachen Sandufer an, über welches eine prachtvolle Felsengruppe ragte. Das Boot wurde in's Meer hinabgelassen, und der Kapitän nebst zwei seiner Leute mit den Instrumenten, Conseil und mir, stiegen in dasselbe ein. Es war zehn Uhr Vormittags. Ned-Land sah ich nicht, dem vermuthlich der Augenschein des Südpollandes nicht angenehm war.

Mit einigen Ruderschlägen landete das Boot. Als eben Conseil herausspringen wollte, hielt ich ihn zurück.

»Mein Herr, sagte ich zum Kapitän Nemo, Ihnen gehört die Ehre, zuerst dieses Land zu betreten.

– Ja, mein Herr, erwiderte der Kapitän, und ich eile, den Fuß auf diesen Boden des Südpols zu setzen, wo bis jetzt noch kein menschliches Wesen aufgetreten ist.«

Nach diesen Worten sprang er flink auf den Sand. In tiefer Rührung schlug ihm das Herz. Er stieg auf einen Felsen, der überhängend ein kleines Vorgebirge bildete, wo er mit gekreuzten Armen und glühendem Blick, stumm, unbeweglich verweilte. Er schien von diesem Südland Besitz zu nehmen. Nach fünf Minuten solcher Gemüthserhebung wendete er sich zu uns, und rief mir zu:

»Wenn es Ihnen beliebt, mein Herr.«

Ich stieg mit Conseil aus, die beiden Männer blieben im Boot.

Der Boden zeigte in weiter Ausdehnung einen Tuff von röthlicher Farbe, als bestehe er aus zerstampftem Ziegelstein. Von Schlacken, Lavarinnen, Bimssteinen bedeckt, ließ er seinen vulkanischen Ursprung nicht verkennen. An manchen Stellen bezeugten leichte Dünste von Schwefelgeruch, daß das innere Feuer noch fortdauernd thätig war. Doch sah ich von einer hohen Böschung aus im Umkreis von mehreren Meilen durchaus nichts von einem Vulkan. Bekanntlich hat James Roß in dieser Südpolgegend unter'm hundertsiebenundsechzigsten Meridian bei 77° 32' Breite die Krater des Erebus und Terror in voller Thätigkeit angetroffen.

Die Vegetation dieses öden Continents schien mir äußerst beschränkt. Die magere Flora dieser Gegend bestand aus einigen Flechten auf den schwarzen Felsen, gewissen mikroskopischen Pflänzchen, eine Art Zellen in quarzartigen Muscheln, langem, purpur- und carmoisinfarbigem Seetang auf Schwimmbläschen.

Das Ufer war besäet mit Mollusken, kleinen Muscheln aller Art, besonders von Clio's mit länglichem, häutigem Leib, und einem aus zwei runden Lappen bestehenden Kopf. Ich sah auch Myriaden von den drei Centimeter langen, niedlichen Clio's, von welchen der Wallfisch eine ganze Welt mit einem Male verschlingt. Diese reizenden Flossenfüßler, wahre Seeschmetterlinge, belebten die freien Gewässer am Uferrand.

Von Zoophyten fanden sich da unter Andern in den höhern Schichten einige baumartige Korallengewächse, welche in diesen Meeren bis zur Tiefe von tausend Meter fortkommen, und eine große Anzahl diesem Klima eigenthümlicher Asterien und Seesterne.

Aber in der Luft war reiches Leben: Vögel verschiedener Gattungen flogen und flatterten da zu Tausenden, und betäubten mit ihrem Geschrei. Andere bedeckten die Felsen, sahen uns ohne Schüchternheit an, und drängten sich vertraulich um uns; es waren Pinguine, die im Wasser ebenso flink und beweglich sind, wie zu Lande unbeholfen und schwerfällig. Ferner bemerkte ich weiße Strandläufer mit kurzem Schnabel und einem rothen Ring um's Auge; rußfarbige Albatros mit einer Flügelweite von vier Meter; riesenhafte Sturmvögel, und eine Menge kleinerer dieser Gattung, theils blau, theils weißlich mit braun eingefaßten Flügeln. Diese letzteren sind so ölhaltig, daß die Bewohner der Faroer-Inseln sie nur mit einem Docht versehen, um sie als Lampe zu gebrauchen.

Doch der Nebel stieg nicht auf, und um elf Uhr war noch keine Sonne zu sehen. Dies beunruhigte mich; denn sonst war eins Beobachtung nicht möglich, und ohne diese ließ sich nicht feststellen, ob wir am Pol angekommen seien.

Als ich wieder zu dem Kapitän Nemo kam, fand ich ihn schweigend wider einen Felsblock gelehnt und den Blick zum Himmel gerichtet. Er schien ungeduldig, mißgestimmt. Aber was war da zu machen? Der kühne und mächtige Mann konnte der Sonne nicht so gebieten, wie dem Meere.

Es kam der Mittag heran, ohne daß das Tagesgestirn einen Augenblick sichtbar wurde. Es ließ sich nicht einmal die Stelle erkennen, welche es hinter dem Nebelvorhang einnahm. Bald löste sich der Nebel in Schnee auf.

»Auf morgen«, sagte nur der Kapitän zu mir, und wir begaben uns mitten im Schneegestöber zum Nautilus zurück.

Während unserer Abwesenheit hatte man die Garne ausgesteckt, und ich betrachtete mit Interesse die Fische, welche man an Bord gezogen hatte. Die Südpolarmeere dienen einer großen Anzahl von Wanderfischen zur Zuflucht, welche aus den minder hohen Breitegraden entfliehen, um freilich den Meerschweinen und Robben unter die Zähne zu gerathen.

Der Schneesturm dauerte bis zum folgenden Morgen. Auf der Plattform konnte man unmöglich bleiben. Vom Salon aus, wo ich die Begebenheiten dieses Ausfluges auf das Polar-Festland notirte, vernahm ich das Geschrei der Sturmvögel und Albatros, die sich mitten im Unwetter ergötzten. Der Nautilus lag nicht stille; er fuhr längs der Küste noch etwa zehn Meilen weiter nach Süden, umgeben von dem halben Licht, welches die Sonne, indem sie am Rande des Horizonts streifte, hinter sich ließ.

Am folgenden Morgen, den 20. März, hatte der Schneefall aufgehört. Die Kälte war etwas strenger; das Thermometer zeigte zwei Grad unter Null. Der Nebel stieg auf, und ich konnte hoffen, daß an diesem Tage unsere Beobachtung stattfinden könne.

Da der Kapitän Nemo noch nicht erschienen war, so stieg ich mit Conseil in das Boot und setzte an's Land. Der Boden war von gleicher Beschaffenheit, vulkanisch: überall Spuren von Lava, Schlacken, Basalte, ohne daß man einen Krater sah, woraus sie hervorgegangen waren. Auch dieser Theil des Polarcontinents war von unzähligen Vögeln belebt. Aber sie theilten dieses

Reich damals mit ungeheuren Heerden von Seesäugethieren, die uns mit sanften Augen anblickten. Es waren Robben verschiedener Gattung, theils auf dem Boden gelagert, theils auf treibenden Eisblöcken; manche kamen aus dem Meere heraus, oder gingen wieder hinein. Bei unserer Annäherung ergriffen sie nicht die Flucht, da sie noch nie mit Menschen zu thun gehabt hatten; und ich zählte ihrer so viele, daß man einige Schiffe damit hätte verproviantiren können.

»Wahrhaftig, sagte Conseil, es ist ein Glück, daß Ned-Land nicht bei uns ist!

– Warum, Conseil?

– Weil der leidenschaftliche Jäger sie alle erlegt hätte.

– Alle, das will viel heißen, aber ich glaube wirklich, daß wir unsern Freund, den Canadier, nicht hätten abhalten können, einige dieser prächtigen Thiere zu harpuniren, und dies wäre dem Kapitän Nemo unlieb gewesen, da er nicht gern unnütz das Blut unschädlicher Thiere vergossen haben will.

– Er hat Recht.

– Unstreitig, Conseil. Aber, sage mir, hast Du diese Prachtexemplare der Seefauna noch nicht classificirt?

– Mein Herr weiß wohl, erwiderte Conseil, daß ich im Praktischen nicht sehr bewandert bin. Wenn ich ihre Namen weiß ...

– Es sind Robben und Wallrosse, deren verschiedene Arten wir, wenn ich nicht irre, hier zu beobachten Gelegenheit haben werden. Machen wir uns auf den Weg.«

Es war acht Uhr Vormittags. Wir hatten noch vier Stunden Zeit, bis die Sonne mit Vortheil beobachtet werden konnte. Ich lenkte unsere Schritte zu einer großen Bucht, die von den steilen Granitfelsen des Uferlandes gebildet ward.

Da waren, ich kann wohl sagen in unabsehbarem Umkreis die Landschaft und die Eisblöcke mit Seesäugethieren schaarenweise bedeckt, so daß mein Blick unwillkürlich den alten Proteus suchte, der, wie die Sage will, Neptuns unzählbare Heerden weidete.

Es waren vorzugsweise Robben, welche gesonderte Gruppen bildeten, Männchen und Weibchen, der Vater seine Familie überwachend, die Mütter ihre Säuglinge stillend, einige halbwüchsige Junge in einiger Entfernung sich frei tummelnd. Wenn diese Robben von ihrer Stelle hinweg wollten, bewegten sie sich mit Zusammenziehung ihrer Leiber in kleinen Sprüngen, wobei ziemlich unbeholfen ihre mangelhaften Flossen sie unterstützten. Im Wasser jedoch, muß ich sagen, welches vorzugsweise ihr Element ist, verstehen sich diese Thiere mit beweglichem Rückgrat, engem Becken, glattem, kurzhaarigem Fell und handförmigen Füßen vortrefflich auf's Schwimmen. Beim Ausruhen und auf dem Lande nahmen sie äußerst graciöse Stellungen an. Daher haben auch die Alten, in Betracht ihrer sanften Züge, ihres ausdrucksvollen Blickes, der noch über den schönsten Frauenblick geht, ihrer sammetartigen, klaren Augen, ihre reizenden Stellungen, – dieselben, gemäß der ihnen eigentümlichen poetischen Anschauungen, die Männchen in Tritonen, die Weibchen in Sirenen verwandelt.

Ich machte Conseil aufmerksam, wie bei diesen gescheiten Thieren das Gehirn bedeutend entwickelt ist. Kein Säugethier, ausgenommen den Menschen, hat eine reichlichere Gehirnmasse. Daher sind auch die Robben einer gewissen Erziehung fähig; sie lassen sich leicht zähmen, und ich bin mit einigen Naturforschern der Meinung, daß sie, gehörig abgerichtet, bei der Fischerei wie Hunde zu gebrauchen sein würden.

Die meisten dieser Robben schliefen auf den Felsen oder dem Sande. Unter den eigentlichen Robben, die keine äußern Ohren haben, beobachtete ich einige Varietäten, die drei Meter lang, mit weißen Haaren und Bullenbeißerkopf, in jedem Kiefer zehn Zähne hatten. Zwischen ihnen sah man auch See-Elephanten, mit kurzem und beweglichem Rüssel, die Riesen der Gattung, zehn Meter lang mit einem Umfang von fünfundzwanzig Fuß. Sie rührten sich nicht, als wir in die Nähe kamen.

»Es sind keine gefährlichen Thiere? fragte Conseil.

– Nein, erwiderte ich, nur darf man sie nicht angreifen. Wenn ein Robbe sein Junges vertheidigt, wird er furchtbar wüthend, und nicht selten zertrümmert er ein Fischerboot.

– Er ist dazu berechtigt, versetzte Conseil.

– Ich widerspreche nicht.«

Zwei Meilen weiter waren wir durch ein Vorgebirge gehemmt, welches die Bucht gegen die Südwinde schützte. Es fiel senkrecht in's Meer ab und schäumte beim Wellenschlag. Hinter demselben vernahm man fürchterliches Gebrülle, wie etwa von einer Heerde Wiederkäuer.

»Schön, sagte Conseil, ein Concert von Stieren?

– Nein, versetzte ich, von Wallrossen.

– Sie sind im Kampf?

– Im Kampf oder beim Spiel.

– Mit Erlaubniß, mein Herr, das müssen wir sehen.

– Ja wohl, Conseil.«

Wir überstiegen rasch die Felsen, indem wir über dem Glatteis der Steine häufig ausglitten. Manchmal fiel ich zu Boden, daß mich die Nieren schmerzten, Conseil, der vorsichtiger war oder fester auf den Füßen stand, wankte nicht, und hob mich auf mit den Worten:

»Wenn mein Herr die Güte haben wollte, die Beine auseinander zu spreizen, würde er besser das Gleichgewicht halten.«

Als wir auf dem höchsten Kamm des Vorgebirges ankamen, sahen wir auf eine ausgedehnte weiße Ebene, die mit Wallrossen bedeckt war, welche mit einander sich vergnügten. Es war Freudejauchzen, was wir gehört hatten.

Die Wallrosse gleichen den Robben an Körperbildung und Anordnung der Gliedmaßen. Doch mangeln ihrem Unterkiefer die Hundezähne und Schneidezähne, und ihre obern bestehen aus zweiundachtzig Centimeter langen Hauern, die an der Wurzel einen Umfang von dreiunddreißig Centimeter haben. Diese Zähne, welche aus gediegenem Elfenbein ohne Streifen bestehen, der härter wie das der Elephanten ist, und nicht so leicht gelb wird, sind eine sehr gesuchte Waare. Daher macht man auch in unbesonnenster Weise Jagd auf die Wallrosse, so daß sie bald völlig ausgetilgt sein werden; denn die Jäger, welche jährlich bei viertausend erlegen, machen ohne Unterschied auch die trächtigen Weibchen und die Jungen nieder.

Als wir an den merkwürdigen Thieren vorbei kamen, konnte ich sie nach Muße betrachten, denn sie ließen sich nicht stören. Ihr Fell war dicht und runzelig, von heller in's Rothe spielender Farbe, mit kurzen, nicht dichten Haaren. Manche waren vier Meter lang. Ruhiger und weniger furchtsam, als ihre Gattungsgenossen im Norden, stellen sie nicht zur Hut ihrer Lagerstätten Schildwachen aus.

Nach dieser Musterung dachte ich auf den Rückweg. Es war schon elf Uhr, und wenn der Kapitän Nemo sich in günstiger Lage zum Beobachten befand, wollte ich bei der Verrichtung zugegen sein. Doch hatte ich keine Hoffnung, daß die Sonne an diesem Tage zum Vorschein kommen werde, da der mit gebrochenem Gewölk bedeckte Horizont sie unserm Anblick entzog.

Dennoch dachte ich an den Rückweg. Ein schmaler Anberg führte uns auf den Gipfel der Felswand. Um halb zwölf langten wir an der Landungsstelle an. Das Boot hatte den Kapitän an's Land gebracht. Er stand, von seinen Instrumenten umgeben auf einem Basaltblock, den Blick unverwandt auf den Norden des Horizonts gerichtet, wo eben die Sonne ihre längliche Curve beschrieb.

Ich stellte mich neben ihn, und wartete still. Es kam die Mittagsstunde, und wie Tags zuvor kam die Sonne nicht zum Vorschein.

Eine schlimme Sache. Es war noch die Beobachtung zu machen, um unsre Lage aufzunehmen. Ward dies morgen nicht ausführbar, so mußten wir definitiv darauf verzichten.

In der That, es war eben der 20. März, und morgen, am Aequinoctialtage, sollte die Sonne, abgerechnet die Strahlenbrechung, auf sechs Monate vom Horizont verschwinden, und damit die lange Polarnacht beginnen. Seit dem Aequinoctium des September war sie am nördlichen Himmel aufgetaucht, um in langen Spirallinien bis zum 21. December aufzusteigen. Von diesem Zeitpunkt der Sommersonnenwende des Nordens wieder hinabsteigend sollte sie morgen ihre letzten Strahlen zusenden.

Ich theilte meine Besorgnisse dem Kapitän Nemo mit.

»Sie haben Recht, Herr Arronax, sagte er, wenn ich morgen die Sonnenhöhe nicht aufnehme, kann ich vor Ablauf von sechs Monaten die Operation nicht wieder vornehmen. Aber auch, weil der Zufall mich auf meiner Fahrt gerade am 21. März in diese Meere geführt hat, werde ich die Aufnahme sehr leicht machen, wenn zu Mittag die Sonne sichtbar sein wird.

– Warum, Kapitän?

– Ich brauche dazu nur mein Chronometer anzuwenden, erwiderte der Kapitän Nemo. Wenn morgen, am 21. März, um zwölf Uhr Mittags, die Sonnenscheibe, die Strahlenbrechung in Betracht gezogen, genau vom nördlichen Horizont durchschnitten wird, so bin ich am Südpol.

– So ist's wirklich, sagte ich. Doch ist die Behauptung nicht mathematisch genau zu nehmen, weil das Aequinoctium nicht nothwendig auf zwölf Uhr fällt.

– Allerdings, mein Herr, aber der Irrthum wird keine hundert Meter betragen, und mehr bedürfen wir nicht. Auf morgen also.«

Der Kapitän Nemo kehrte an Bord zurück. Ich blieb mit Conseil bis fünf Uhr, und wir gingen die Küste auf und ab, mit Beobachten und Studien beschäftigt. Ich hob ein Pinguinei von merkwürdiger Größe auf, für das ein Liebhaber wohl tausend Francs gezahlt hätte. Isabellenfarbig, mit Streifen und Zeichen gleich Hieroglyphen verziert, gab es ein seltenes Spielzeug ab. Ich übergab es den Händen Conseil's und der vorsichtige Junge, mit sicherem Tritt, hielt es wie kostbares chinesisches Porcellan, und brachte es wohlbehalten zum Nautilus.

Hier legte ich das seltene Stück in einen Glaskasten des Museums. Ich verzehrte mit Appetit ein treffliches Stück Robbenleber, das fast wie Schweinefleisch schmeckte; und legte mich zu Bette.

Am folgenden Morgen, den 21. März, stieg ich schon um fünf Uhr auf die Plattform, wo sich der Kapitän Nemo bereits befand.

»Das Wetter heitert sich ein wenig auf, sagte er zu mir. Ich habe gute Hoffnung. Nach dem Frühstück wollen wir an's Land gehen und eine gute Stelle für die Beobachtung wählen.«

Ich war einverstanden und suchte Ned-Land auf, um ihn mit zu nehmen. Der Starrkopf weigerte sich, und ich sah wohl, daß seine Schweigsamkeit nebst seiner schlimmen Laune täglich zunahm. Trotzdem hatte ich unter den gegebenen Umständen seinen Eigensinn nicht zu bedauern. Es waren so viele Robben am Lande, und man durfte einen so unbesonnenen Jäger nicht der Versuchung aussetzen.

Als das Frühstück beendigt war, begab ich mich an's Land. Der Nautilus war während der Nacht noch einige Meilen höher hinauf gefahren. Er befand sich auf hoher See, eine gute Meile von der Küste entfernt, die von einer spitzen, fünfhundert Meter hohen Anhöhe beherrscht wurde. Auf dem Boote mit mir befanden sich der Kapitän Nemo, zwei Leute der Bemannung und die Instrumente, nämlich ein Chronometer, ein Fernrohr und ein Barometer.

Während unserer Ueberfahrt sah ich zahlreiche Wallfische von drei den südlichen Meeren eigenthümlichen Arten. Sie belustigten sich truppweise in den ruhigen Gewässern, und man sah wohl, daß dieses Becken des Südpols gegenwärtig den allzu arg von den Jägern verfolgten Thieren dieser Art eine Zufluchtsstätte war. Sodann bemerkte ich lange weißliche Reihen Seescheiden, eine Art Mollusken, die in Gesellschaft zusammen leben, und stattliche Medusen, die zwischen den Wirbeln der Wellen schaukelten.

Um neun Uhr landeten wir. Der Himmel klärte sich auf, die Wolken flohen nach dem Süden; die Nebel verließen die kalte Oberfläche der Gewässer. Der Kapitän Nemo ging auf die Anhöhe zu, welche er wohl zu seinem Observatorium machen wollte. Das Hinaufsteigen über spitze Lavastücke und Bimssteine ist in einer häufig mit ausströmenden Schwefeldünsten durchdrungenen Luft beschwerlich. Der Kapitän, der doch des Bergsteigens entwöhnt war, klimmte die steilsten Abhänge mit einer Leichtigkeit hinan, um die ein Gemsjäger ihn beneidet hätte.

Wir brauchten zwei Stunden, um auf den Gipfel der Anhöhe, die aus Porphyr und Basalt bestand, zu gelangen. Von hier aus blickten wir auf ein weites Meer, bis wo das Himmelsgewölbe den Horizont begrenzte. Zu unsern Füßen blendende Schneefelder; über unserm Haupte blasses Blau, frei von Nebel. Im

Norden erschien die Sonnenscheibe wie eine Feuerkugel, woraus die Linie des Horizonts bereits einen Ausschnitt gemacht hatte. In der Ferne lag der Nautilus wie ein schlafender Wallfisch. Hinter uns, nach Süden und Osten, ein unermeßliches Land, eine chaotische Häufung von Fels- und Eisblöcken in unabsehbarer Weite.

Als der Kapitän Nemo auf dem Gipfel der Anhöhe ankam, nahm er vermittelst des Barometers sorgfältig die Höhe auf.

Ein viertel vor zwölf erschien die Sonne, welche man damals nur durch Brechung des Lichtes sah, wie eine goldene Scheibe, welche ihre letzten Strahlen auf den verlassenen Continent warf.

Der Kapitän Nemo beobachtete durch ein mit einem Netz versehenes Fernrohr, welches vermittelst eines Spiegels die Strahlenbrechung corrigirte, das Gestirn, das in einer sehr langen Diagonale allmälig unter den Horizont hinabsank. Ich hielt das Chronometer mit klopfendem Herzen. Wenn das Verschwinden der hellen Sonnenscheibe mit zwölf Uhr des Chronometers zusammentraf, so befanden wir uns am Pol.

»Zwölf Uhr, rief ich aus.

— Der Südpol«, erwiderte der Kapitän Nemo mit ernster Stimme, indem er mich in das Fernrohr sehen ließ, welches zeigte, wie das Tagesgestirn vom Horizont genau in zwei gleiche Theile geschnitten war.

Ich sah, wie die letzten Strahlen auf die Anhöhe fielen, und das Dunkel allmälig sich ihrem Abhang hinauf zog.

Darauf legte der Kapitän Nemo seine Hand auf meine Schulter, und sprach zu mir:

»Mein Herr, im Jahre 1600 erreichte der Holländer Gherrick, durch Stürme verschlagen, den 64° südlicher Breite, und entdeckte New-Shetland. Im Jahre 1773 kam der berühmte Cook längs dem achtunddreißigsten Meridian bis zum 67° 30', und 1774 auf dem hundertneunten Meridian bis 71° 15' Breite. Im Jahre 1819 befand sich der Russe Bellinghausen auf dem neunundsechzigsten, und 1821 auf dem sechsundsechzigsten Parallelkreis unter 111° westlicher Länge. Im Jahre 1820 fuhr der Amerikaner Morrel, dessen Berichte zweifelhaft sind, auf dem zweiundvierzigsten Meridian, und entdeckte das freie Meer unter'm 70° 14' der Breite. Im Jahre 1825 konnte der Engländer Powell nicht über den zweiundsechzigsten Grad. In demselben Jahre drang ein einfacher Robbenjäger, der Engländer Weddel bis zum 72° 14' der Breite auf dem fünfunddreißigsten Meridian, und bis zu 74° 15' auf dem sechsunddreißigsten. Im Jahre 1829 nahm der Engländer Forster, Commandant des Chanticleer, Besitz vom Südpolcontinent unter 63° 26' Breite und 66° 26' Länge. Im Jahre 1831 entdeckte der Engländer Biscoé am 1. Februar das Land Enderby unter 68° 50' Breite, 1832 den 5. Februar das Land Adelaide unter 67° Breite und am 21. Februar das Graham-Land unter 64° 45' Breite. Im Jahre 1838 mußte der Franzose Dumont d'Urville vor der Eisdecke unter 62° 57' Breite Halt machen, nahm jedoch das Land Louis-Philippe auf; zwei Jahre später unter 66° 30' das Land Adelie und gleich darauf unter 64° 40' die Küste Clarie. Im Jahre 1838 kam der Engländer Wilkes bis zum 69. Breitengrad auf dem hundertsten Meridian; 1839 entdeckte der Engländer Balleny das Land Sabrina an der Grenze des Polarkreises. Endlich entdeckte der Engländer James Roß mit dem Erebus und Terror unter 76° 56' Breite und 171° 7' Länge das Land Victoria; sodann nahm er unter'm 74° Breite den höchsten damals erreichten Punkt auf; nachher kam er noch zu 76° 8'; 77° 32' und 78° 4'; im Jahre 1842 kam er wieder, konnte aber nicht über den 71. Grad dringen. Nun aber habe ich, Kapitän Nemo, am 21. März 1868 den Südpol unter'm 90. Grad erreicht, und ich nehme von diesem Theil des Erdkreises Besitz.

– In wessen Namen, Kapitän?

– In meinem eigenen, mein Herr!«

Und bei diesen Worten entfaltete der Kapitän Nemo eine schwarze Flagge mit einem goldenen N.

Darauf zum Tagesgestirn gewendet, dessen letzte Strahlen den Horizont des Meeres berührten, rief er aus:

»Lebe wohl, Sonne, und lasse eine sechsmonatliche Nacht ihre Schatten über mein neues Reich breiten!«

Fünfzehntes Capitel
Unfall oder Zwischenfall

Am folgenden Tage, den 22. März, wurden um sechs Uhr früh die Vorbereitungen zur Abreise begonnen. Der letzte Dämmerschein zerfloß in Nacht. Es war streng kalt; die Sternbilder schimmerten in auffallend starkem Glanz. Im Zenith strahlte das wunderschöne Südkreuz, der Polarstern der antarktischen Gegenden.

Das Thermometer zeigte zwölf Grad unter Null, und wenn frischer Wind wehte, verursachte er stechenden Schmerz. Die Eisblöcke vermehrten sich auf dem freien Wasser; das Meer fing an überall zu gefrieren. Zahlreiche schwärzliche Platten auf seiner Oberfläche kündigten die bevorstehende Bildung frischen Eises an. Offenbar war das südliche Becken, wenn es während der sechs Wintermonate gefroren war, durchaus unzugänglich. Was wurde aus den Wallfischen während dieser Zeit? Ohne Zweifel zogen sie unter der Eisdecke in andere Meere, die mehr Verkehr gestatten. Die Robben und Wallrosse, welche in so strengem Klima zu leben gewohnt sind, blieben in den Eisgegenden. Diese Thiere werden durch Instinct getrieben, Löcher in die Eisfelder zu bohren und sie beständig offen zu halten, um an denselben Luft zu schöpfen. So sind denn, wenn auch die Vögel von der Kälte nach Norden wandern, diese Seesäugethiere die einzigen Herren des Polarcontinents.

Unterdessen waren die Wasserbehälter gefüllt worden, und der Nautilus tauchte langsam hinab und machte in einer Tiefe von tausend Fuß halt. Seine Schraube setzte ihn in Bewegung und er fuhr gerade nordwärts mit einer Schnelligkeit von fünfzehn Meilen die Stunde. Gegen Abend schwamm er bereits unter der unermeßlichen Eisdecke.

Die Laden des Salons waren aus Vorsicht geschlossen worden, denn der Rumpf des Nautilus konnte wider einen versenkten Eisblock stoßen. Daher brachte ich diesen Tag damit hin, meine Notizen in's Reine zu bringen. Mein Geist war ganz in die Erinnerungen an den Pol versenkt. Wir hatten diesen unzugänglichen Punkt ohne Beschwerden und Gefahr erreicht, als wenn unser schwimmender Waggon über die Schienen einer Eisenbahn glitt. Und jetzt begann die Rückkehr. Sollte sie mir noch ähnliche Überraschungen bereiten? Ich dachte es, da die Reihe der unterseeischen Wunder unerschöpflich ist! Indessen hatten wir seit den fünf Monaten, da uns der Zufall auf dieses Fahrzeug verschlagen, vierzehntausend Lieues zurück gelegt, und auf dieser Fahrt, welche eine längere Linie enthielt, als der Erdäquator, wie viel merkwürdige oder fürchterliche Zwischenfälle hatten unserer Reise Reiz verliehen, die Jagd auf Crespo, das Stranden in der Torres-Straße, die Perlfischerei, der Korallenfriedhof, der arabische Tunnel, das Heben des Schatzes zu Vigo, die Atlantis, nun der Südpol! Während der Nacht beschäftigten alle diese Erinnerungen von Traum zu Traum meinen Geist, und ließen ihn nicht einen Augenblick zur Ruhe kommen.

Um drei Uhr früh wurde ich durch einen heftigen Stoß aufgerüttelt. Ich richtete mich auf und horchte in dem Dunkel, als ich mit einem heftigen Ruck mitten in das Zimmer geschleudert wurde. Offenbar saß der Nautilus fest und hatte sich auf die Seite gelegt.

Ich stützte mich seitwärts an die Wände und drückte mich durch die Gänge bis zu dem Salon, welcher vom Plafond herab erleuchtet war. Die Möbel waren umgeworfen; glücklicher Weise waren die unten fest gefügten Glaskästen in ihrer Lage geblieben. Die Gemälde der rechten Seitenwand hatten sich bei Veränderung der Verticallinse fest an die Tapeten gelegt, während sie auf der linken unten um einen Fuß abstanden. Der Nautilus hatte sich also rechts gelegt, und zwar vollständig unbeweglich.

Innen hörte ich Fußtritte, verwirrte Stimmen. Aber der Kapitän Nemo erschien nicht. Im Moment, als ich den Salon zu verlassen im Begriff war, traten Ned-Land und Conseil ein.

»Was ist vor? fragte ich sie gleich.

– Das wollten wir von meinem Herrn hören, erwiderte Conseil.

– Tausend Teufel! rief der Canadier, ich weiß es wohl! Der Nautilus sitzt fest, und nach der Lage zu urtheilen, welche er angenommen hat, glaube ich nicht, daß er sich, wie das erste Mal in der Torres-Straße herausziehen wird.

– Aber doch, fragte ich, ist er wieder auf die Oberfläche gekommen?

– Das wissen wir nicht, erwiderte Conseil.

– Wir können uns leicht darüber Gewißheit verschaffen«, erwiderte ich. Ich befragte das Manometer. Zu meiner großen Ueberraschung zeigte es eine Tiefe von dreihundertsechzig Metern.

»Was will das bedeuten? rief ich aus.

– Man muß den Kapitän Nemo fragen, sagte Conseil.

– Aber wo ist er zu finden? fragte Ned-Land.

– Folgen Sie mir«, sagte ich zu meinen Gefährten.

Wir verließen den Salon. In der Bibliothek Niemand. Auf der Mittelstiege, dem Posten der Mannschaft, Niemand. Ich vermuthete, der Kapitän Nemo müsse sich im Gehäuse des Steuerers befinden. Das Beste war abwarten. Wir gingen wieder in den Salon.

Die Verwünschungen des Canadiers übergehe ich. Er konnte nun seinen ganzen Zorn auslassen.

Ich ließ ihn seiner üblen Laune ganz nach Belieben Luft machen, ohne etwas zu erwidern.

In dieser Lage befanden wir uns seit zwanzig Minuten, indem wir das geringste Geräusch im Innern des Nautilus belauschten, als der Kapitän Nemo eintrat. Er schien uns nicht zu sehen. Seine gewöhnlich so bewegungslose Physiognomie gab eine gewisse Unruhe zu erkennen. Er sah schweigend auf den Compaß, das Manometer, und legte seinen Finger auf einen Punkt der Karte, in der Gegend der Süd-Meere.

Ich mochte ihn nicht unterbrechen. Nur, als er nach einer kleinen Weile sich zu mir wendete, sagte ich, indem ich mich eines Ausdrucks, welchen er in der Torres-Straße gebraucht hatte; bediente:

»Ein Zwischenfall, Kapitän?

– Nein, mein Herr, erwiderte er, dieses Mal ein Unfall.

– Von ernstlicher Bedeutung?

– Vielleicht.

– Ist die Gefahr dringend?

– Nein.

– Der Nautilus sitzt fest?

– Ja.

– Und woran liegt die Schuld?

– In einer Laune der Natur, nicht in der Unerfahrenheit der Menschen. Bei unseren Manoeuvren ist kein Versehen vorgekommen. Doch die Wirkung der Gleichgewichtsgesetze läßt sich nicht hemmen. Man kann wohl menschlichen Gesetzen Trotz bieten, aber nicht den Naturgesetzen sich widersetzen.«

Diese Antwort gab mir keine Auskunft.

»Darf ich wissen, mein Herr, fragte ich ihn, was diesen Unfall veranlaßt hat?

– Ein ungeheurer Eisblock, ein ganzer Berg, hat sich umgewendet, erwiderte er. Wenn die Eisberge durch wärmeres Wasser oder wiederholte Stöße an ihrer Basis untergraben sind, verändert sich ihr Schwerpunkt. Dann wendet sich die ganze Masse, sie stürzen um. Dieser Fall ist eingetreten. Ein solcher Eisblock ist beim Umstürzen wider den Nautilus, der unter'm Wasser schwamm, gefallen. Dann glitt er darunter, hob ihn mit unwiderstehlicher Gewalt in die Höhe und brachte ihn in minder dichte Schichten, wo er jetzt auf der Seite fest liegt.

– Aber kann man den Nautilus nicht durch Entleeren seiner Behälter frei machen, so daß er wieder in's Gleichgewicht kommt?

– Das geschieht in diesem Augenblick, mein Herr, Sie können hören, wie die Pumpen arbeiten. Sehen Sie auf den Zeiger des Manometer. Er zeigt an, daß der Nautilus im Steigen begriffen ist, aber der Eisblock steigt mit ihm zugleich, und bis daß ein Hinderniß seine steigende Bewegung hemmt, bleibt unsere Lage unverändert.«

In der That, der Nautilus lag fortwährend aus der rechten Seite. Ohne Zweifel würde er sich aufrichten, wenn der Block selbst fest läge. Aber in diesem Augenblicke, wer weiß, ob wir nicht an die Eisdecke oben anstoßen, ob wir nicht erschrecklich zwischen die beiden Eisoberflächen gedrängt wurden?

Ich überdachte alle Consequenzen dieser Lage. Der Kapitän Nemo beobachtete unablässig das Manometer. Der Nautilus war seit dem Herabsturz des Eisberges um etwa hundertundfünfzig Fuß gestiegen, aber er blieb stets in demselben Winkel zur senkrechten Linie.

Plötzlich spürte man im Schiffsraum eine leichte Bewegung. Offenbar richtete sich der Nautilus ein wenig auf. Die hängenden Gegenstände nahmen allmälig ihre richtige Lage wieder ein. Die Wände wurden fast wieder senkrecht. Keiner von uns sprach nur ein Wort. Mit unruhigem Gemüth beobachteten, spürten wir das Wiederaufrichten. Der Fußboden wurde wieder wagrecht.

»Endlich sind wir aufrecht! rief ich aus.

– Ja, sagte der Kapitän Nemo, und ging nach der Thüre des Salons zu.

– Aber werden wir wieder flott? fragte ich.

– Zuverlässig, erwiderte er, da die Behälter noch nicht leer sind; und sind sie leer, so muß der Nautilus wieder zur Meeresoberfläche aufsteigen.«

Der Kapitän ging hinaus, und ich sah bald, daß man auf seinen Befehl die aufsteigende Bewegung des Nautilus gehemmt hatte. Wirklich würde er bald wider die untere Seite der Eisdecke gestoßen sein, und es war besser, ihn etwas tiefer sich bewegen zu lassen.

»Wir sind gut davon gekommen! sagte darauf Conseil.

– Ja, wir konnten zwischen diesen Eisblöcken erdrückt oder wenigstens eingesperrt werden. Und dann, Luftmangel ... Ja! wir sind gut durchgekommen!

– Wenn jetzt alles zu Ende ist!« brummte Ned-Land.

Ich wollte mich nicht mit dem Canadier in eine unnütze Erörterung einlassen, und gab ihm keine Antwort. Uebrigens öffneten sich in diesem Augenblick die Laden, und durch das freie Glas drang das äußere Licht ein.

Wir befanden uns, wie gesagt, im freien Wasser; aber in einer Entfernung von zehn Meter ragte auf beiden Seiten des Nautilus eine glänzende Eiswand. Ueber und unter uns eine gleiche Wand, Ueber uns, weil die untere Seite der Eisdecke gleichsam einen ungeheuren Plafond bildete. Unter uns, weil der herabgestürzte Block, indem er allmälig hinabrutschte, an den Seitenwänden auf zwei Stützpunkte gestoßen war, welche ihn in dieser Lage fest hielten. Der Nautilus war in einem wahrhaften Eistunnel eingesperrt. Es war ihm jedoch leicht, durch Vorwärts- oder Rückwärtsfahren aus demselben herauszukommen, um dann einige hundert Meter tiefer freie Bahn unter der Eisdecke zu finden.

Die Leuchte am Plafond war erloschen, und dennoch war der Salon von starkem Licht zum Blenden erhellt, weil die Lichtströme des Fanal von den Eiswänden in großer Stärke zurückgestrahlt würden. Unbeschreiblich war die Wirkung der Voltaischen Strahlen auf die großen launenhaft gestalteten Eisblöcke mit ihren verschiedenen Winkeln, Spitzen, kleinen Flächen, welche jede nach Beschaffenheit ihrer Adern ein verschiedenes Licht zurück warfen, eine unerschöpfliche Mine von Edelgestein, besonders von Saphir, der seine blauen Strahlen mit den grünen des Smaragds durchkreuzte.

»Wie herrlich schön! Wie schön! rief Conseil aus.

– Ja! sagte ich, 's ist ein wundervoller Anblick. Nicht wahr, Ned?

– Ei, Tausend Teufel! ja erwiderte Ned-Land. Prachtvoll! Ich bin entrüstet, daß ich nicht nein sagen kann. So etwas hat man noch nie gesehen. Aber dieser Anblick kann uns theuer zu stehen kommen. Und, offen gestanden es kommt mir vor, als sähen wir hier Dinge, die Gott den Blicken der Menschen hat entziehen wollen!«

Ned hatte Recht. Es war allzu schön. Plötzlich schrie Conseil laut auf; ich drehte mich um.

»Was giebt's? fragte ich.

– Schließe mein Herr seine Augen! Schaue nicht!«

Bei diesen Worten hielt Conseil seine Hände auf beide Augen.

»Was ist Dir, lieber Junge?

– Ich bin geblendet, blind!«

Meine Blicke richteten sich unwillkürlich nach dem Fenster, aber ich konnte das entgegen strahlende Feuer nicht aushalten.

Ich verstand, was vorgegangen war. Der Nautilus hatte sich mit größter Schnelligkeit in Bewegung gesetzt. Aller ruhige Glanz der Eiswände hatte sich dadurch in blitzende Strahlen verwandelt und es war, als fahre der Nautilus durch eine Scheide von Blitzen.

Darauf schlossen sich die Läden des Salons wieder.

Wir hielten unsere Hände vor die Augen, die ganz von dem concentrischen Lichtschein durchdrungen waren, welcher vor der Netzhaut flimmert, wenn sie von den Sonnenstrahlen allzustark getroffen wird. Es bedurfte einiger Zeit, um die Unruhe unseres Blickes zu beruhigen.

Endlich ließen wir die Hände wieder herabsinken.

»Meiner Treu, das hätte ich niemals geglaubt, sagte Conseil.

– Und ich glaube es noch nicht! entgegnete der Canadier.

– Wenn wir wieder auf die Erde kommen werden, fügte Conseil bei, überreizt von so vielen Naturwundern, was werden wir dann von dem armseligen Festland denken, und von den kleinen, aus der Menschenhand herrührenden Werken! Nein! Die bewohnte Welt ist unser nicht mehr würdig!«

Solche Worte im Munde eines phlegmatischen Flamländers zeigte, bis zu welchem Höhepunkt der Wallung unser Enthusiasmus gestiegen war. Aber der Canadier ermangelte nicht, ein Tröpfchen kaltes Wasser hinein zu gießen.

»Die bewohnte Welt! sagte er mit Kopfschütteln. Seien Sie nur ruhig, Freund Conseil, wir werden nie dahin zurückkehren!«

Es war damals fünf Uhr früh. In diesem Augenblicke spürten wir, daß der Nautilus mit dem Vordertheil widerstieß. Ich dachte mir, daß sein Schnabel wider einen Eisblock gefahren sei. Dies mußte ein falsches Manoeuvre sein, denn der unterseeische, von Blöcken versperrte Tunnel bot nicht eine leichte Fahrt. Also meinte ich, der Kapitän Nemo werde seinen Weg ändernd diese Hindernisse umfahren oder den Krümmungen des Tunnels folgen. Jedenfalls konnte die Fahrt vorwärts nicht gänzlich gehemmt sein. Doch nahm der Nautilus, gegen meine Erwartung, eine entschiedene Rückwärtsbewegung vor.

»Wir fahren rückwärts? sagte Conseil.

– Ja, antwortete ich. Der Tunnel muß nach dieser Seite hin ohne Ausgang sein.

– Und dann? ...

– Dann, sagte ich, ist das Verfahren sehr einfach. Wir fahren den Weg, welchen wir kamen, zurück, um an der südlichen Mündung heraus zu kommen. Das ist alles.«

Mit diesen Worten wollte ich mehr Beruhigung zu erkennen geben, als ich wirklich hatte. Indessen wurde die Rückwärtsbewegung des Nautilus rascher und brachte uns mit großer Schnelligkeit weiter.

»Das wird nur eine Verzögerung sein, sagte Ned-Land.

– Was liegt daran, einige Stunden früher oder später, wenn wir nur heraus kommen.

– Ja, widerholte Ned-Land, wenn wir nur heraus kommen!«

Ich ging auf einige Augenblicke aus dem Salon in die Bibliothek. Meine Gefährten blieben schweigend sitzen. Ich warf mich bald auf einen Divan und nahm ein Buch in die Hand, das meine Augen mechanisch durchliefen.

Nach einer Viertelstunde trat Conseil zu mir heran und sprach:

»Ist es ein interessantes Buch, worin Sie lesen?

– Sehr interessant, erwiderte ich.

– Das glaube ich. Es ist meines Herrn eigenes Werk!

– Mein Werk?«

Wirklich hatte ich mein eigenes Werk: »Ueber die großen Meerestiefen« in der Hand, was ich gar nicht vermuthet hatte. Ich machte das Buch zu und setzte meinen Spaziergang fort. Ned und Conseil standen auf, um sich zurück zu ziehen.

»Bleiben Sie, meine Freunde, sagte ich, indem ich sie zurückhielt. Bleiben wir beisammen, bis wir aus der Sackgasse wieder heraus sind.

– Wie es meinem Herrn beliebt,« erwiderte Conseil.

Es verflossen wieder einige Stunden. Ich sah häufig auf die an der Wand des Salons hängenden Instrumente. Das Manometer zeigte, daß der Nautilus sich standhaft in einer Tiefe von dreihundert Meter hielt; der Compaß, daß er immer südwärts fuhr; das Log, daß er zwanzig Meilen in der Stunde fuhr, was in einem so engen Raum etwas Außerordentliches war. Aber der Kapitän Nemo wußte, daß er nicht genug eilen konnte, und daß damals die Minuten Jahrhunderte galten.

Um acht Uhr fünfundzwanzig Minuten spürten wir einen abermaligen Stoß; diesmal am Hintertheil. Ich erbleichte. Meine Gefährten waren zu mir getreten. Ich erfaßte Conseil's Hand. Wir fragten uns mit Blicken, und zwar directer, als Worte unsere Gedanken ausgedrückt hätten.

In dem Augenblick trat der Kapitän in den Salon. Ich ging auf ihn zu.

»Der Weg ist auch im Süden versperrt? fragte ich.

– Ja, mein Herr. Der Eisberg hat mit einer Wendung jeden Ausweg abgeschnitten.

– Wir sind abgesperrt?

– Ja.«

Sechzehntes Capitel
Luftmangel

Also befanden wir uns in einem Kerker, über und unter uns, und ringsum undurchdringliche Eiswände. Der Canadier schlug fürchterlich mit der Faust auf den Tisch. Conseil schwieg. Ich sah dem Kapitän in's Angesicht; seine Züge waren, wie gewöhnlich, rührungslos. Er kreuzte die Arme, sann nach. Der Nautilus war unbeweglich.

Der Kapitän ergriff das Wort:

»Meine Herren, sprach er in ruhigem Tone, in unserer jetzigen Lage giebt es zwei Arten zu sterben.«

Der unbegreifliche Mann sprach wie ein Professor der Mathematik, der einen Satz demonstrirt.

»Erstens, fuhr er fort, den Tod des Erdrückens, und zweitens den des Erstickens. Vom Hungertode rede ich nicht, denn unsere Lebensmittel reichen gewiß weiter aus, als unser Leben.

– Ein Ersticken, Kapitän, erwiderte ich, ist doch wohl nicht zu besorgen, denn unsere Behälter sind gefüllt.

– Richtig, versetzte der Kapitän Nemo, aber sie liefern nur noch für zwei Tage unseren Bedarf an Luft. Bereits sind wir sechsunddreißig Stunden unter'm Wasser, und die schwüle Atmosphäre des Nautilus bedarf der Erneuerung, binnen achtundvierzig Stunden wird unser Vorrath zu Ende sein.

– Nun, Kapitän, so müssen wir uns vor Ablauf von achtundvierzig Stunden frei machen!

– Wenigstens wollen wir einen Versuch machen, die uns umgebende Wand zu durchbrechen.

– Auf welcher Seite? fragte ich.

– Das müssen wir erst durch Sondiren erfahren. Ich will den Nautilus auf die innere Bank aufsitzen lassen, und meine Leute werden in ihren Skaphandern die Eishülle an der mindest dicken Stelle durchhauen.

– Kann man die Läden des Salons öffnen?

– Ohne Nachtheil. Wir sind nicht mehr in Bewegung.«

Der Kapitän ging hinaus. Bald gab ein Rauschen zu erkennen, daß das Wasser in die Behälter strömte. Der Nautilus senkte sich langsam und saß auf dem Eisgrunde in einer Tiefe von dreihundertundfünfzig Metern.

»Meine Freunde, sprach ich, unsere Lage ist ernst, aber ich zähle auf Ihren Muth und Ihre Energie.

– Mein Herr, erwiderte der Canadier, jetzt ist es nicht Zeit zu Beschuldigungen. Ich werde alles thun für das allgemeine Beste.

– Gut, Ned, sagte ich, und reichte dem Canadier die Hand.

– Ich verstehe, fuhr er fort, die Hacke so gut zu führen, wie die Harpune, und wenn ich nützlich sein kann, stehe ich dem Kapitän zu Diensten.

– Er wird Ihren Beistand nicht ablehnen. Kommen Sie, Ned.«

Ich führte den Canadier in die Kammer, wo die Leute des Nautilus ihre Skaphander anlegten. Ich theilte dem Kapitän Ned's Anerbieten mit und es wurde angenommen.

Der Canadier legte seine Meerkleidung an, und war augenblicklich zur Arbeit bereit. Jeder von ihnen trug auf dem Rücken seinen Rouquayrol-Apparat, der aus den Behältern reichlich mit reiner Luft gefüllt war.

Es war das ein ansehnliches, aber nothwendiges Darlehen. Die Ruhmkorff'schen Leuchten waren nicht nöthig, weil das Wasser genug erhellt war.

Als Ned angekleidet war, begab ich mich in den Salon zurück, nahm mit Conseil Platz vor den Fenstern, deren Läden geöffnet wurden, und besah die umgebenden Schichten, worauf der Nautilus ruhte.

Gleich darauf sahen wir ein Dutzend Mann auf der Eisbank sich aufstellen, unter ihnen Ned, der durch seinen hohen Wuchs kenntlich war. Der Kapitän Nemo befand sich auch bei ihnen.

Bevor man zum Durchhauen schritt, mußte man sondiren, um gewiß zu sein, wo die Arbeiten am besten vorzunehmen waren. Lange Sonden wurden an den Seitenwänden hinab gelassen; aber bei fünfzehn Meter wurden sie noch durch die dicke Wand aufgehalten. Nach unten waren wir zehn Meter vom Wasser geschieden; so dick war dieses Eisfeld. Demnach handelte sich's darum, ein Stück desselben von der Größe des Nautilus an seiner Wasserlinie auszuhauen. Es betrug ungefähr sechstausendfünfhundert Kubikmeter für ein Loch, wodurch wir unter das Eis gelangen konnten.

Die Arbeit wurde unverzüglich in Angriff genommen, und mit unermüdlicher Ausdauer gefördert. Der Kapitän ließ auf der linken Seite des Nautilus acht Meter weit eine Grube abstecken. Darauf bohrten seine Leute an verschiedenen Punkten ihres Umfangs zu gleicher Zeit sie an. Bald griff die Hacke diese feste Masse kräftig an, und große Blöcke wurden abgelöst.

Die specifische Schwere ergab den merkwürdigen Erfolg, daß diese Blöcke, weil sie leichter als das Wasser waren, zur Decke des Tunnels so zu sagen empor flogen, so daß diese um so viel an Dicke zunahm, als der Boden dünner wurde.

Nach zwei Stunden rüstiger Arbeit kehrte Ned-Land erschöpft zurück, und wurde von frischen Arbeitern abgelöst, zu denen wir, Conseil und ich, uns gesellten. Der Schiffslieutenant des Nautilus leitete uns an.

Das Wasser kam mir ausnehmend kalt vor, aber ich wurde bald durch Schwingen der Hacke warm. Meine Bewegungen, obwohl unter einem Drucke von dreißig Atmosphären, waren sehr frei.

Als ich nach zweistündiger Arbeit zurück kehrte, um auszuruhen und einige Nahrung zu mir zu nehmen, fand ich einen bedeutenden Unterschied zwischen dem reinen Stoff, welchen mir der Apparat Rouquayrol zuführte, und der Atmosphäre des Nautilus, die schon voll Kohlensäure war. Die Luft war seit achtundvierzig Stunden nicht erneuert worden, und ihre belebenden Eigenschaften waren beträchtlich schwächer. Doch hatten wir nach Verlauf von zwölf Stunden nicht mehr, als eine Schicht von der Dicke eines Meters weggeschafft, das machte etwa sechshundert Kubikmeter. Nahmen wir an, daß in den folgenden zwölf Stunden das Gleiche geleistet wurde, so bedurfte es noch fünf Nächte und vier Tage, um das Unternehmen zum Ziel zu führen.

»Fünf Nächte und vier Tage! sagte ich zu meinen Gefährten, und wir haben nur noch für zwei Tage Luft in den Behältern.

– Ohne zu rechnen, versetzte Ned, daß wir, wenn wir einmal aus diesem verdammten Kerker heraus sind, dann doch noch unter der Eisdecke stecken ohne eine mögliche Verbindung mit der Atmosphäre!«

Die Bemerkung war richtig. Wer konnte damals berechnen, wieviel Zeit bis zu unserer Befreiung mindestens erforderlich war? Mußten wir nicht alle ersticken, bevor der Nautilus wieder an die Oberfläche des Wassers kommen konnte? Sollte er das Loos haben, sammt Allem, die er in sich faßte, in dieser Eisgruft zu Grunde zu gehen? Schreckliche Lage. Aber alle sahen der Gefahr in's Angesicht, entschlossen, bis zum letzten Augenblick ihre Schuldigkeit zu thun.

Während der Nacht wurde, meiner Berechnung gemäß, abermals eine Schicht von einem Meter fortgeschafft. Aber, als ich am Morgen in meinem Skaphanderkleide bei einer Temperatur von sechs bis sieben Grad unter Null durch die flüssige Masse schritt, bemerkte ich, daß die Seitenwände sich allmälig annäherten. Die von unserem Graben entfernten Wasserschichten, welche nicht durch die Arbeit und die Werkzeuge in Bewegung gesetzt wurden, zeigten ein Bestreben fest zu gefrieren. Was konnten wir bei dieser neuen und dringenden Gefahr für Aussicht auf Rettung haben, und wie konnten wir das Einfrieren vermeiden, wodurch die Wände des Nautilus wie Glas zersprengt würden?

Ich ließ meine beiden Gefährten von dieser neuen Gefahr nichts merken, um nicht ihre für die Rettungsarbeit nöthige Thatkraft herabzustimmen. Aber als ich an Bord zurück kam, bemerkte ich dem Kapitän Nemo den ernsten Fall.

»Ich weiß es, sprach er mit derselben Kaltblütigkeit, welche unter den fürchterlichsten Umständen keine Aenderung erlitt. Es ist eine weitere Gefahr, sehe aber keine Mittel, sie abzuwenden. Die einzige Aussicht auf Rettung besteht darin, daß man dem Festfrieren zuvorkommt. Das ist alles.«

Zuvorkommen! An solche Art zu reden hätte ich gewöhnt sein müssen!

An diesem Tage führte ich einige Stunden lang die Hacke mit hartnäckiger Ausdauer. Diese Arbeit hielt mich aufrecht. Zudem war man bei dieser Arbeit nicht in der verdorbenen Luft des Nautilus, und athmete direct die reine Luft, welche den Apparaten aus den Behältern geliefert wurde.

Gegen Abend war unser Graben abermals um einen Meter tiefer geworden. Als ich wieder an Bord kam, war ich durch die Kohlensäure, womit die Luft gesättigt war, dem Ersticken nahe. Ach! wie mußten wir die chemischen Mittel vermissen, wodurch man das verdorbene Gas entfernen kann! An Sauerstoff hatten wir keinen Mangel, und wir konnten ihn durch unsere Voltaischen Säulen aus dem Wasser durch Zersetzung gewinnen. Aber wozu half es, da die durch unser Athmen erzeugte Kohlensäure alle Theile des Schiffes durchdrungen hatte. Um dieselbe fortzuschaffen hätte man Gefäße mit kaustischem Kali füllen und beständig rütteln müssen. Dieser Stoff, welcher durch sonst nichts zu ersetzen war, fehlte aber an Bord.

Diesen Abend mußte der Kapitän Nemo die Hähne seiner Luftbehälter öffnen, und einige Ströme reiner Luft in den Nautilus hineinlassen. Ohne diese Vorsorge wären wir nicht wieder aufgewacht.

Am folgenden Tage, den 26. März, setzte ich meine Grubenarbeit mit dem fünften Meter fort. Die Seitenwände und die innere Fläche der Eisdecke wurden sichtbar dicker. Es war unverkennbar, daß sie zusammen gefrieren würden, ehe der Nautilus frei sein konnte. Muthlosigkeit befiel mich einen Augenblick, und die Hacke entfiel meinen Händen. Wozu das Graben, wenn wir ersticken, wenn wir durch das zu Stein gefrierende Wasser zerdrückt werden mußten.

In diesem Augenblicke kam der Kapitän Nemo, welcher die Arbeit leitete und selbst Hand anlegte, in meine Nähe. Ich rührte ihn mit der Hand an, und zeigte auf die Wände unseres Kerkers, dessen linke Wand sich nun fast vier Meter dem Nautilus genähert hatte.

Der Kapitän verstand mich, und winkte mir, ihm zu folgen. Wir begaben uns an Bord; ich legte meinen Skaphander ab und begleitete ihn in den Salon.

»Herr Arronax, sagte er zu mir, wir müssen irgend ein heroisches Mittel versuchen, sonst werden wir in diesem gefrierenden Wasser wie von Kitt umgossen.

– Ja! sagte ich, aber was anfangen?

– Ach! Wäre doch mein Nautilus stark genug, um diesen Druck auszuhalten, ohne erdrückt zu werden!

– Nun? fragte ich, da ich des Kapitäns Idee nicht begriff.

– Begreifen Sie nicht, fuhr er fort, daß dieses Gefrieren des Wassers uns dann zum Beistand käme! Sehen Sie nicht, daß es durch sein Gefrieren die Eisfelder, welche uns gefangen halten, zersprengen würde, wie es beim Gefrieren die härtesten Steine zersprengt! Merken Sie nicht, daß es so, anstatt ein Agent der Zerstörung, ein Agent der Rettung sein würde!

– Ja! Kapitän, vielleicht. Aber so groß auch die Widerstandskraft des Nautilus gegen Eindrückung sein mag, – diesen fürchterlichen Druck würde er nicht aushalten können, und so platt werden, wie ein Stück Blech.

– Ich weiß es, mein Herr. Man muß also nicht auf den Beistand der Natur rechnen, sondern nur auf uns selbst. Man muß dem Festgefrieren einen Widerstand entgegen setzen; man muß es hemmen. Nicht allein die Seitenwände verengen sich, es bleiben beim Nautilus vorne und hinten keine zehn Fuß Wasser. Das Einfrieren wird von allen Seiten zu uns heran kommen.

– Wieviel Zeit, fragte ich, wird die Luft der Behälter uns noch das Athmen an Bord gestatten?

Der Kapitän sah mir in's Gesicht.

»Uebermorgen, sprach er, werden die Behälter leer sein.«

Ein kalter Schweiß befiel mich. Und doch war diese Antwort nicht zum Erstaunen. Am 22. März war der Nautilus im freien Meere untergetaucht. Jetzt hatten wir den 26. Seit fünf Tagen also lebten wir von dem Vorrath an Bord! Und den Rest von athmungsfähiger Luft mußte man für die Arbeiter aufsparen. Im Augenblick, da ich dieses schreibe, befällt noch beim Gedanken daran ein unwillkürlicher Schrecken mein ganzes Wesen.

Doch der Kapitän sann nach, schweigend, unbeweglich. Man sah, eine Idee fuhr ihm durch den Kopf. Aber er schien sie abzuweisen. Er antwortete sich mit Nein. Endlich entfuhren seinen Lippen die Worte:

»Siedend Wasser!

– Siedend Wasser? rief ich.

– Ja, mein Herr. Wir sind in einem verhältnißmäßig engen Raum eingeschlossen. Würden denn nicht siedende Wasserstrahlen, welche die Pumpen des Nautilus beständig ausströmten, die Temperatur in demselben erhöhen, und so das Gefrieren verzögern?

– Man muß es versuchen, sagte ich entschlossen.

– So machen wir den Versuch, Herr Professor.«

Das Thermometer gab damals außen sieben Grad unter Null an. Der Kapitän Nemo führte mich in die Küchen, wo ungeheure Destillations-Apparate in Thätigkeit waren, um durch Verdunstung trinkbares Wasser zu bereiten. Sie wurden mit Wasser gefüllt und die ganze Hitze der elektrischen Säulen wurde durch die Serpentinen getrieben. In einigen Minuten hatte dieses Wasser hundert Grad Hitze erreicht. Es wurde zu den Pumpen geleitet, während es durch frisches Wasser nach Verhältniß ersetzt wurde. Die elektrischen Säulen entwickelten eine solche Hitze, daß das aus dem Meere geschöpfte kalte Wasser nur den Apparat zu durchlaufen hatte, um siedend in die Pumpen zu gelangen.

Die Arbeit der Pumpen begann, und nach drei Stunden zeigte das Thermometer außen sechs Grad unter Null; zwei Stunden später nur noch vier.

»Es wird gelingen, sagte ich zum Kapitän, nachdem ich den Fortgang der Operation genau beobachtet hatte.

– Ich denke wohl, erwiderte er, wir werden nicht erdrückt werden. Nur das Ersticken ist noch zu fürchten.«

Während der Nacht stieg die Temperatur des Wassers auf einen Grad unter Null; eine höhere ließ sich nicht erzielen. Aber da das Gefrieren des Wassers nur bei zwei Grad vorgeht, so war ich endlich sicher, daß wir nicht einfrieren würden.

Am folgenden Tage, den 27. März, waren sechs Meter Eis herausgeschafft; vier blieben noch übrig. Das kostete noch achtundvierzig Stunden Arbeit. Die Luft im Innern des Nautilus ließ sich nicht mehr erneuern; sie wurde diesen Tag über fortwährend übler.

Es drückte mich eine unerträgliche Schwere. Gegen drei Uhr Nachmittags wurde dies Gefühl der Beklemmung auf's Höchste gesteigert. Die Kinnladen wurden mir durch Gähnen verrenkt. Meine Lungen keuchten, indem sie das zum Athmen nöthige Luftbestandtheil suchten, welches immer spärlicher wurde. Eine moralische Erstarrung befiel mich; ich lag da ohne Kraft, fast ohne Besinnung. Mein wackerer Conseil, welcher dasselbe zu leiden hatte, wich nicht von meiner Seite. Er faßte meine Hand, suchte mich zu ermuthigen, und ich hörte ihn noch murmeln:

»Ach! könnte ich doch zu athmen aufhören, um meinem Herrn mehr Luft zu lassen!«

Thränen traten mir in die Augen, als ich das hörte.

Da diese schlimme Lage für uns alle unerträglich war, so legte man mit hastiger Freude das Skaphanderkleid an, um zu arbeiten. Die Arme ermüdeten, die Hände wurden wund, aber man achtete diese Beschwerden nicht. Hatte man doch Lebensluft für die Lungen! Man konnte athmen!

Und doch blieb Niemand länger als die ihm bestimmte Zeit bei der Arbeit. Jeder trat seinem keuchenden Genossen, der ihn ablöste, den lebenspendenden Ranzen ab. Der Kapitän Nemo ging mit dem Beispiel voran, unterwarf sich zuerst der strengen Ordnung. Kam die Stunde der Ablösung, so übergab er seinen Apparat, und kehrte in die verdorbene Atmosphäre zurück, stets ruhig, ohne Schwäche, ohne Murren.

An diesem Tage wurde die gewöhnliche Arbeit noch mit mehr Kraft fortgeführt. Es waren nur noch zwei Meter auf der ganzen Oberfläche fortzuschaffen; dann befanden wir uns im freien Meere. Aber die Luftbehälter waren beinahe leer; der kleine Rest mußte für die Arbeiter aufgehoben werden.

An Bord zurück gekehrt, war ich dem Ersticken nahe. Welche Nacht! Solche Leiden lassen sich nicht schildern. Am folgenden Morgen war mein Athmen unterdrückt; betäubender Schwindel machte mich einem Trunkenen gleich. Meine Gefährten hatten Gleiches zu erleiden. Einige Mann röchelten.

Nun, am sechsten Tage unserer Einsperrung, beschloß der Kapitän Nemo, da die Arbeit der Hacke und Schaufel zu langsam war, die Eisschicht, welche uns noch von dem Wasser trennte, zu zerdrücken. Dieser Mann bewahrte seine Kaltblütigkeit und Thatkraft, überwand durch moralische Stärke die physischen Schmerzen. Er dachte, handelte.

Auf seinen Befehl wurde das Fahrzeug leichter gemacht, d. h. durch Minderung seines specifischen Gewichts von seinem Eisboden emporgehoben. Als es flott war, zog man es über die ungeheure Grube, welche ausgehauen wurde. Darauf wurden seine Wasserbehälter gefüllt, daß es wieder abwärts ging und in die Grube sich einsenkte.

Jetzt begab sich die gesammte Mannschaft wieder an Bord, die doppelte Verkehrspforte wurde geschlossen. Der Nautilus lag auf der nur noch einen Meter dicken Eisschicht, welche an unzähligen Stellen von der Sonde durchbohrt war. Die Hähne der Behälter wurden weit geöffnet, und hundert Kubikmeter Wasser stürzten ein, und erhöhten das Gewicht des Nautilus um hunderttausend Kilogramm.

Wir warteten, horchten, vergaßen unsere Leiden, stets hoffend. Ein letzter Wurf im Spiel um unsere Rettung.

Trotz dem Summen in meinem Kopf hörte ich bald ein Dröhnen unter dem Rumpf des Nautilus. Das Niveau legte sich tiefer. Das Eis krachte gewaltig, und wie Papier zerreißt, wurde die Schicht vom herab sinkenden Nautilus zersprengt.

»Wir dringen durch!« murmelte Conseil in mein Ohr.

Unfähig zu antworten, ergriff ich seine Hand und drückte sie unwillkürlich krampfhaft.

Mit einem Male sank der Nautilus in Folge seines bedeutend verstärkten Gewichts wie eine Kugel in die Tiefe hinab!

Nun wurde die elektrische Kraft den Pumpen zugewendet, welche alsbald das Wasser aus den Behältern trieben. Nach einigen Minuten war unser jähes Hinabsinken gehemmt; bald zeigte das Manometer eine aufsteigende Bewegung und die Schraube trieb uns mit höchster Geschwindigkeit dem Norden zu.

Doch wie lange sollte die Fahrt unter der Eisdecke noch dauern? Einen Tag noch? Das hätte ich nicht mehr erlebt!

Auf einem Divan der Bibliothek liegend war ich am Ersticken. Mein Angesicht war violett, meine Lippen blau, meine Geisteskräfte gelähmt. Ich hörte, sah nicht mehr. Der Zeitbegriff war mir geschwunden. Meine Muskeln konnten sich nicht zusammenziehen.

Wie viele Stunden so verflossen, weiß ich nicht anzugeben. Aber ich hatte das Bewußtsein des beginnenden Todeskampfes.

Plötzlich kam ich wieder zu mir. Einige Tropfen Luft drangen in meine Lungen. Waren wir bereits an der Oberfläche? Waren wir aus der Versperrung heraus?

Nein! Meine wackeren Freunde, Ned und Conseil, opferten sich, um mich zu retten. Es waren einige Restchen Luft in einem Apparat geblieben, welche sie, anstatt selbst einzuathmen, für mich aufgehoben hatten, und träufelten mir, während sie selbst dem Ersticken sich näherten, das Leben tropfenweise ein! Ich wollte den Apparat zurück schieben; sie hielten mir die Hände, und ich schlürfte mit Lust den Athem.

Meine Blicke fielen auf die Uhr. Es war elf Uhr Vormittags; es mußte der 28. März sein. Der Nautilus fuhr mit der erschrecklichen Geschwindigkeit von vierzig Meilen in der Stunde.

Wo befand sich der Kapitän Nemo? War er gestorben? Waren seine Genossen mit ihm erlegen?

In dem Augenblicke zeigte das Manometer, daß wir nur noch zwanzig Fuß von der Oberfläche waren. Blos ein Eisfeld trennte uns noch von der Atmosphäre. War es nicht möglich, dieses zu zertrümmern?

Vielleicht! Jedenfalls sollte der Nautilus den Versuch machen. Wirklich fühlte ich, daß er eine schiefe Lage annahm, das Hintertheil gesenkt, den Schnabel aufwärts. Um sein Gleichgewicht zu ändern, hatte ein Einführen von Wasser genügt. Darauf mit voller Dampfkraft getrieben, griff er die Eisdecke wie ein furchtbarer Widder von unten an. Er brachte sie allmälig zum Bersten, zog sich zurück und schoß mit größter Schnelligkeit wieder gegen dieselbe, zersprengte sie und gelangte durch einen letzten, mit äußerstem Ungestüm geführten Stoß auf die Oberfläche des Eises, welches er mit seinem Gewicht zerdrückte.

Die Lücke wurde geöffnet, so zu sagen, gesprengt, und die reine Luft drang nun in alle Räume des Nautilus.

Siebenzehntes Capitel
Vom Cap Horn nach dem Amazonenstrom

Wie ich auf die Plattform kam, weiß ich nicht zu sagen. Vielleicht hatte mich der Canadier hinauf getragen. Aber ich athmete, schlürfte die belebende Seeluft. Meine beiden Gefährten an meiner Seite tranken in vollen Zügen die Erfrischung. Die Unglücklichen, welche lange Zeit die Nahrung entbehrten, dürfen nicht unbesonnen über die erste Nahrung, welche sich darbietet, herfallen. Wir dagegen brauchten uns nicht zurückzuhalten, konnten unseren Lungen die volle Erquickung des Einathmens gönnen, und der Seewind selbst übergoß uns mit dieser Wonne der Trunkenheit.

»Ach! sagte Conseil, wie erquickend ist der Sauerstoff! Jetzt braucht mein Herr nicht mehr mit Angst zu athmen. Es ist genug da für Jedermann!«

Ned-Land sprach nichts, aber er sperrte die Kinnladen auf, daß ein Haifisch erschrecken konnte. Und was für kräftige Athemzüge!

Allmälig kamen uns wieder die Kräfte, und als ich um mich blickte, sah ich, daß wir uns allein auf der Plattform befanden. Von der Bemannung nicht ein Einziger; auch der Kapitän Nemo nicht. Sonderbar genug begnügten sich die Seeleute mit der innen befindlichen Luft.

Meine ersten Worte waren Worte des Dankes und der Erkenntlichkeit gegen meine beiden Gefährten. Ned und Conseil hatten während der letzten Stunden dieses Todeskampfes mein Dasein verlängert. Ich konnte ihnen für diese Hingebung nicht genug Dankbarkeit zollen.

»Lassen Sie das, Herr Professor, erwiderte Ned-Land, es ist nicht der Mühe werth davon zu reden! Wir hatten kein Verdienst dabei. Es war nur ein Rechenexempel. Ihr Dasein ist mehr werth als das unsrige. Darum mußte es erhalten werden.

– Nein, Ned, versetzte ich, es war nicht mehr werth. Ueber einen edlen und guten Menschen geht nichts, und das seid Ihr!

– Gut! Gut! wiederholte der Canadier in Verlegenheit.

– Und Du, lieber Conseil, hast recht zu leiden gehabt.

– Doch nicht allzusehr, offen gesagt. Es fehlten mir zwar einige Schluck Luft, aber ich glaube, ich würde mich schon darein gefunden haben.«

Conseil war verlegen, daß er unpassend gesprochen, und brach ab.

»Meine Freunde, sprach ich tief gerührt, wir sind auf ewig mit einander verbunden und Sie haben Ansprüche auf mich ...

– Ich werde diese mißbrauchen, versetzte der Canadier.

– Wie? sagte Conseil.

– Ja, fuhr Ned-Land fort, das Recht, Sie mit mir zu nehmen, wann ich diesen höllischen Nautilus verlassen werde.

– Zur Sache, sagte Conseil, fahren wir in guter Richtung?

– Ja, erwiderte ich, weil wir der Sonne zufahren, und hier ist die Sonne im Norden.

– Allerdings, fuhr Ned-Land fort, aber ich möchte wissen, ob wir wieder in's Stille oder Atlantische Meer fahren, d. h. in besuchte oder verlassene Meere.«

Hierauf wußte ich nicht zu antworten, und ich fürchtete, der Kapitän Nemo werde uns eher vielmehr in den ungeheuren Ocean führen, welcher Asien und Amerika zugleich bespült, um seine unterseeische Rundreise zu vollenden und dort seine Unabhängigkeit vollständiger zu finden. Aber was wurde dann aus Ned-Land's Plänen?

Wir mußten über diesen wichtigen Punkt bald im Reinen sein. Der Nautilus fuhr reißend schnell. Bald war man über den Polarkreis hinaus, und nun ging es nach dem Cap Horn zu. Am 31. März, um sieben Uhr Abends, befanden wir uns der Spitze Amerika's gegenüber.

Nun waren alle überstandenen Leiden vergessen, unsere Gedanken waren nur auf die Zukunft gerichtet. Der Kapitän Nemo zeigte sich nicht mehr, weder im Salon, noch auf der Plattform.

ZWANZIGTAUSEND MEILEN UNTER'M MEER – ZWEITER BAND

Da der Lieutenant jeden Tag die Lage feststellte, und auf die Karte eintrug, so war ich im Stande, die Richtung des Nautilus genau aufzunehmen. Diesen Abend nun war es zu meiner großen Befriedigung klar, daß wir durch das Atlantische Meer wieder nach Norden fuhren.

Ich theilte dem Canadier und Conseil das Ergebniß meiner Beobachtungen mit.

»Gute Neuigkeit, erwiderte der Canadier, aber wohin fährt der Nautilus?

– Das kann ich nicht sagen, Ned.

– Will sein Kapitän nach dem Südpol auch dem Nordpol Trotz bieten, und durch die berufene nordwestliche Durchfahrt in das Stille Meer kommen?

– Man sollte ihn nicht dazu herausfordern, erwiderte Conseil.

– Dann, sagte der Canadier, werden wir zuvor uns davon machen.

– Jedenfalls, fügte Conseil bei, ist dieser Kapitän Nemo ein ganzer Mann, und wir werden nicht bedauern, seine Bekanntschaft gemacht zu haben.

– Besonders wann wir von ihm fort sind!« versetzte Ned-Land.

Am folgenden Tage, den 1. April, als der Nautilus auf der Oberfläche fuhr, bekamen wir um Mittag westlich eine Küste in Sicht. Es waren die Feuerlande, ein Haufen Inseln, die sich zwischen 53 und 56° südlicher Breite und 67° 50' und 77° 15' westlicher Länge, dreißig französische Meilen lang und achtzig breit, erstrecken. Die Küste schien mir niedrig, aber in der Entfernung ragten hohe Berge empor. Ich glaubte sogar den Sarmiento zu sehen, der sich zweitausendundsiebenzig Meter hoch über dem Meeresspiegel erhebt, ein pyramidaler Schieferblock, mit sehr spitzigem Gipfel, der, je nachdem er mit Dünsten umgeben oder davon frei ist, »gutes oder schlechtes Wetter anzeigt«, wie Ned-Land sagte.

– Ein merkwürdiges Barometer, mein lieber Freund.

– Ja, mein Herr, ein natürliches Barometer, das mich noch nie getäuscht hat, wenn ich in der Magelhaenischen Straße fuhr.«

So eben zeigte sich diese Spitze in klarer Zeichnung von dem Hintergrund des Himmels. Ein Wahrzeichen guten Wetters.

Der Nautilus tauchte wieder unter und näherte sich der Küste, an welcher er nur einige Meilen weit vorüber fuhr. Durch die Fenster des Salons sah ich lange Lianen und Riesentang, das birntragende Meergras, wovon wir im freien Polarmeer einige Musterproben gesehen hatten; mit ihren glatten und klebrigen Fasern waren sie bis zu dreihundert Meter lang; wahre Taue, über einen Zoll dick und sehr zähe, dienen sie oft zum Festbinden der Schiffe. Ein anderes Kraut, unter dem Namen Velp bekannt, mit vier Fuß großen Blättern, die zwischen den korallenartigen Versteinerungen staken, bedeckte den Meeresgrund. Es diente Myriaden von Schal- und Weichthieren zum Lager und zur Nahrung; bot namentlich den Robben und Ottern ein prächtiges Mahl.

Ueber diesen fetten und üppigen Grund fuhr der Nautilus mit äußerster Schnelligkeit. Gegen Abend näherte er sich dem Archipel der Falklands-Inseln, deren steile Gipfel ich am folgenden Morgen erkennen konnte. Die Meerestiefe war mäßig. Ich dachte daher, nicht ohne Grund, daß diese beiden Inseln, umgeben von einer Menge Eilande, ehemals zu den Magelhaenischen Ländern gehörten.

Die Falklands-Inseln, welche jetzt den Engländern gehören, hießen früher, als sie französisch waren, Malouinen.

In diesen Gegenden brachten unsere Garne schöne Sorten von Algen herauf, und besonders eins Art Tang, an dessen Wurzeln die schönsten Muscheln hingen. Gänse und Enten ließen sich zu Dutzenden auf der Plattform nieder, und fanden bald ihren Platz in der Küche. Von Fischen beobachtete ich besonders eine Art Trichterfische, die zwei Decimeter lang und ganz mit weißlichen und gelben Flecken besäet waren.

Desgleichen hatte ich zahlreiche Quallen zu bewundern, die schönsten der Gattung, wie sie jenen Meeren eigenthümlich sind. Bald hatten sie die Gestalt eines halbrunden, sehr feinen Schirmchens, das mit rothbraunen Streifen geschmückt war und in zwölf regelmäßige Blumengehänge endigte; bald bildeten sie ein umgekehrtes Körbchen, woraus reiche Blätter und lange rothe Zweige herabhingen. Sie bewegten schwimmend ihre vier blattartigen Arme, und ließen ihren reichen Hauptschmuck von Fühlhörnern herabhängend in den Fluthen treiben. Ich hätte gerne einige Proben dieser zarten Zoophyten aufgehoben; aber es sind nur Wolken, Schatten und Schein; sie schmelzen und verdunsten, wenn sie aus ihrem Element heraus kommen.

Als die letzten Höhen der Falklands-Inseln unter'm Horizont verschwunden waren, tauchte der Nautilus zwanzig bis fünfundzwanzig Meter tief unter, und fuhr längs der amerikanischen Küste. Der Kapitän Nemo ließ sich nicht sehen.

Bis zum 3. April fuhren wir an den Küsten von Patagonien, bald unter'm Ocean, bald an der Oberfläche. Der Nautilus passirte die weite, von der Mündung des La Plata gebildete Untiefe, und befand sich am 4. April Uruguay gegenüber, aber fünfzig Meilen auf hoher See. Seine Richtung war immer nördlich längs den Krümmungen der südamerikanischen Küsten. Wir hatten damals sechzehntausend Lieues seit unserer Abreise aus den Japanischen Meeren zurückgelegt.

Gegen elf Uhr Vormittags wurde der Wendekreis des Steinbocks unter'm siebenunddreißigsten Meridian durchschnitten, und wir fuhren auf hohem Meere beim Cap Frio vorüber. Der Kapitän Nemo war, zum Aerger Ned-Land's, nicht gerne in der Nähe dieser bewohnten Küsten Brasiliens, denn er eilte mit schwindelhafter Schnelligkeit. Kein Fisch, noch Vogel, so flink sie auch sein mochten, konnten uns begleiten, und die Naturmerkwürdigkeiten dieser Meere entzogen sich aller Beobachtung.

Diese reißende Eile dauerte einige Tage, und am 4. April Abends bekamen wir die östlichste Spitze Südamerikas, das Cap San Roque, in Sicht. Aber damals entfernte sich der Nautilus abermals, und suchte in größeren Tiefen ein unterseeisches Thal auf zwischen diesem Cap und Sierra Leona an der afrikanischen Küste. Dieses Thal theilt sich auf der Höhe der Antillen in zwei Richtungen, und endigt nördlich in eine enorme, neuntausend Meter tiefe Einsenkung. An dieser Stelle bildet der geologische Aufriß des Oceans bis zu den kleinen Antillen einen steilen senkrechten Abhang von sechs Kilometer, und auf der Höhe der

Capverdischen Inseln eine andere, ebenso beträchtliche Wand. Diese beiden umschließen also die ganze versunkene Atlantis. Der Grund dieses ungeheuren Thales ist hier und da mit einigen Bergen besetzt, welche malerische Ansichten darbieten. Ich berichte dieses hauptsächlich nach den Karten im Manuskript, welche offenbar von der Hand des Kapitäns Nemo auf Grund seiner persönlichen Beobachtungen herrühren.

Zwei Tags lang wurden diese öden und tiefen Gewässer vermittelst der geneigten Ebenen besucht. Doch am 11. April stieg der Nautilus plötzlich wieder zur Oberfläche und wir bekamen das Land an der Mündung des Amazonenstromes zu sehen, dessen Wasser so weit hin und so beträchtlich ausströmt, daß das Meer auf einige Meilen seinen Salzgehalt verliert.

Wir hatten den Aequator durchschnitten, und ließen zwanzig Meilen westlich das französische Cayenne, wo wir leicht eine Zufluchtstätte gefunden hätten. Aber der Wind wehte zu stark und die wüthend aufgeregten Wellen hätten einem einfachen Boot nicht gestattet, ihnen zu trotzen. Ned-Land sah dies wohl selbst ein, denn er sprach kein Wort mit mir. Ich meinerseits spielte nicht mit einem Wort auf seine Fluchtprojecte an, denn ich wollte ihn nicht zu einem Versuch veranlassen, welcher unfehlbar gescheitert wäre.

Ich entschädigte mich leicht für diese Verzögerung durch interessante Studien. Während dieser beiden Tage, am 11. und 12. April, blieb der Nautilus auf der Oberfläche, und sein Sacknetz that einen wundervollen Fang an Zoophyten, Fischen und Reptilien.

Die Zoophyten waren zum großen Theil schöne Phyctalinen, zu den Strahlenthieren gehörig, unter anderem eine in diesem Ocean einheimische Gattung mit kleinem cylindrischen Stamm, der mit vertikalen Linien und rothen Punkten verziert, und mit einem wundervollen Strauß von Fühlfäden gekrönt war. Mollusken waren es von den bereits beschriebenen, Thurmschnecken, durchsichtige Hyalen, Argonauten, vortreffliche eßbare Tintenfische, einige Arten Calmar u. s. w.

Von Fischen, die ich noch nicht zu studiren Gelegenheit hatte, bemerkte ich einige Arten. Unter den Knorpelfischen eine Aalart, fünfzehn Zoll lang, mit grünlichem Kopf, violetten Flossen, bläulich grauem Rücken, braun silberfarbenem, lebhaft geflecktem Bauch, einem goldenen Ring um die Iris, merkwürdige Thiere, die im Süßwasser leben, und vermuthlich vom Amazonenstrom hierher getrieben wurden; kleine, einen Meter lange Haie, unter dem Namen Pantoffelfisch bekannt, grau und weißlich, deren in mehrere Reihen stehende Zähne rückwärts gekrümmt sind; Fledermaus-Seeteufel, eine Art gleichschenkeliger Triangel, röthlich, einen halben Meter groß, mit einer fleischigen Verlängerung der Brustflossen, wodurch sie das Aussehen von Fledermäusen bekommen, und mit einem hornartigen Ansatz neben den Nasenlöchern, weshalb man sie See-Einhorn benannte; einige Sorten Hornfische u. a. m.

Von Knochenfischen beobachtete ich eine große Menge, deren Aufzählung zu langweilig sein würde. Ich hebe daraus hervor: Goldflosser, auf denen Silber- und Goldglanz mit Rubin und Topasen sich mischen; phosphorescirende Goldschwanzbrassen; hellrothe Lippfische; drei Decimeter lange Sardinen mit lebhaftem Silberglanz. Besonders aber muß ich noch einen Fisch nennen, dessen Conseil noch lange Zeit gedenken wird.

Unser Garn brachte einen sehr flachen Rochen, der vollkommen wie eine kreisrunde Scheibe geformt war und zwanzig Kilogramm wog. Er war oben weiß, unten röthlich mit großen tiefblauen, schwarz gerandeten Flecken, hatte eine sehr glatte Haut und eine zweilappige Flosse. Er zappelte auf der Plattform, versuchte durch krampfhafte Bewegungen wieder in's Meer zu kommen, und war im Begriff, mit einem letzten Satze diesen Zweck zu erreichen. Da stürzte sich Conseil auf ihn, und faßte ihn, ehe ich ihn noch abhalten konnte, mit beiden Händen.

Aber plötzlich lag er zu Boden geworfen und streckte die Beine in die Luft; an der Hälfte seines Körpers gelähmt, schrie er:

»Ach! mein Herr! mein Herr! zu Hilfe!«

Unterstützt vom Canadier hob ich ihn auf, und wir rieben ihn aus Leibeskräften. Als er wieder zum Bewußtsein kam, murmelte er mit gebrochener Stimme:

»Classe der Knorpelfische, Ordnung der Knorpelflosser, mit festen Kiemen, Unterordnung der phosphorescirenden, Familie der Rochen, Gattung der Zitterfische!«

– Ja wohl. Lieber, erwiderte ich, ein Zitterfisch hat Dich in den jämmerlichen Zustand versetzt.

– Ach, mein Herr kann mir's wohl glauben, versetzte Conseil, aber ich werde mich an diesem Thiere rächen.

– Und wie?

– Ich werde es aufzehren.«

Dies that er noch denselben Abend, aber nur zur Revanche, denn offen gestanden, er war zähe wie Leder.

Es war ein Zitterfisch der schlimmsten Art, *la Cumana*, von dem Conseil getroffen wurde. Das seltsame Thier ist fähig, in einer so leitungsfähigen Umgebung, wie das Wasser ist, mehrere Meter weit die Fische mit seinem Blitz zu treffen, so stark ist die Kraft seines elektrischen Organes, dessen beide Hauptoberflächen nicht weniger als siebenundzwanzig Quadratfuß messen.

Am folgenden Tage, der 12. April, kam der Nautilus in der Nähe der Holländischen Küste, bei der Mündung des Maroni, vorbei. Daselbst lebten einige Trupp Seekühe beisammen. Es waren Manati, welche gleich dem Dugong zur Ordnung der Sirenen gehören. Diese schönen, friedlichen und unschädlichen Thiere, sechs bis sieben Meter groß, mußten wenigstens viertausend Kilogramm wiegen. Ich belehrte Ned-Land und Conseil, daß die Sorge der Natur diesen Säugethieren eine wichtige Rolle zugewiesen habe. Sie haben in der That, gleich den Robben, die Obliegenheit, die unterseeischen Wiesen zu beweiden, und also die Anhäufung von Kräutern zu zerstören, welche die Mündung der tropischen Flüsse versperren.

»Und wissen Sie, fügte ich bei, was erfolgt ist, seit die Menschen diese nützlichen Racen fast ganz vernichtet haben? Die verfaulten Gewächse haben die Luft verpestet und das gelbe Fieber erzeugt, wodurch diese herrlichen Gegenden verödet werden. Die Giftpflanzen sind unter diesen Meeren der heißen Zone zahlreicher geworden, und das Uebel hat sich von der

Mündung des Rio de la Plata bis nach Florida unwiderstehlich entwickelt!

»Und darf man Toussenel glauben, so ist diese Plage noch unbedeutend gegen die, welche unsere Nachkommen treffen wird, wann die Wallfische und Robben in diesen Meeren vertilgt worden sind. Dann werden sie, voll Polypen, Quallen, Kalmar, ungeheure Heerde der Verpestung, weil es nicht mehr die weiten Magen giebt, welche von Gott beauftragt sind, die Oberfläche des Meeres abzuschäumen.«

Die Mannschaft des Nautilus, ohne jedoch diese Theorien zu verachten, erlegte ein halbes Dutzend dieser Manati. Es handelte sich in der That darum, die Vorrathskammer mit einem vortrefflichen Fleisch, welches noch vorzüglicher ist als Ochsen- und Kalbfleisch, zu versorgen. Diese Jagd bot kein Interesse dar. Die Manati ließen sich ohne Widerstand erlegen. Einige tausend Kilo Fleisch, zum Trocknen bestimmt, wurden an Bord gebracht. Eben so wurden durch einen reichen Fischfang die Vorräthe vermehrt.

Als der Fischzug vollendet war, näherte sich der Nautilus der Küste. Hier schliefen eine Anzahl See-Schildkröten auf der Oberfläche des Wassers. Es würde schwer gehalten haben sich ihrer zu bemächtigen, da das geringste Geräusch sie aufweckt, und ihr Schild sie gegen jede Harpune schützt. Aber mit Hilfe von See-Igeln, deren man einige im Garn gefangen hatte, gelang die Operation mit großer Sicherheit, denn dieses Thier ist wie eine Angel zu gebrauchen.

Die Bootsleute des Nautilus befestigten an den Schwanz dieser Fische einen Ring, der weit genug war, um ihre Bewegungen nicht zu hindern, und an diesen Ring ein langes Tau, das mit dem andern Ende an Bord fest war. Als die Thiere in's Meer geworfen wurden, fingen sie sogleich ihre Rolle an, schwammen hin, und hingen sich an das Bauchschild der Schildkröten, und hielten da mit solcher Zähigkeit fest, daß sie nicht mehr los zu machen waren. Man zog sie dann sammt den Schildkröten an Bord.

Auf diese Weise fing man einige Cacuanen, die einen Meter lang waren und zweihundert Kilo wogen. Ihre Schilddecken, die mit großen, feinen, durchsichtigen, braun und weiß oder gelb gesprenkelten Horndecken bedeckt sind, haben einen hohen Preis. Zudem sind sie eßbar und von ausgezeichnetem Geschmack.

Nach diesem Fang verließen wir den Amazonenstrom und stachen während der Nacht wieder in die hohe See.

Achtzehntes Capitel
Riesenpolypen

Einige Tage lang entfernte sich der Nautilus beständig von der amerikanischen Küste. Offenbar wollte er nicht in dem mexikanischen Golf oder dem Meer der Antillen fahren. An Wassertiefe hätte es zwar dort nicht gemangelt, denn dieselbe beträgt durchschnittlich achtzehnhundert Meter; aber vermuthlich gefiel diese Gegend dem Kapitän Nemo deshalb nicht, weil sie mit Inseln besäet, und beständig von Booten befahren ist.

Am 16. April bekamen wir Martinique und Guadeloupe in einer Entfernung von etwa dreißig Meilen in Sicht. Eine Weile konnte ich ihre hohen Spitzberge sehen.

Der Canadier hatte darauf gerechnet, in dem Golf seine Pläne in Ausführung zu bringen, entweder, indem er an's Land kam oder in eins der zahlreichen Boote, welche beständig von einer Insel zur andern fuhren; nun gerieth er in große Verlegenheit. Das Entrinnen wäre leicht gewesen, wenn es Ned-Land gelungen wäre, sich heimlich des Bootes zu bemächtigen. Aber in hoher See war nicht mehr daran zu denken.

Wir hatten, der Canadier, Conseil und ich, darüber eine lange Unterredung. Seit sechs Monaten waren wir Gefangene an Bord des Nautilus. Wir hatten siebenzehntausend Meilen zurück gelegt, und wie Ned-Land sagte, man sah keinen Grund dafür, daß es ein Ende nehmen werde. Er machte mir daher einen Vorschlag, dessen ich mich nicht versehen hatte; nämlich, an den Kapitän Nemo kategorisch die Frage zu richten, ob er im Sinne habe, uns ewig an seinem Bord fest zu halten?

Ein solcher Schritt mißfiel mir. Meiner Ansicht nach konnte er nicht zum Ziele führen. Man durfte nichts vom Commandanten des Nautilus hoffen; alles nur von uns selbst. Uebrigens wurde dieser Mann seit einiger Zeit düsterer, zurückgezogener, weniger gesellig. Er schien mich zu meiden; ich sah ihn nur in seltenen Fällen. Sonst machte es ihm Vergnügen, mir die unterseeischen Wunder auseinander zu setzen; jetzt überließ er mich meinen Studien, und kam nicht mehr in den Salon.

Welche Veränderung war mit ihm vorgegangen? Weshalb? Ich hatte mir nichts vorzuwerfen. Vielleicht war ihm unsere Anwesenheit an Bord lästig? Jedoch konnte ich nicht hoffen, daß er fähig sei, uns die Freiheit wieder zu geben.

Ich bat daher Ned, mich überlegen zu lassen, bevor wir handelten. Wenn dieser Schritt keinen Erfolg hatte, so konnte derselbe seinen Argwohn wieder beleben, unsere Lage peinlicher machen, und den Projecten des Canadiers schaden. Ich fügte bei, daß wir uns in Beziehung auf unsere Gesundheit nicht im mindesten zu beschweren hatten. Ausgenommen das harte Probestück der Eisdecke des Südpols hatten wir uns niemals besser befunden, weder Ned, noch Conseil, noch ich. Diese gesunde Nahrung, diese zuträgliche Atmosphäre ließen Krankheiten nicht aufkommen, und für einen Mann, dem die Erinnerung an das Land nichts vermissen ließ, für einen Kapitän Nemo, der hier seine Heimat hat, hingeht, wohin er will, der auf Wegen, welche für andere, nicht für ihn selbst geheimnißvoll sind, auf sein Ziel zuschreitet, war mir eine solche Existenz begreiflich. Aber wir hatten mit der Menschheit nicht gebrochen. Ich meines Theils wollte nicht meine so merkwürdigen und so neuen Studien mit mir in's Grab nehmen. Jetzt war ich berechtigt, das wahre Buch über das Meer zu schreiben, und ich wünschte, daß dieses Buch lieber früher wie später erschiene.

Auch hier, in diesen Gewässern der Antillen, zehn Meter unterhalb des Meeresspiegels, wenn ich durch die geöffneten Fenster sah, welche interessante Producte hatte ich in meinem Tagebuch zu verzeichnen! Unter anderen Zoophyten waren da die bekannten Galeerenquallen, große, längliche Blasen mit Perlmutterglanz, mit blauen Fühlfäden, die gleich Seidenfäden herabhängen wollten; reizende Medusen zum Anschauen, wahre Nesseln beim Anfühlen, indem sie eine ätzende Flüssigkeit träufeln ließen. Unter den Gliederthieren Ringwürmer von anderthalb Meter Länge mit rosenfarbigem Rüssel und siebenzehnhundert Fortbewegungsorganen, schlängelten sich unter'm Wasser, und warfen beim Vorbeifahren alle Strahlen des Sonnenspectrums. Unter den Fischen waren Rochen, zehn Fuß lang und sechshundert Pfund schwer, die bisweilen gleich einem dunkeln Laden unsere Fenster deckten; sechzehn Decimeter große Skomber, zur Gattung der großen Makrelen gehörig. Sodann in großen Schwärmen Meerbarben, mit goldenen Streifen vom Kopf bis zum Schwanz, wahre Juwelen, die schon von den römischen

Damen besonders gesucht waren; endlich Stacheldeckel, mit smaragdenen Schnüren, in Sammt und Seide gehüllt, zogen vor unseren Blicken gleich stattlichen Herren; silberfarbige Mondfische stiegen am Horizont der Gewässer auf, gleich Monden im Silberschein ihres blassen Lichtes.

Wie manche wunderhafte Musterstücke hätte ich noch beobachten können, wäre nicht der Nautilus allgemach in tiefere Schichten hinabgegangen, bis zu zweitausend und dreitausendfünfhundert Meter, wo das Thierleben nur noch durch Seesterne, reizende Medusenhäupter, Blutzähne, und große Ufermollusken repräsentirt war.

Am 20. April waren wir wieder zu einer Höhe von durchschnittlich fünfzehnhundert Fuß aufgestiegen. Das nächste Land war damals der Archipel der Lucaischen Inseln, die an der Meeresfläche wie ein Haufen Pflastersteine liegen, Steile Felsen ragten da hoch unter dem Meere empör, grad anstrebende Mauern aus angefressenen Steinblöcken in mächtigen Schichten aufgebaut, dazwischen schwarze, dunkle Löcher, wohin unsere elektrischen Strahlen nicht durchdringen konnten.

Diese Felsen waren mit starkem Gebüsch überzogen, riesenhafte Laminarien und Seetang, ein wahres Spalier von Wasserpflanzen, einer Riesenwelt entsprechend.

Diese kolossalen Pflanzen führten uns, Conseil, Ned und mich im Gespräch auf die Riesenthiere des Meeres.

Etwa um elf Uhr machte mich Ned-Land auf ein fürchterliches Wimmeln in den großen Tangmassen aufmerksam.

»Nun, sagte ich, da sind ja die wahren Polypenhöhlen, und es würde mich nicht eben wundern, wenn wir einige dieser Ungeheuer zu sehen bekämen.

– Wie? sagte Conseil, Kalmar, bloße Kalmar, von der Classe der Kopffüßler?

– Nein, sagte ich, Meerpolypen von riesenhafter Größe. Freund Ned hat sich ohne Zweifel geirrt, denn ich sehe nichts.

– Das thut mir leid, versetzte Conseil. Ich möchte gerne so einem Ungeheuer in's Angesicht schauen, von denen ich so viel reden hörte, und die ja selber Schiffe in den Abgrund ziehen können. Diese Ungethüme, man heißt sie Krak...

– Krach genügt schon, sagte der Canadier ironisch.

– Krakens, entgegnete Conseil, ohne sich um die Scherze seines Kameraden zu kümmern.

– Es wird mich nie Jemand davon überzeugen, sagte Ned-Land, daß es solche Thiere giebt.

– Warum nicht? erwiderte Conseil. Wir haben ja auch an den Narwal meines Herrn geglaubt.

– Und wir haben nicht Recht gehabt, Conseil.

– Allerdings! Aber andere glauben gewiß noch daran.

– Vermutlich, Conseil, aber ich für meinen Theil gebe ganz entschieden die Existenz solcher Ungeheuer nicht eher zu, als bis ich sie eigenhändig zerlegt habe.

– Also, fragte mich Conseil, glaubt mein Herr nicht an die Riesenpolypen?

– Wer den Teufel hat je daran geglaubt? rief der Canadier.

– Gar manche Leute, Freund Ned.

– Keine Fischer. Gelehrte, vielleicht!

– Entschuldigen Sie, Ned. Fischer und Gelehrte!

– Aber ich, sagte Conseil mit der ernstesten Miene von der Welt, erinnere mich wohl gesehen zu haben, wie ein großes Fahrzeug von den Armen eines Kopffüßlers unter's Wasser hinab gezogen wurde.

– Sie haben das gesehen? fragte der Canadier.

– Ja, Ned.

– Mit eigenen Augen?

– Mit meinen eigenen Augen.

– Wo, wenn's beliebt?

– Zu St. Malo, erwiderte Conseil, ohne sich irre machen zu lassen.

– Im Hafen? fragte Ned-Land ironisch.

– Nein, in einer Kirche, erwiderte Conseil.

– In einer Kirche! schrie der Canadier.

– Ja, Freund Ned. Ein Gemälde stellte den fraglichen Polypen dar.

– Gut! sagte Ned-Land mit hellem Lachen. Herr Conseil hat mich zum Besten.

– Wirklich, er hat Recht, sagte ich. Ich habe von diesem Gemälde reden hören; aber der dargestellte Gegenstand ist aus einer Legende genommen, und Sie wissen, was von Legenden in Hinsicht auf Naturgeschichte zu halten ist!

– Aber was ist denn Wahres an den Wundergeschichten? fragte Conseil.

– Nichts, meine Freunde, wenigstens nichts über die Grenzen der Wahrscheinlichkeit hinaus, um bis zur Fabel oder Legende gesteigert zu werden. Ja, doch für die Einbildungskraft der Erzähler bedarf es, wo nicht einer Ursache, doch eines Vorwandes. Unleugbar giebt's Polypen und Kalmar von riesenhafter Größe; doch sind sie immer nicht so groß als Wallfische. Unsere Fischer sehen deren häufig, welche fast zwei Meter lang sind. Die Museen zu Triest und Montpellier haben zwei Meter große Skelette von Polypen. Uebrigens hat ein solches Thier, das nur sechs Fuß groß ist, Fühlfäden von siebenundzwanzig Fuß Länge. Und das reicht schon hin, um ein furchtbares Ungeheuer daraus zu machen.

– Fischt man sie noch heutiges Tages? fragte der Canadier.

– Wenn die Seeleute sie nicht fischen, so sehen sie doch solche. Einer meiner Freunde, der Kapitän Paul Bos zu Havre, hat mir oft versichert, er habe in den Indischen Meeren ein solches Ungeheuer von kolossaler Größe gesehen. Aber eine Thatsache zum Erstaunen, die keinen Zweifel mehr über die Existenz dieser Riesenthiere läßt, ist vor einigen Jahren, 1861, vorgefallen.

– Was für eine Thatsache? fragte Ned-Land.

– Ich will die Begebenheit erzählen. Im Jahre 1861 bemerkte die Mannschaft des Avisoschiffes Alecton nordöstlich von Teneriffa, ungefähr unter dem Breitegrade, wo wir uns jetzt befinden, ein Ungeheuer von Kalmar, das in diesen Gewässern schwamm. Der Commandant Bouguer näherte sich dem Thiere, griff es mit der Harpune und der Flinte an, ohne großen Erfolg, denn Kugel und Harpune drangen durch das Fleisch hindurch, daß weich wie eine Gallerte ohne festen Kern ist. Nach mehreren fruchtlosen Versuchen gelang es den Leuten, eine Schlinge um den Körper der Molluske zu werfen. Diese Schlinge glitt bis zu den Schwanzflossen, wo sie festhielt. Darauf versuchte man das Thier an Bord zu ziehen, aber sein Gewicht war so bedeutend, daß es beim Hinaufziehen seinen Schwanz im Stiche ließ, und ohne diese Zierde in den Wogen verschwand.

– Das ist doch endlich eine Thatsache, sagte Ned-Land.

– Eine unbestreitbare Thatsache, wackerer Ned. Man hat auch vorgeschlagen, diese Polypen »Kalmar Bouguer« zu nennen.

– Und wie groß war das Thier? fragte der Canadier.

– Maß es nicht etwa sechs Meter? sagte Conseil, der am Fenster stehend, wiederholt die Spalten der Küstenwand besah.

– Gerade soviel, erwiderte ich.

– Waren nicht an seinem Kopf, fuhr Conseil fort, acht Fühlfäden, die sich wie eine Brut Schlangen über dem Wasser bewegten?

– Gerade so.

– Waren nicht seine vorstehenden Augen von ansehnlicher Größe?

– Ja, Conseil.

– Glich nicht sein Maul einem Papageischnabel, aber einem furchtbaren?

– Wirklich, Conseil.

– Nun denn! wenn's meinem Herrn beliebt, versetzte ruhig Conseil, ist da nicht der Kalmar Bouguer, so ist's doch ein Bruder desselben.«

Ich sah Conseil an. Ned-Land stürzte an's Fenster.

»Das fürchterliche Thier!« rief er aus.

Ich sah ebenfalls hin, und konnte mich einer Bewegung des Widerwillens nicht erwehren. Vor meinen Augen bewegte sich ein gräßliches Ungeheuer, das einen Platz in den Wunderlegenden verdiente.

Es war ein Kalmar von kolossaler Größe, acht Meter lang. Derselbe bewegte sich äußerst schnell rückwärts nach dem, Nautilus zu, mit starrem Blick aus enorm großen Augen von graugrüner Farbe. Seine acht Arme, oder vielmehr Füße, befanden sich am Kopfe – weshalb man dieser Gattung Thiere den Namen Kopffüßler giebt – waren von doppelter Größe, wie der Leib, und ringelten sich gleich den Schlangen am Haupt der Furien. Deutlich konnte man zweihundert schröpfkopfartige Warzen erkennen, welche an der inneren Fläche der Fühlarme in Form von halbrunden Kapseln saßen. Diese legten sich mitunter am Fensterglas an, so daß sie einen luftleeren Raum bildeten. Das Maul des Ungeheuers, – ein hörnerner Schnabel von Gestalt wie der eines Papageis – öffnete und schloß sich vertical, wie eine Blechscheere. Aus dieser streckte es zischend eine Zunge von Hornsubstanz, welche ebenfalls mit mehreren Reihen spitzer Zähne besetzt war. Wie phantastisch! Eine Molluske mit Vogelschnabel! Sein spindelförmiger, in der Mitte aufgedunsener Leib bildete eine fleischige Masse, welche zwanzig- bis fünfundzwanzigtausend Kilogramm wiegen mußte. Die Farbe des Thieres blieb sich nicht gleich, wechselte äußerst schnell, wenn es gereizt war, wobei sie von Grauschwarzblau in's Braunröthliche überging.

Worüber gerieth die Molluske in Zorn? Ohne Zweifel über die Anwesenheit dieses Nautilus, der stärker war, und dem seine saugenden Arme oder seine Kinnladen nichts anhaben konnten. Und doch, was für Ungeheuer sind diese Polypen, welche Lebenskraft hat der Schöpfer ihnen zugetheilt, welche Kraft in den Bewegungen, denn sie sind im Besitz von drei Herzen.

Der Zufall hatte mich mit diesem Kalmar in Berührung gebracht, und ich wollte nicht die Gelegenheit vorüber lassen, dieses Musterstück von Kopffüßlern sorgfältig zu studiren. Ich überwand den widerwilligen Ekel, welchen mir sein Anblick erregte, ergriff einen Bleistift und fing an es abzuzeichnen.

»Es ist vielleicht das nämliche Thier des Alecton, sagte Conseil.

– Nein, erwiderte der Canadier, denn jenes hat seinen Schwanz verloren, und dieses ist damit noch versehen!

– Das gäbe keinen Grund ab, entgegnete ich, Arme und Schwanz erneuern sich bei diesen Thieren, und seit sieben Jahren hatte der Schwanz des Kalmar Bouguer wohl Zeit nachzuwachsen.

– Uebrigens, versetzte Ned, ist's nicht der nämliche, so ist er doch von derselben Art und Gattung!«

Wirklich zeigten sich andere Thiere dieser Art vor dem Fenster. Ich zählte ihrer sieben. Sie gaben dem Nautilus das Geleit, und ich hörte, wie sie mit dem Schnabel am eisernen Schiffsrumpf kratzten. Also ein Geleite nach Wunsch.

Ich setzte meine Arbeit fort. Die Ungethüme hielten sich so genau in unserem Wasser, daß sie unbeweglich schienen, und ich hätte sie am Fenster in Verkürzung abzeichnen können. Zudem fuhren wir langsamer.

Plötzlich stand der Nautilus stille. Ein Stoß, und er zitterte in allen Fugen.

»Sind wir gestrandet? fragte ich.

– Jedenfalls, erwiderte der Canadier, würden wir bereits wieder frei sein, denn wir sitzen nicht auf.«

Der Nautilus war ohne Zweifel flott, fuhr aber nicht. Die Schraube war nicht in Thätigkeit. Nach einer Minute trat der Kapitän Nemo in Begleitung seines Lieutenants in den Salon.

Ich hatte ihn seit einiger Zeit nicht gesehen; er sah verdrießlich aus. Ohne ein Wort zu reden, vielleicht ohne uns zu sehen, trat er an's Fenster, besah die Polypen, und sagte einige Worte zu seinem Lieutenant.

Dieser ging hinaus. Alsbald wurden die Läden geschlossen, der Salon von oben erleuchtet.

Ich trat zum Kapitän.

»Eine merkwürdige Sammlung von Polypen, sagte ich zu ihm mit dem unbefangenen Tone eines Betrachters vor dem Fenster eines Aquariums.

– Es ist wahr, Herr Naturforscher, erwiderte er, und wir sind im Begriff, Mann gegen Mann ihnen zu Leibe zu gehen.«

Ich blickte den Kapitän an; ich glaubte ihn nicht recht verstanden zu haben.

»Mann gegen Mann? wiederholte ich.

– Ja, mein Herr, die Schraube steht still. Ich glaube, daß der hörnerne Schnabel eines solchen Kalmars zwischen ihren Schaufeln steckt, so daß sie dadurch gehemmt ist.

– Und was wollen Sie thun?

– Zur Oberfläche aufsteigen, und die ganze Brut vertilgen.

– Das ist schwierig.

– Allerdings. Die elektrischen Kugeln sind unwirksam gegen dieses weiche Fleisch, und sie finden nicht Widerstand genug, um zu platzen. Aber wir greifen sie mit dem Beil an.

– Und mit der Harpune, mein Herr, sagte der Canadier, wenn Sie meinen Beistand nicht abweisen.

– Ich nehme ihn an, Meister Land.

– Wir wollen Sie begleiten«, sagte ich, und wir gingen in Gesellschaft des Kapitäns Nemo zur Mittelstiege.

Hier standen zehn Mann mit Enterbeilen bewaffnet zum Angriff bereit. Auch ich nebst Conseil ergriff ein Beil. Ned-Land nahm eine Harpune in die Hand.

Der Nautilus befand sich damals auf der Oberfläche des Wassers. Einer der Bootsleute stand auf den obersten Sprossen und schraubte die Zapfen des Deckels auf. Aber die Schrauben waren kaum los, als der Deckel mit äußerster Gewalt aufgehoben wurde, offenbar von einem Polypenarme mit seinen Schröpfköpfen.

Alsbald glitt einer dieser langen Arme gleich einer Schlange durch die Oeffnung, und zwanzig andere ringelten sich oben. Der Kapitän Nemo hieb mit einem Beile den fürchterlichen Arm entzwei, der sich krümmend über die Treppenstufen rutschte.

Im Moment, wo wir uns über einander drängten, um auf die Plattform zu kommen, senkten sich zwei andere Arme, die Luft durchschneidend auf den vor dem Kapitän Nemo stehenden Mann herab, und hoben ihn mit unwiderstehlicher Gewalt in die Höhe.

Der Kapitän schrie laut auf und schwang sich hinaus. Wir stürzten hinter ihm nach.

Welche Scene! Der Unglückliche, von dem Fühlarm umschlungen und mit den Warzen festgehalten, wurde von dem enormen Rüssel nach Gelüsten in der Luft geschüttelt. Röchelnd, erstickend rief er um Hilfe. Dieser Angstruf in *französischer Sprache* setzte mich in tiefe Bestürzung. Also hatte ich einen Landsmann an Bord, mehrere vielleicht! Diesen herzzerreißenden Ruf werd' ich mein Lebtag hören!

Der Unglückliche war verloren. Wer vermochte ihn dieser erdrückenden Umschlingung zu entreißen? Inzwischen hatte sich der Kapitän Nemo auf das Ungethüm gestürzt und ihm noch einen Arm mit dem Beile abgehauen. Sein Lieutenant kämpfte wüthend gegen andere Ungeheuer an den Seiten des Nautilus. Die Bemannung kämpfte mit Beilen. Der Canadier, Conseil und ich hieben in die Fleischmassen ein. Ein starker Moschusgeruch durchdrang die Atmosphäre. Es war erschrecklich.

Einen Augenblick glaubte ich, der unglückliche, von dem Ungeheuer umschlungene Mann werde dem gewaltigen Aussaugen entrissen werden. Sieben von den acht Armen waren abgehauen; ein einziger nur, der das Opfer schwang, wie eine Feder, krümmte sich noch in der Luft. Aber in dem Augenblick, da der Kapitän Nemo und sein Lieutenant sich auf ihn stürzten, strömte das Thier einen Strahl schwarzer Flüssigkeit, welche es in einem Beutel an seinem Unterleibe absonderte, uns entgegen. Wir wurden dadurch wie blind. Als diese Wolke sich zerstreute, war der Kalmar verschwunden sammt meinem unglücklichen Landsmanne!

Wie fielen wir nun wüthend über die Ungeheuer her! Geriethen außer uns: Zehn bis zwölf Polypen hatten die Plattform und die Seiten des Nautilus angefallen. Wir purzelten durch einander inmitten der zerstümmelten Schlangen, die auf der Plattform in einer Lache von Blut und Tinte zappelten.

Es schien, als wüchsen die klebrigen Fühlhörner wie die Köpfe der Hydra wieder auf. Ned-Land's Harpune tauchte bei jedem Stoß in die graugrünen Augen der Kalmar und bohrte sie aus. Aber plötzlich wurde mein kühner Genosse von den Armen eines Ungeheuers, welchen er nicht ausweichen konnte, zu Boden geworfen.

Ah! mein Herz wollte brechen vor Rührung und Grausen! Schon öffnete sich der fürchterliche Schnabel des Thieres über Ned-Land, um den Unglücklichen zu zerreißen. Ich stürzte zu seinem Beistande herbei. Aber der Kapitän Nemo war mir schon zuvor gekommen. Sein Beil verschwand zwischen den enormen Kinnbacken, und der Canadier, wie durch ein Wunder gerettet, richtete sich auf und tauchte seine Harpune tief bis in's dreifache Herz des Polypen.

»Diese Revanche war ich mir schuldig!« sagte der Kapitän Nemo zu dem Canadier.

Ned verbeugte sich ohne Antwort.

Dieser Kampf hatte eine Viertelstunde lang gedauert.

Die Ungeheuer, überwältigt, verstümmelt, zu Tode getroffen, räumten uns endlich den Platz und verschwanden unter den Wellen.

Der Kapitän Nemo, in Blut gebadet, unbeweglich neben dem Fanal, sah in's Meer hinaus, welches einen seiner Gefährten verschlungen hatte, und dicke Thränen quollen aus seinen Augen.

Neunzehntes Capitel
Der Golfstrom

Diese fürchterliche Scene des 20. April wird Niemand von uns je vergessen können. Ich habe sie unter'm Eindruck heftigster Gemüthsbewegung niedergeschrieben, und später durchgesehen: meine Darstellung ist völlig genau, aber ausreichend als Schilderung nicht. Der Schmerz des Kapitän Nemo war unermeßlich. Nun hatte er schon den zweiten Genossen an Bord verloren. Und was für ein Tod! Zerdrückt, erstickt, zerfleischt von dem Ungeheuer, sollte er nicht auf dem stillen Friedhof des Korallenreichs seine Ruhestätte finden!

Mir war das Verzweiflungsgeschrei des Unglücklichen herzzerreißend gewesen. Die Todesangst hatte seine Muttersprache verrathen. Ich hatte also einen Heimatgenossen unter der, dem Kapitän Nemo mit Leib und Seele verbundenen Mannschaft! War er der einzige Repräsentant Frankreichs in der aus verschiedenen Nationalitäten gemischten Gesellschaft? Ein ungelöstes Räthsel, das mich unablässig quälte.

Der Kapitän Nemo zog sich in sein Zimmer zurück, und ich bekam ihn einige Zeit lang nicht zu sehen. Aber daß er traurig, verzweifelt, unentschlossen sein mußte, gab mir das Fahrzeug, dessen Seele er war, zu erkennen. Der Nautilus fuhr nicht mehr in einer bestimmten Richtung, sondern hin und her streifend, gleich einem Leichnam dem Spiel der Wellen überlassen. Seine Schraube war wieder frei, und doch gebrauchte er sie kaum, segelte auf's Geradewohl.

So verliefen zehn Tage. Erst am 1. Mai setzte der Nautilus, nachdem er die Lucayischen Inseln bis zur Mündung des Bahama-Canals in Sicht bekommen, entschieden in nördlicher Richtung seine Fahrt fort. Wir folgten darauf dem Laufe des Golfstromes, des größten Flusses im Meere, der seine Ufer, seine eigene Temperatur und Fische hat.

Es ist in der That ein Fluß, der mitten im Atlantischen Ocean selbständig fließt, ohne daß sein Wasser mit dem des Oceans sich mischt. Dieser Fluß hat mehr Salzgehalt, als das umgebende Meer. Seine durchschnittliche Tiefe beträgt dreitausend Fuß, seine mittlere Breite sechzig Meilen. An manchen Stellen fließt er mit einer Schnelligkeit von vier Kilometer die Stunde. Der unveränderliche Umfang seiner Gewässer ist bedeutender, als der aller Flüsse der Erde.

Die wahre Quelle des Golfstromes, wie sie der Commandant Maury erkannte, sein Ausgangspunkt, wenn man will, liegt im Golf von Gascogne. Hier fangen seine Gewässer, an Temperatur und Farbe noch schwach, sich zu bilden an. Er fließt südwärts längs der afrikanischen Küste, wärmt seine Fluthen in den Strahlen der heißen Zone, dann quer durch das Atlantische bis zum Cap San Roque an der brasilischen Küste, wo er sich in zwei Arme theilt, von welchen der eine in dem Antillenmeere noch satter zu erwärmen trachtet. Nun beginnt der Golfstrom, welcher die Bestimmung hat, das Gleichgewicht zwischen den Temperaturen herzustellen und die tropischen Wasser mit den nördlichen zu mischen, seine ausgleichende Rolle. Mit gesteigerter Wärme zieht er aus dem mexikanischen Golf nordwärts den amerikanischen Küsten zu bis zu Newfoundland, beugt beim Andrang der kalten Strömung aus der Davisstraße von jener Richtung ab, und fließt wieder dem Ocean zu, indem er auf einem der großen Kreise der loxodromischen Linie folgt, theilt sich unter'm dreiundvierzigsten Grade in zwei Arme, wovon der eine, unterstützt von den Passatwinden zu dem Golf von Gascogne und den Azoren zurückkehrt, und der andere, nachdem er die laue Temperatur der Küsten Islands und Norwegens veranlaßt, bis über Spitzbergen hinaus, wo seine Wärme bis auf vier Grad herabsinkt, fortströmt, und das freie Meer des Polarlandes bildet.

Auf diesem Strome des Oceans fuhr damals der Nautilus. Da wo derselbe aus dem Bahama-Canal heraus kommt, bei vierzehn Lieues Breite und dreihundertfünfzig Meter Tiefe, fließt der Golfstrom im Verhältniß von acht Kilometer die Stunde. Diese Schnelligkeit nimmt regelmäßig ab im Verhältniß wie er weiter nördlich kommt, und es ist zu wünschen, daß diese Regelmäßigkeit fortbestehe, weil, wenn, wie man zu bemerken glaubte, seine Schnelligkeit und Richtung sich ändern sollten, die europäischen Klimate Störungen ausgesetzt wären, deren Folgen nicht zu berechnen sind.

Gegen Mittag befand ich mich mit Conseil auf der Plattform und theilte ihm die Eigentümlichkeiten des Golfstromes mit. Darauf lud ich ihn ein, seine Hände in die Strömung zu tauchen.

Conseil folgte und war sehr erstaunt, daß er gar kein Gefühl von Wärme oder Kälte empfand.

»Dies kommt daher, sagte ich ihm, daß der Wärmegrad der Wasser des Golfstromes beim Herausfließen aus dem mexikanischen Golf wenig von der Blutwärme verschieden ist. Der Golfstrom ist ein großer Wärmeleiter, welcher den Küsten Europa's es möglich macht, sich mit ewigem Grün zu schmücken. Und will man Maury Glauben schenken, so würde die Wärme dieses Stromes, vollständig benutzt, hinlänglich Wärmestoff liefern, um einen Strom von geschmolzenem Eisen, so groß wie der Amazonenstrom oder Missouri, in Fluß zu erhalten.«

In diesem Augenblicke betrug die Schnelligkeit des Golfstromes zwei Meter fünfundzwanzig in der Secunde. Sein Wasser ist dergestalt von dem umgebenden Meere geschieden, daß es zusammengedrückt über den Ocean vorragt und ein anderes Niveau als das kalte Wasser annimmt. Außerdem sticht es, dunkel und reicher an Salzgehalt, durch seine rein indigoblaue Farbe von der grünen der umgebenden Wasser ab. Bei Nacht ist es stark phosphorescirend.

Dieser Strom zieht eine ganze Welt lebender Wesen mit sich fort. Die Argonauten wandern da schaarenweise; Rochen finden sich von fünfundzwanzig Fuß Länge, und eine kleine Art Haifische, einen Meter lang, mit mehreren Reihen spitzer Zähne. In der unzähligen Menge von Knochenfischen sind manche eigenthümliche, darunter eine Art Lippfische, die in allen Regenbogenfarben schimmernd mit den schönsten Vögeln der Tropengegenden wetteifern, und der sogenannte amerikanische Ritter, ein schöner Fisch, der sich ausnimmt, als sei er mit allen Ordensbändern der Welt geschmückt.

Am 8. Mai befanden wir uns noch dem Cap Hatteras gegenüber, auf der Höhe der Nord-Carolinen, wo der Golfstrom fünfundsiebenzig Meilen breit und zweihundertzehn Meter tief ist. Der Nautilus fuhr fortwährend unstät auf's Geradewohl, es schien jede Überwachung zu fehlen. Unter diesen Umständen konnte ein Entweichen gelingen, und die bewohnten Uferlande boten überall leichte Zuflucht. Das Meer war unablässig von zahllosen Dampfern und kleinen Goeletten, welche den Küstenverkehr besorgen, befahren, wo man Aufnahme zu finden hoffen konnte. Obwohl die Küste noch dreißig Meilen entfernt, war diese Gelegenheit doch günstig.

Aber die sehr ungünstige Witterung machte doch die Ausführung der Pläne des Canadiers durchaus unmöglich. Gewitter sind in diesen Strichen sehr häufig, und es ist da eine eigentliche Heimat der Wasserhosen, welche eben durch den Golfstrom erzeugt werden. Diesem Meere mit einem zerbrechlichen Kahne Trotz zu bieten, war sicheres Verderben. Ned-Land sah dies selbst ein, und gab sich darein, ungeachtet eines bis zur Wuth gediehenen Heimwehs, welches nur durch die Flucht zu heilen war.

»Mein Herr, sagte er zu mir in diesen Tagen, es muß jetzt sin Ende haben, mein Gemüth muß davon frei werden. Ihr Nemo entfernt sich wieder vom Lande und steuert dem Norden zu. Aber ich habe am Südpol satt bekommen, und werde zum Nordpol nicht folgen.

– Was ist zu machen, Ned, da ein Entweichen in diesem Moment unausführbar ist?

– Ich komme wieder auf meinen Gedanken, daß man mit dem Kapitän reden muß. Als wir in den Meeren Ihrer Heimat uns befanden, haben Sie geschwiegen; jetzt, da wir meiner Heimat nahe sind, will ich reden. In einigen Tagen wird der Nautilus auf der Höhe Neuschottlands sein, wo sich, bei Neufoundland eine weite Bai öffnet, worin der St. Lorenz mündet, mein heimatlicher Fluß, woran meine Geburtsstadt liegt. Wenn ich daran denke, steigt mir die Wuth in's Gesicht und meine Haare stehen zu Berge. Wissen Sie, mein Herr, ich stürze mich lieber in's Meer! Ich bleibe nicht hier!«

Der Canadier hatte offenbar die Geduld gänzlich verloren. Seine lebenskräftige Natur konnte sich nicht in die stets fortgesetzte Gefangenschaft fügen. Seine Gesichtszüge änderten sich, sein Charakter wurde täglich finsterer. Ich fühlte, wie er leiden mußte, denn auch mich befiel das Heimweh. Fast sieben Monate waren verflossen, ohne daß wir irgend etwas vom Lande gehört hatten. Ferner, die Absonderung des Kapitäns Nemo, sein veränderter Humor, besonders seit dem Kampfe mit den Ungeheuern, seine Schweigsamkeit, – alles ließ mich die Dinge in ganz anderem Licht ansehen. Mein Enthusiasmus der ersten Tage war vorüber. Nur ein Flamländer wie Conseil konnte sich in diese Lage fügen.

»Nun, mein Herr? fuhr Ned-Land fort, als ich nicht antwortete.

– Nun, Ned, Sie wollen, daß ich den Kapitän Nemo um seine Absichten in Hinsicht auf uns befrage?

– Ja, mein Herr.

– Und das, obwohl er sie bereits zu erkennen gegeben hat?

– Ja. Ich will nun ein für allemal darüber im Reinen sein. Sprechen Sie nur für mich allein, wenn Sie wollen.

– Aber ich treffe ihn selten. Er meidet mich sogar.

– Um so mehr Grund, ihn aufzusuchen.

– Ich will ihm die Frage stellen, Ned.

– Wann? fragte der Canadier dringend.

– Wenn ich ihn treffen werde.

– Herr Arronax, wollen Sie, daß ich ihn selbst aufsuche?

– Nein. Lassen Sie mich gewähren. Morgen ...

– Heute noch, sagte Ned-Land.

– Meinetwegen. Heute will ich ihn aufsuchen«, erwiderte ich dem Canadier, denn, wenn er selbst handelte, würde er gewiß alles verdorben haben.

Ned ließ mich allein. Da ich zu fragen beschlossen hatte, so wollte ich unverzüglich damit in's Reine kommen. Besser gethan, als noch zu thun.

Ich begab mich auf mein Zimmer. Hier hörte ich den Kapitän auf und ab gehen. Diese Gelegenheit, ihn zu treffen, durfte ich nicht vorüber lassen. Ich klopfte an seine Thüre; keine Antwort. Ich klopfte abermals, drehte die Schlenke und die Thüre öffnete sich.

Ich trat ein. Der Kapitän war über seinen Arbeitstisch gebeugt; er hatte mich nicht gehört. Entschlossen, nicht ohne ihn zu fragen wieder fort zu gehen, trat ich zu ihm heran. Er hob den Kopf rasch, runzelte die Stirn, und führ mich ziemlich barsch an.

»Sie hier! Was wollen Sie von mir?

– Mit Ihnen reden, Kapitän.

– Aber ich bin beschäftigt, mein Herr, habe zu arbeiten. Gönnen Sie mir doch auch diese Freiheit, allein zu sein, welche ich Ihnen lasse.«

Ein wenig ermutigender Empfang. Aber ich war entschlossen, alles anzuhören, um auf alles zu antworten.

»Mein Herr, sagte ich kalt, ich habe mit Ihnen etwas zu reden, was sich nicht aufschieben läßt.

– Und was, mein Herr? erwiderte er ironisch. Haben Sie eine Entdeckung gemacht, die mir entgangen ist? Sind Sie auf neue Geheimnisse des Meeres gekommen?«

Unsere Rechnung stimmte bei weitem nicht überein. Aber ehe ich noch antworten konnte, zeigte er mir ein auf dem Tische liegendes Manuscript und sprach in ernstem Tone:

»Hier, Herr Arronax, ein Manuscript in mehreren Sprachen. Es enthält eine Uebersicht meiner Studien über das Meer, und wenn Gott will, soll es nicht mit mir zu Grunde gehen. Dieses Manuscript, von mir unterzeichnet, sammt einem Abriß meiner Biographie, soll in ein kleines, unversenkbares Geräthe verschlossen werden. Wer von uns an Bord des Nautilus die anderen überlebt, soll dasselbe in's Meer werfen, daß es die Wellen tragen, wohin sie treiben.«

Der Name dieses Mannes, seine selbstverfaßte Lebensgeschichte, sein Geheimniß sollten also dereinst enthüllt werden? Doch im Augenblick sah ich in dieser Mittheilung nur einen Anlaß, auf meinen Gegenstand zu kommen.

»Kapitän, erwiderte ich, ich kann die Idee, welche Sie dazu bestimmt, nur billigen. Die Frucht Ihrer Studien darf nicht verloren gehen. Aber das Mittel, welches Sie anwenden, scheint mir etwas naiv. Wer weiß, wohin die Winde dieses Geräthe treiben werden? In welche Hände es gerathen wird? Ließe sich dafür nichts besseres finden? Könnten nicht Sie, oder einer der Ihrigen ...?

– Nein, mein Herr, sagte lebhaft der Kapitän, mich unterbrechend.

– Aber ich und meine Genossen sind bereit, dies Manuscript aufzubewahren, und wenn Sie uns die Freiheit geben ...

– Die Freiheit! sagte der Kapitän Nemo, und stand auf.

– Ja, mein Herr, und deshalb kam ich. Sie zu befragen. Nun sind wir bereits sieben Monate an Ihrem Bord, und ich frage Sie heute, in meiner Genossen und eigenem Namen, ob Ihre Absicht ist, uns ewig hier fest zu halten.

– Herr Arronax, sagte der Kapitän Nemo, ich antworte Ihnen heute, wie vor sieben Monaten: Wer in den Nautilus hinein kommt, darf ihn nicht wieder verlassen.

– Die Sclaverei wollen Sie uns also auferlegen!

– Nennen Sie's, wie Sie belieben.

– Aber überall bleibt dem Sclaven das Recht, sich seine Freiheit wieder zu verschaffen! Er darf alle Mittel, die sich ihm darbieten, für die richtigen hatten.

– Wer versagt Ihnen dieses Recht? erwiderte der Kapitän, habe ich je daran gedacht, Sie durch einen Eid zu binden?«

Der Kapitän blickte mich an und kreuzte die Arme.

»Mein Herr, es würde weder Ihnen, noch mir behagen, nochmals über den Gegenstand zu reden. Da wir nun aber einmal davon zu reden angefangen haben, so lassen Sie uns denselben fertig besprechen. Ich wiederhole Ihnen, es handelt sich nicht blos um meine Person. Für mich ist das Studium eine Stütze, eine Ableitung, eine Neigung, eine Leidenschaft, die mich alles vergessen lassen kann. Wie Sie, bin ich im Stande, ungekannt im Dunkeln zu leben, mit der unsicheren Hoffnung, das Ergebniß meiner Arbeiten dereinst, vermittelst eines zweifelhaften den Wellen und Winden preisgegebenen Geräthes, der Zukunft zu vermachen. Ich kann Sie bewundern. Ihnen ohne Unlust folgen. Aber ich sehe Ihr Leben von Verwickelungen umgeben, die uns fremd sind; und so viel wir auch Theilnahme hegen für Ihr Genie und Ihren Muth: wir fühlen uns hier fremd in Beziehung auf alles, was Sie betrifft; und dies macht unsere Lage unerträglich, unmöglich, selbst für mich, geschweige für Ned-Land. Haben Sie sich gefragt, was Freiheitsliebe, Haß gegen Sclaverei, für Rache-Entwürfe in einer Natur, wie die des Canadiers hervorrufen, was er denken, planen, versuchen kann?« ...

Hier brach ich ab. Der Kapitän Nemo stand auf.

»Neo-Land, sprach er, mag denken, planen, versuchen, was er will, was liegt mir daran? Ich habe ihn nicht aufgesucht! Ich halte ihn nicht zu meinem Vergnügen an diesen Bord! Sie, Herr Arronax, können alles begreifen, selbst das Schweigen. Ich habe Ihnen nichts weiter zu erwidern. Lassen Sie dieses erste Wort, welches Sie über diesen Gegenstand führten, auch das letzte sein, denn ein andermal würde ich Sie nicht einmal anhören.«

Ich zog mich zurück. Von diesem Tage an war unsere Lage sehr gespannt. Ich hinterbrachte meinen Gefährten den Inhalt unserer Unterredung.

»Wir wissen jetzt, sagte Ned-Land, daß wir von diesem Manne nichts zu erwarten haben. Der Nautilus kommt jetzt in die Nähe von Long-Island. Wir wollen entfliehen trotz allem Unwetter.«

Aber das Wetter wurde immer drohender; die Vorzeichen eines bevorstehenden Orkans gaben sich kund. Die Atmosphäre wurde weißlich, milchfarben. Statt feiner Wolkengarben sah man am Horizont Schichten sich aufthürmenden Gewölkes; niedriger zog anderes in reißender Flucht. Das Meer schwoll an in hohlen Wogen; die Vögel verschwanden, mit Ausnahme der Sturmvögel. Das Barometer sank bedeutend, und zeigte in der Luft eine äußerste Spannung der Dünste. Die Mischung im Wetterglas zersetzte sich unter Einwirkung der Elektricität, wovon die Atmosphäre durchdrungen war. Der Kampf der Elemente stand nahe bevor.

Das Gewitter kam im Laufe des 18. Mai zum Ausbruch, gerade als der Nautilus auf der Höhe von Long-Island fuhr, einige

Meilen von den Engen New-Yorks. Der Kapitän Nemo, anstatt in der Tiefe des Meeres dem Sturme auszuweichen, zog es mit unbegreiflicher Laune vor, demselben auf der Oberfläche Trotz zu bieten.

Der Wind wehte aus Südwest, anfangs sehr frisch, d. h. mit einer Geschwindigkeit von fünfzehn Meter in der Secunde und stieg gegen drei Uhr Nachmittags bis auf fünfundzwanzig, der Ziffer des Sturmes.

Der Kapitän Nemo, gegen die Windstöße unerschütterlich, nahm seinen Platz auf der Plattform. Um dem Andringen ungeheurer Wogen widerstehen zu können, hatte er sich mit halbem Körper angebunden; ich folgte seinem Beispiel, um diesen Sturm zu bewundern, und zugleich den unvergleichlichen Mann, der ihm Trotz bot.

Das entfesselte Meer wurde von großen Fetzen Gewölk, das in seine Fluchen tauchte, wie mit Besen gefegt.

Von den kleinen mittleren Wellen, welche sich innerhalb der großen Höhlungen bilden, sah ich nichts mehr: nichts als lange, rußfarbige Wogen, die so dicht sind, daß sich ihre Spitze nicht bricht. Sie nahmen an Höhe zu, thürmten sich gegen einander auf. Der Nautilus, bald auf der Seite liegend, bald wie ein Mast sich aufbäumend, schwankte und stampfte fürchterlich.

Gegen fünf Uhr fiel ein Regen gleich einem reißenden Bergstrom; aber er stillte weder den Wind, noch das Meer. Der Orkan brach los mit einer Schnelligkeit von fünfundvierzig Meter die Secunde, d. h. bei vierzig Lieues in der Stunde. Bei solcher Stärke reißt er Häuser zu Boden, schleudert die Dachziegel durch die Thüren, zerbricht eiserne Gitter, rückt Vierundzwanzigpfünder-Kanonen von ihrer Stelle. Der Nautilus trotzte diesem Sturme, und rechtfertigte das Wort eines geschickten Ingenieurs: »Ein Schiff ist nicht richtig gebaut, wenn es nicht dem Meer Trotz bieten kann!« Es war wohl nicht ein Fels, den solche Wogen zertrümmert hätten; es war eine Spindel von Stahl, folgsam und beweglich, ohne Takelwerk und Mäste, gefahrlos ihrer Wuth trotzend.

Inzwischen beobachtete ich achtsam diese entfesselten Wogen. Sie waren bis fünfzehn Meter hoch bei einer Länge von hundertundfünfzig bis hundertfünfundsiebenzig Meter, und die Geschwindigkeit, womit sie sich fortschoben, der des Windes zur Hälfte entsprechend, betrug fünfzehn Meter in der Secunde. Ihr Umfang und ihre Stärke wuchsen mit der Tiefe der Gewässer.

Die Stärke des Sturmes nahm beim Herannahen der Nacht zu. Das Barometer sank bis auf siebenhundertundzehn Millimeter. Mit dem Sinken des Tages gewahrte ich am Horizont ein großes Schiff, das fürchterlich ankämpfte.

Es war wohl ein Dampfer der Linie New-York, Liverpool oder Havre.

Um zehn Uhr Abends war der Himmel wie in Feuer und Flammen, die Atmosphäre von Blitzen durchzuckt. Ich konnte den blendenden Glanz derselben nicht aushalten, während der Kapitän Nemo mit unverwandtem Blick die Seele des Sturmes in sich einzuathmen schien. Ein entsetzliches Getöse füllte die Luft, ein zusammengesetztes aus dem Tosen der gebrochenen Wellen, dem Heulen des Sturmwinds, dem Rollen des Donners. Der Wind sprang von allen Seiten des Horizonts über.

Ja! dieser Golfstrom rechtfertigt wohl die Benennung König der Stürme! Er verursacht die fürchterlichen Wirbelwinde durch die Verschiedenheit der Temperatur der Luftschichten, welche über seiner Strömung sich befinden.

Auf den Platzregen folgte ein Feuerregen. Die Wassertropfen verwandelten sich in leuchtende Strahlenbüschel. Man hätte meinen sollen, der Kapitän Nemo, nach einem Tode trachtend, der seiner würdig wäre, wolle vom Blitz getroffen werden. Bei einer erschrecklichen Stampfbewegung streckte der Nautilus seinen stählernen Schnabel in die Höhe gleich dem Schaft eines Blitzableiters, und ich sah lange Funken aus ihm sprühen.

Erschöpft an Kräften rutschte ich auf plattem Leibe der Lucke zu, öffnete und stieg hinab in den Salon. Das Gewitter war eben auf dem Höhepunkt seiner Stärke. Im Innern des Nautilus war es unmöglich, sich auf den Beinen zu halten.

Der Kapitän Nemo erschien gegen Mitternacht wieder. Ich hörte, wie die Behälter sich allmälig füllten, und der Nautilus tauchte gemach unter die Oberfläche der Wellen.

Durch die unverdeckten Fenster des Salons sah ich große Fische voll Bestürzung, die gleich Phantomen in den feurigen Gewässern schwammen. Einige wurden vor meinen Augen vom Blitz getroffen!

Der Nautilus senkte sich fortwährend. Ich dachte, er werde in einer Tiefe von fünfzehn Meter wieder ruhiges Wasser finden. Nein. Die oberen Schichten waren zu gewaltig aufgeregt. Man mußte die Ruhe bis in der Tiefe von fünfzig Meter aufsuchen.

Da aber, welche Ruhe, welche Stille, welche friedliche Umgebung! Wer hätte denken können, daß damals auf der Oberfläche dieses Oceans ein furchtbarer Orkan sich entfesselte!

Zwanzigstes Capitel
Unter 47° 24' Breite und 17° 28' Länge

In Folge dieses Sturmes waren wir östlich zurückgeworfen worden. Jede Hoffnung, auf die Landungsstellen von New-York oder St. Lorenz zu entrinnen, schwand. Der arme Ned, in Verzweiflung, entzog sich, gleich dem Kapitän Nemo, der Gesellschaft. Conseil und ich, wir blieben unzertrennlich.

Ich habe gesagt, der Nautilus sei in östlicher Richtung gefahren; genauer hätte ich gesagt, in nordöstlicher. Einige Tage lang fuhr er unstät, bald an der Oberfläche, bald unterhalb, mitten in den Nebeln, welche den Seefahrern so furchtbar sind. Sie entstehen hauptsächlich durch das Aufthauen des Eises, welches in der Atmosphäre eine ausnehmende Feuchtigkeit fortwährend unterhält. Wie viele Fahrzeuge gingen in diesen Strichen zu Grunde, als sie im Begriff waren, die unsichern Feuer der Küste zu erkennen! Welche Unglücksfälle werden durch diese dichten Nebel verursacht! Wie Manche scheiterten an diesen Klippen, deren Brandung vor dem Getöse des Windes nicht gehört wurde! Wie viele Fahrzeuge stießen zusammen trotz den Leuchtfeuern, trotz den Warnungen ihrer Pfeifen und ihrer Alarmglocken!

Daher bot auch der Meeresgrund hier den Anblick eines Schlachtfeldes, wo von Trümmern bedeckt die vom Ocean geforderten Opfer lagen, mit Schiff und Geräthe; Fahrzeuge aller Art, die mit Mann und Maus untergegangen, mit den Massen von Auswanderern an den gefährlichen Stellen, wie Cap Race, Insel St. Paul, Straße Belle-Isle, Mündung des St. Lorenz! Der Nautilus fuhr mitten durch diese Trümmer, als wie zu einer Todtenschau!

Am 15. Mai befanden wir uns am Südende der Newfoundländer Bank. Diese ist ein Product der Anschwemmung des Meeres, eine beträchtliche Anhäufung organischer Abfälle, welche theils durch den Golfstrom vom Aequator her, theils durch die längs der amerikanischen Küste laufende Gegenströmung kalten Wassers vom Nordpol herbeigeschwemmt werden. Hier häufen sich auch die durch den Eisgang beigeführten Treibeisblöcke; und es hat sich da eine ungeheure Todtenstätte für Fische, Mollusken oder Zoophyten gebildet, welche dort myriadenweise zu Grunde gehen.

Die Meerestiefe ist in dieser Bank nicht bedeutend, beträgt höchstens einige hundert Ellen. Aber nach Süden zu bildet sich plötzlich eine tiefe Einsenkung, ein dreitausend Meter tiefes Loch. Hier erweitert sich der Golfstrom. In dieser Ausbreitung seiner Gewässer verliert er an Geschwindigkeit und Temperatur, aber er wird zu einem Meer.

Ich übergehe hier die Menge der schönen oder seltenen Fische, welche der Nautilus in diesen Strichen aufscheucht, um mich etwas bei dem Kabeljau aufzuhalten, der hier in unerschöpflicher Menge seinen Lieblingsaufenthalt hat.

Man könnte den Kabeljau einen Bergfisch nennen, denn Newfoundland ist nur ein unterseeisches Gebirge.

Als der Nautilus durch ihre dichtgedrängten Massen fuhr, machte Conseil die Bemerkung:

»Ei! die Kabeljaue! ich meinte, sie seien platt, wie die Klieschen und Solen?

– Wie naiv! erwiderte ich. Die Kabeljaue sind platt beim Krämer, wo sie ausgenommen und zum Verkauf ausgelegt sind; aber im Wasser sind sie rund, wie die Seebarben.

– Ich will's glauben, mein Herr, versetzte Conseil. Aber welch Gewimmel, welche Schwärme!

– Ei! mein Freund, es gäbe deren noch weit mehr, hätten sie nicht die Menschen und die Seescorpionen zu Feinden! Weißt Du, wie viele Eier man in einem einzigen Weibchen gezählt hat?

– Ich will einmal tüchtig rathen, sagte Conseil. Fünfhunderttausend.

– Elf Millionen, mein Freund.

– Elf Millionen! Das laß ich nicht gelten, wenn ich sie nicht selbst zähle.

– Zähle nur immer, Conseil. Aber Du wirst schneller fertig, wenn Du mir glaubst. Uebrigens werden sie von Franzosen, Engländern, Amerikanern, Dänen, Norwegern zu Tausenden weggefischt. Man verzehrt sie in unglaublicher Menge, und wäre nicht die Fruchtbarkeit dieser Fische so erstaunlich, so wären diese Meere bald entvölkert. So sind allein in England und Amerika fünfundsiebenzigtausend Mann auf fünftausend Schiffen mit dem Fang des Kabeljau's beschäftigt. Jedes Schiff liefert deren durchschnittlich Vierzigtausend, das macht fünfundzwanzig Millionen. An den norwegischen Küsten dasselbe Ergebniß.

– Gut, erwiderte Conseil, ich will mich auf meinen Herrn berufen, und das Zählen unterlassen.

– Was denn?

– Die elf Millionen Eier. Aber ich will die Bemerkung machen, daß, wenn alle diese Eier ausschlüpften, vier Kabeljauweibchen genug wären, um England, Amerika und Norwegen zu versorgen.«

Während wir am Grund der Bank von Newfoundland her fuhren, sah ich genau die langen, mit zweihundert Angeln versehenen Schnüre, welche jedes Boot zu Dutzenden auswirft. Jede Schnur, am einen Ende vermittelst eines kleinen Hakens fortgezogen, war durch eine Leine, die an einer Korkkoje befestigt wurde, an der Oberfläche festgehalten. Der Nautilus mußte inmitten dieses unterseeischen Netzes gut manoeuvriren.

Uebrigens verweilte er nicht lange in diesen bevölkerten Gegenden. Er fuhr bis zum zweiundvierzigsten Breitegrad hinauf, der Höhe von *St. Jean de Terre Neuve* und von *Heart's Content*, wo der transatlantische Kabel endigt. Von da an richtete er seine Fahrt östlich, als wollte er der telegraphischen Hochfläche folgen, worauf der Kabel ruht.

Am 17. Mai, als wir etwa fünfhundert Meilen von *Heart's Content* entfernt waren, bemerkte ich in einer Tiefe von zweitausendachthundert Meter den auf dem Boden liegenden Kabel. Conseil, dem ich nichts davon zum Voraus gesagt hatte, nahm ihn Anfangs für eine Riesenschlange. Ich belehrte ihn über die Sache näher, wie folgt:

Der erste Kabel wurde in den Jahren 1857 und 1858 gelegt; aber nachdem er etwa vierhundert Telegramme befördert hatte, hörte er auf zu wirken. Im Jahre 1863 verfertigten die Ingenieure einen neuen Kabel in der Länge von dreitausendvierhundert Kilometer, und dreitausendvierhundert Kilogramm schwerer, welcher auf dem Great-Eastern eingeschifft wurde. Auch dieser Versuch scheiterte.

Am 25. Mai befand sich der Nautilus in einer Tiefe von dreitausendachthundertsechsunddreißig Meter, gerade an der Stelle, wo der Kabel gerissen war, sechshundertachtunddreißig Meilen von der Küste Irlands entfernt. Man gewahrte damals, um zwei Uhr Nachmittags, daß die Mittheilungen nach Europa unterbrochen waren. Die Sachverständigen an Bord beschlossen den Kabel zu zerhauen, und dann ihn wieder aufzufischen, und um elf Uhr Abends hatte man die beschädigte Partie wieder heraufgeholt. Man machte ein Gelenk und eine Splissung, und senkte den Kabel von Neuem unter. Aber einige Tage später zerriß er, und konnte in den Tiefen des Oceans nicht wieder aufgefischt werden.

Die Amerikaner verloren den Muth nicht. Der kühne Cyrus Field, welcher die Unternehmung zu Wege gebracht, und sein ganzes Vermögen dafür eingesetzt hatte, veranlaßte eine neue Subscription, welche sogleich mit Zeichnungen bedeckt wurde. Nun wurde unter den besten Bedingungen ein anderes Kabel gefertigt. Der Bund leitender, in einer Hülle von Guttapercha isolirter Drähte wurde durch ein Polster spinnbarer Stoffe in einer Metallfassung geschützt. Der Great-Eastern stach am 13. Juli 1866 abermals in See.

Die Operation hatte guten Fortgang, doch begab sich ein Zwischenfall. Einigemal hatten die Ingenieure beim Abwickeln des Kabels wahrgenommen, daß Nägel frisch eingeschlagen waren, um die Seele desselben zu schädigen. Der Kapitän Anderson berieth mit seinen Officieren und Ingenieuren, und sie machten bekannt, wenn sich der Thäter an Bord betreffen ließe, würde er ohne Weiteres in's Meer geworfen werden. Seitdem kam der sträfliche Versuch nicht weiter vor.

Am 23. Juli war der Great-Eastern nur noch achthundert Kilometer von Newfoundland entfernt, als man ihm von Irland aus die Nachricht vom Abschluß des Waffenstillstands zu Sadowa telegraphirte. Am 27. erreichte er mitten im Nebel den Hafen von *Heart's Content*, die Unternehmung war glücklich zu Stande gebracht, und das junge Amerika schickte dem alten Europa als erste Depesche zum Gruß die so selten verstandenen Worte:

»Ehre sei Gott im Himmel, und Friede den gut gesinnten Menschen auf Erden!«

Ich hatte nicht erwartet, den Kabel in dem frischen Zustande, wie er aus den Werkstätten der Fabriken hervorgegangen war, zu treffen. Die lange Schlange, mit Muscheltrümmern bedeckt, war mit einem steinigen Teig überzogen, der sie gegen die durchbohrenden Mollusken schützte.

Sie lag ruhig, gegen die Bewegungen des Meeres gesichert, und unter einem Druck, welcher die Hinüberleitung des elektrischen Funkens, der in zweiunddreißig Hunderttheilen einer Secunde von Amerika nach Europa läuft, begünstigt. Der Kabel ist ohne Zweifel von unbegrenzter Dauer, denn man hat die Beobachtung gemacht, daß die Guttapercha-Hülle durch das dauernde Verweilen im Meerwasser besser wird.

Uebrigens ist auf dieser so glücklich gewählten Hochfläche der Kabel niemals so tief untergesenkt, daß er reißen könnte. Der Nautilus folgte ihm bis zum tiefsten Punkt seiner Lage, viertausendvierhunderteinunddreißig Meter, und hier lag er noch, ohne daß das Ziehen irgend anstrengte. Hernach kamen wir zu der Stelle, wo er im Jahre 1863 Schaden gelitten hatte.

Den Grund des Meeres bildete damals ein hundertundzwanzig Kilometer breites Thal, auf welches man den Mont-Blanc hätte stellen können, ohne daß sein Gipfel über den Meeresspiegel emporragte. Dasselbe ist im Westen durch eine steile Wand von zweitausend Meter geschlossen. Wir langten da am 28. Mai an, und der Nautilus war nur noch hundertundfünfzig Kilometer von Irland entfernt.

War der Kapitän Nemo im Begriff noch weiter aufwärts zu fahren in die Nähe der Britischen Inseln? Nein. Zu meiner großen Ueberraschung fuhr er wieder südwärts und kam in die europäischen Meere. Indem wir um die Smaragd-Insel fuhren, gewahrte ich einen Augenblick das Cap Clear und das Feuer von Fasteart, welches den Tausenden von Schiffen, welche von Glasgow oder Liverpool ausfahren, zur Leuchte dient.

Es stellte sich mir damals eine wichtige Frage: Sollte wohl der Nautilus wagen, in den Canal zu dringen? Ned-Land, der, seit mir uns dem Land näherten, wieder zum Vorschein gekommen war, fragte mich unablässig. Was könnt' ich ihm antworten? Der Kapitän Nemo ließ sich fortwährend nicht sehen. Nachdem er dem Canadier das Küstenland Amerika's zu sehen vergönnt hatte, wollte er's nun gegen mich mit der französischen Küste ebenso machen?

Indessen fuhr der Nautilus immer mehr südwärts.

Am 30. Mai bekam er Land's End zu sehen, zwischen der äußersten Spitze Englands und den Scilly-Inseln, welche er rechter Hand ließ.

Wollte er in den Canal einfahren, so mußte er grad ostwärts fahren. Er that's nicht.

Am 31. Mai beschrieb der Nautilus den ganzen Tag lang eine Reihe von Kreislinien, die mich lebhaft beunruhigten. Er schien einen Ort zu suchen, welchen zu finden ihm schwer wurde. Zu Mittag nahm der Kapitän Nemo die Lage selbst auf. Er gönnte mir nicht ein Wort; schien düsterer, wie jemals. Was konnte ihn so verstimmen? Etwa die Nähe der europäischen Gestade? Empfand er heimatliche Erinnerungen? Und was für Empfindungen waren es, Vorwürfe oder Sehnsucht? Solche Gedanken beschäftigten mich, als hätte ich eine Ahnung, daß mir der Zufall bald die Geheimnisse des Kapitäns enthüllen würde.

Am folgenden Tag, den 1. Juni, machte der Nautilus die nämlichen Bewegungen. Es war offenbar, daß er einen bestimmten Punkt des Oceans zu erkennen suchte. Der Kapitän Nemo kam, wie Tags zuvor, den Höhestand der Sonne aufzunehmen. Das Meer war schön, der Himmel rein. Acht Meilen östlich zeigte sich ein großes Dampfschiff am Horizont. Es wehte keine Flagge von seinem Mast, und ich konnte seine Nationalität nicht erkennen.

Einige Minuten, bevor die Sonne den Meridian durchschnitt, ergriff der Kapitän Nemo seinen Sextant und beobachtete mit äußerster Genauigkeit. Die vollständige Ruhe der Wellen erleichterte es ihm. Der Nautilus lag unbeweglich ohne Wanken und Schwanken.

Ich befand mich gerade auf der Plattform. Als der Kapitän seine Aufnahme gemacht, sprach er nur das einzige Wort:

»Hier!«

Er stieg wieder durch die Lücke hinab. Hatte er das Fahrzeug gesehen, welches seinen Lauf änderte und uns nahe zu kommen schien? Ich wußte es nicht zu sagen.

Ich begab mich wieder in den Salon. Die Lücke schloß sich, und ich hörte das Zischen des Wassers in den Behältern. Der Nautilus fing an in verticaler Richtung unterzusinken, indem die Bewegung der Schraube gehemmt war.

Nach einigen Minuten hielt er in einer Tiefe von achthundertdreiunddreißig Meter an und ruhte auf dem Grund.

Die Leuchte am Plafond des Salons erlosch darauf, die Läden öffneten sich, und ich sah durch die Fenster das Meer von den Strahlen des Fanal im Umfang einer halben Meile hell erleuchtet.

Ich blickte rechts und sah nichts als ruhiges Gewässer bis in unermeßliche Ferne.

Links zeigte sich auf dem Boden eine starke Erhöhung, die meine Aufmerksamkeit erregte. Man konnte es für Ruinen halten, die unter einer Decke weißlicher Muscheln wie unter einem Schneemantel vergraben waren. Als ich die Masse achtsam betrachtete, glaubte ich, etwas verdickt, die Formen eines Schiffes ohne Masten zu erkennen, das vorlängst untergesunken war. Das Unglück mußte schon vor langer Zeit sich begeben haben, wie aus der Verkalkung seiner Hülle abzunehmen war.

Was für ein Schiff war es? Weshalb besuchte der Nautilus seine Grabstätte? War das Schiff nicht durch Schiffbruch untergegangen?

Ich wußte nicht, was ich davon denken sollte, als ich an meiner Seite den Kapitän langsam sprechen hörte:

»Früher hatte dies Schiff den Namen Le Marseillais. Es wurde 1762 erbaut und trug vierundsiebenzig Kanonen. Im Jahr 1778, am 13. August, kämpfte es tapfer gegen den Preston. 1799 am 11. Juli war es mit dem Geschwader des Admirals d'Estaing bei der Eroberung Granada's. 1781 am 5. September nahm es am Kampf des Grafen de Grasse in der Bai von Chesapeak Theil. Im Jahre 1794 gab ihm die französische Republik einen anderen Namen. Am 16. April desselben Jahr schloß es sich zu Brest dem Geschwader von Villaret-Joyeuse an, welches eine Ladung Getreide aus Amerika zu escortiren hatte. Am 11. und 12. Prairial des Jahres II traf dieses Geschwader mit den englischen Schiffen zusammen. Heute ist der 13. Prairial 1. Juni 1868. Heute sind's gerade vierundsiebenzig Jahr, daß an derselben Stelle, unter 47° 24' Breite und 17° 28' Länge, dieses Schiff, als es nach heroischem Kampf seine drei Maste verloren, das Wasser in seine Räume drang, ein Drittheil seiner Mannschaft kampfunfähig geworden, sammt seinen dreihundertsechsundfünfzig Mann lieber sich versenkte, als sich ergab, und mit aufgepflanzter Flagge und dem Ruf: »Es lebe die Republik!« in die Tiefe sank.

– Der Vengeur! rief ich aus.

– Ja, mein Herr, der Vengeur! Ein schöner Name!« murmelte der Kapitän Nemo mit gekreuzten Armen.

Einundzwanzigstes Capitel
Eine Hekatombe

Diese Art zu reden, das Unvorbereitete der Scene, die Geschichte des patriotischen Schiffes, die Aufregung, womit der außerordentliche Mann diese letzten Worte sprach, der Name Vengeur, dessen Bedeutsamkeit mir nicht entging – Alles dieses machte auf mich tiefen Eindruck. Meine Blicke waren unablässig auf den Kapitän gerichtet, wie er dastand und die ruhmvollen Reste betrachtete. Vielleicht sollte ich niemals erfahren, wer er war, wohin er ging, aber ich lernte mehr und mehr den Menschen in ihm kennen. Nicht ein gewöhnlicher Menschenhaß hielt den Kapitän Nemo mit seinen Genossen abgesondert in seinem Nautilus, sondern ein ungeheurer oder erhabener Haß, den die Zeit nicht abschwächen konnte.

War es ein Haß, der noch nach Rache dürstete? Die nahe Zukunft sollte mich's lehren.

Inzwischen stieg der Nautilus wieder langsam zum Meeresspiegel auf, und bald gab mir ein leichtes Schwanken zu erkennen, daß wir wieder in freier Luft schwammen.

In diesem Augenblick hörte man einen dumpfen Knall. Ich blickte den Kapitän an. Er rührte sich nicht.

»Kapitän?« sagte ich.

Keine Antwort.

Ich ließ ihn und begab mich auf die Plattform. Conseil und der Canadier waren mir vorausgegangen.

»Woher dieser Ton? fragte ich.

– Ein Kanonenschuß«, erwiderte Ned-Land.

Ich richtete meine Blicke nach dem Schiff hin, welches ich bemerkt hatte. Es kam näher heran, und man sah, daß es mit verstärkter Kraft fuhr. Sechs Meilen noch war es von uns entfernt.

»Was ist's für ein Schiff, Ned?

– Seinem Takelwerk, seinen Masten nach, erwiderte der Canadier, wollte ich wetten, daß es ein Kriegsschiff ist. Wenn es doch käme, den verfluchten Nautilus nöthigenfalls zu versenken.

– Freund Ned, erwiderte Conseil, was kann er dem Nautilus für einen Schaden zufügen? Soll er ihn unter'm Meer angreifen? Werden seine Kanonen ihn auf dem Meeresgrund erreichen?

– Sagen Sie mir, Ned, können Sie erkennen, welcher Nation das Schiff angehört?«

Der Canadier runzelte die Augenbrauen, senkte seine Wimpern, blinzelte mit den Augen und heftete eine Weile seinen Blick mit aller Schärfe auf das Schiff.

»Nein, mein Herr«, erwiderte er. »Ich kann nicht erkennen, welcher Nation es angehört. Es ist keine Flagge aufgesteckt. Aber ich kann versichern, daß es ein Kriegsschiff ist, denn ein langer Wimpel weht von der Spitze seines Hauptmastes.«

Eine Viertelstunde lang fuhren wir fort, das Schiff, welches auf uns zufuhr, zu beobachten. Ich konnte jedoch nicht annehmen, daß es aus dieser Entfernung den Nautilus erkannt hätte, und noch weniger, daß es wußte, was es für eine unterseeische Maschine war.

Bald meldete mir der Canadier, das Schiff sei ein großes Kriegsschiff, mit Schnabel, ein gepanzerter Zweidecker. Aus seinen beiden Rauchfängen stieg ein dichter Rauch auf, seine Segel waren zusammengeschlagen, sein Mast ohne Flagge. Die weite Entfernung ließ noch nicht die Farben seiner Wimpel erkennen.

Es näherte sich rasch. Wenn der Kapitän Nemo es herankommen ließ, bot sich uns eine Aussicht auf Rettung.

»Mein Herr, sagte Ned-Land, fährt das Schiff nur eine Meile entfernt, so stürz' ich mich in's Meer, und fordere Sie auf, meinem Beispiele zu folgen.«

Ich gab auf diesen Vorschlag keine Antwort und betrachtete fortwährend das Schiff, welches immer näher kam. Mochte es englisch, französisch, amerikanisch oder russisch sein, sicherlich fanden wir Aufnahme an Bord, wenn wir hin gelangen konnten.

ZWANZIGTAUSEND MEILEN UNTER'M MEER – ZWEITER BAND

»Mein Herr wird sich wohl erinnern, daß wir einige Uebung im Schwimmen haben. Er kann sich auf mich verlassen, daß ich ihn bis zu dem Schiff bugsiren werde, wenn es ihm gefällig ist, Freund Ned zu folgen«.

Ich war im Begriff zu antworten, als vorne am Kriegsschiff eine weiße Dampfwolke sichtbar wurde. Nach einigen Secunden ward das Hintertheil des Nautilus von einem in's Meer fallenden Körper bespritzt. Kurz darauf vernahm man einen Knall.

»Wie? Sie schießen auf uns! rief ich aus.

– Wackere Leute! murmelte der Canadier.

– Sie nehmen uns also nicht für Schiffbrüchige auf einem Wrack!

– Mit Erlaubniß, mein Herr.... – Gut, sagte Conseil und schüttelte das Wasser ab, womit eine abermalige Kugel ihn bespritzt hatte. – Mit Erlaubniß, mein Herr, sie haben den Narwal erkannt, und schießen auf den Narwal.

– Aber sie müssen wohl sehen, rief ich, daß sie's mit Menschen zu thun haben.

– Vielleicht eben deshalb!« erwiderte Ned-Land und sah mich an.

Nun ging mir im Kopf ein Licht auf. Ohne Zweifel wußte man jetzt, was man von dem vermeintlichen Seeungeheuer zu halten hatte. Ohne Zweifel hatte der Commandant des Abraham Lincoln bei seinem Zusammentreffen mit dem Nautilus, als der Canadier seine Harpune auf denselben schleuderte, erkannt, daß der Narwal ein unterseeisches Fahrzeug sei, und zwar gefährlicher, als ein übernatürliches Seethier.

Ja, so mußte es sein, und ohne Zweifel verfolgte man jetzt auf allen Meeren das fürchterliche Zerstörungswerkzeug.

Ein erschreckliches gewiß, wenn, wie man annehmen konnte, der Kapitän Nemo den Nautilus zu einer Racheübung gebrauchte!

In jener Nacht, als er mitten im Indischen Ocean uns einsperrte, hatte er wohl einen Kampf mit einem Schiff zu bestehen. Jener auf dem Korallenkirchhof bestattete Mann war gewiß bei einem Zusammenstoß des Nautilus getroffen worden. Ja, sag' ich abermals, so mußte es sein. So enthüllte sich ein Theil der geheimnisvollen Existenz des Kapitäns Nemo. Und wenn er auch nicht als derselbe wieder erkannt wurde, so machten doch die gegen ihn verbundenen Nationen jetzt nicht auf ein chimärisches Wesen Jagd, sondern auf einen Mann, der ihnen unversöhnlichen Haß geschworen hatte.

Diese ganze fürchterliche Vergangenheit stand mir jetzt vor Augen. Anstatt auf dem herannahenden Schiffe Freunde zu treffen, konnten wir nur auf erbarmungslose Feinde stoßen.

Inzwischen fielen häufiger Kugeln in unserer Nähe nieder. Manche, welche den Meeresspiegel trafen, sprangen abprallend weiter, um in weiter Ferne sich zu verlieren. Aber den Nautilus traf keine.

Das Panzerschiff war damals nur noch drei Meilen entfernt. Trotz der heftigen Kanonade ließ sich der Kapitän nicht auf der Plattform sehen. Und doch hätte eine einzige seiner Spitzkugeln, wenn sie regelrecht den Rumpf des Nautilus traf, ihm verderblich sein müssen.

Der Canadier sprach da zu mir:

»Mein Herr, wir müssen Alles aufbieten, um uns aus dieser schlimmen Lage zu ziehen. Wir wollen Signale geben! Tausend Teufel! Vielleicht wird man einsehen, daß wir brave Leute sind!«

Ned-Land nahm sein Taschentuch, um es in der Luft zu schwingen. Aber kaum hatte er's entfaltet, als er trotz seiner furchtbaren Stärke von einer eisernen Hand zu Boden geworfen wurde.

»Elender, rief der Kapitän, soll ich Dich an den Schnabel des Nautilus nageln, ehe ich mit demselben gegen dieses Schiff anrenne?«

So fürchterlich dieser Zuruf war, noch fürchterlicher war das Aussehen des Kapitäns Nemo. Sein Angesicht erbleichte bei den Kämpfen seines Herzens, dessen Pulsschläge einen Augenblick stocken mußten. Seine Augäpfel zogen sich fürchterlich zusammen. Seine Stimme brüllte. Mit vorgebeugtem Körper schüttelte er den Canadier bei den Schultern.

Darauf ließ er ihn, wendete sich gegen das Kriegsschiff, dessen Kugeln um ihn regneten, und rief:

»Ah! Du weißt, wer ich bin. Du Schiff einer verfluchten Nation! Ich brauchte Deine Farben nicht zu sehen, um Dich zu erkennen! Schau! Hier zeig' ich Dir die meinige!«

Und der Kapitän Nemo entfaltete vorn auf seiner Plateform eine schwarze Flagge, gleich derjenigen, welche er am Südpol aufgepflanzt hatte.

In dem Moment schlug eine Kugel schief auf den Rumpf des Nautilus, ohne einzudringen, prallte neben dem Kapitän ab und sprang weiter in's Meer.

Der Kapitän Nemo zuckte die Achseln. Darauf sprach er zu mir im barschen Ton:

»Gehen Sie hinab sammt Ihren Genossen!

– Mein Herr, rief ich, wollen Sie denn dieses Schiff angreifen?

– Mein Herr, ich werd' es in den Grund bohren.

– Thun Sie das nicht!

– Ja, ich werd' es thun, erwiderte kalt der Kapitän Nemo. Lassen Sie sich nicht einfallen, mein Richter zu sein, mein Herr. Der Zufall hat Sie sehen lassen, was Sie nicht sehen durften. Der Angriff ist geschehen. Die Erwiderung wird erschrecklich sein. Gehen Sie.

– Was ist's für ein Schiff?

– Sie wissen's nicht? Nun denn, um so besser! Seine Nationalität wenigstens soll Ihnen ein Geheimniß bleiben. Gehen Sie hinab!«

Ich konnte nichts anders, als gehorchen, sammt Conseil und dem Canadier. Fünfzehn Mann von den Leuten des Nautilus umgaben den Kapitän und blickten mit unversöhnlichem Haß auf das gegen sie anfahrende Schiff. Man fühlte, wie alle diese Gemüther von gleichem Rachedurst beseelt waren.

Ich begab mich in dem Augenblick hinab, als abermals ein Geschoß auf den Nautilus anschlug, und hörte den Kapitän ausrufen:

»Schieße nur, thörichtes Schiff! Vergeude unnütz Deine Kugeln! Du sollst dem Schnabel des Nautilus nicht entgehen. Aber nicht an dieser Stelle sollst Du sinken. Ich will nicht, daß Deine Trümmer sich mit denen des Vengeur Vermischen!«

Ich ging wieder auf mein Zimmer. Der Kapitän war mit seinem Lieutenant auf der Plattform geblieben. Die Schraube ward in Bewegung gesetzt. Der Nautilus entfernte sich rasch aus der Schußweite des Schiffes. Aber die Verfolgung dauerte fort, indeß der Kapitän Nemo sich damit begnügte, seine Distanz zu wahren.

Gegen vier Uhr Nachmittags konnte ich die Ungeduld und Unruhe, welche mich peinigten, nicht aushalten, und begab mich zur Mittelstiege. Die Lücke war offen; ich wagte mich auf die Plattform. Der Kapitän ging mit raschen Schritten noch immer auf und ab. Ich sah nach dem Schiff, welches fünf bis sechs Meilen unter'm Wind ihm Stand hielt. Er kreiste um dasselbe wie ein Stück Rothwild, zog es östlich und ließ sich von ihm verfolgen. Doch griff er's nicht an; schwankte er vielleicht noch?

Ich wollte noch einmal ein Wort einlegen. Aber ich hatte den Kapitän kaum angeredet, als er mir Schweigen anbefahl:

»Ich bin im Recht, ich übe Gerechtigkeit! sprach er zu mir. Ich bin unterdrückt, und hier ist der Unterdrücker! Durch ihn hab' ich alles verloren, was ich geliebt und verehrt habe; Vaterland, Weib, Kinder, Vater, Mutter, das Alles sah ich zu Grunde gehen! Dort ist Alles, was ich hasse! Schweigen Sie!«

Ich warf einen letzten Blick auf das Kriegsschiff, welches seine Dampfkraft verstärkte. Darauf suchte ich Ned und Conseil auf.

»Wir wollen entfliehen! rief ich aus.

– Gut, sagte Ned. Was ist's für ein Schiff?

– Ich weiß nicht. Aber was es auch für eins sein mag, vor Abend wird es in Grund gebohrt sein. Jedenfalls besser mit ihm untergehen, als an einer Racheübung Theil zu haben, deren Gerechtigkeit man nicht ermessen kann.

– Der Meinung bin ich auch, erwiderte Ned-Land kalt. Warten wir die Nacht ab.«

Die Nacht kam heran. Tiefe Stille herrschte an Bord. Der Compaß zeigte, daß der Nautilus seine Richtung nicht geändert hatte. Ich hörte die Schraube mit reißender Regelmäßigkeit die Wogen schlagen. Er hielt sich an der Oberfläche des Wassers und in leichtem Schwanken neigte er bald auf die eine, bald auf die andere Seite.

Ich war mit meinen Gefährten entschlossen, in dem Augenblick zu entfliehen, wo das Schiff nahe genug wäre, daß es uns hören oder sehen konnte, denn es war heller Mondschein, einige Tage vor Vollmond. Waren wir einmal an Bord dieses Schiffes, so wollten wir, wenn es nicht möglich märe, dem drohenden Stoß zuvorzukommen, wenigstens Alles thun, was die Umstände uns zu versuchen gestatten würden. Einigemal glaubte ich, der Nautilus schicke sich zum Angriff an. Aber er beschränkte sich darauf, seinen Gegner sich nahe kommen zu lassen, und kurz darauf zog er sich wieder fliehend zurück.

Ein Theil der Nacht verfloß ohne Zwischenfall. Wir lauerten auf die Gelegenheit zu handeln, sprachen wenig, weil wir zu aufgeregt waren. Ned-Land hätte sich gerne in's Meer gestürzt; ich nöthigte ihn zu warten. Meiner Ansicht nach sollte der Nautilus auf der Oberfläche des Wassers den Zweidecker angreifen und dann wäre eine Flucht nicht nur möglich sondern leicht.

Um drei Uhr Morgens stieg ich voll Unruhe auf die Plattform. Der Kapitän Nemo hatte sie nicht verlassen. Er stand auf dem Vordertheil nahe bei seiner Flagge, die ein leichter Seewind über seinem Kopf entfaltete. Er behielt das Schiff beständig im Auge. Dieses Schiff hielt sich zwei Meilen von uns entfernt. Es hatte sich genähert, immer auf den phosphorescirenden Schein zufahrend, welcher die Anwesenheit des Nautilus bezeichnete. Ich sah seine Warnungsfeuer, grün und roth, und seine weiße Schiffsleuchte, die am Fockstag hing. Ein unklarer Widerschein, der auf sein Takelwerk fiel, zeigte an, daß man das Feuern auf den höchsten Grad getrieben hatte. Strahlenbüschel, Schlacken brennender Kohlen, die aus seinen Rauchfängen ausgeworfen wurden, bestrahlten die Atmosphäre.

Ich blieb also bis sechs Uhr früh, ohne daß der Kapitän Nemo mich zu bemerken schien. Das Schiff hielt erst in einer Entfernung von anderthalb Meilen Stand und begann mit Anbruch des Tages seine Kanonade von Neuem. Der Augenblick konnte nicht mehr fern sein, wo ich, während der Nautilus seinen Gegner angriff, nebst meinen Genossen diesen Mann für immer verlassen würde.

Ich war im Begriff hinabzugehen, um ihnen davon Kenntniß zu geben, als der Lieutenant von einigen Matrosen begleitet auf die Plattform kam. Der Kapitän Nemo sah sie nicht oder wollte sie nicht sehen. Es wurden einige einfache Vorkehrungen getroffen: man legte die Geländereinfassung der Plateform nieder: die Gehäuse des Fanal und des Steuerers wurden in den Schiffskörper so weit eingezogen, daß sie dem Boden gleich waren. Die Oberfläche der langen Cigarre von Eisenblech hatte keinen Vorsprung mehr, welcher ihren Bewegungen hinderlich sein konnte.

Ich begab mich wieder in den Salon. Der Nautilus war noch immer auf der Oberfläche. Einiger Dämmerungsschein drang durch die obere Wasserschichte. Der schreckliche 2. Juni brach an.

Um fünf Uhr gab mir das Log zu erkennen, daß der Nautilus langsamer fuhr; offenbar wollte er den Gegner herankommen lassen. Uebrigens wurde der Geschützesdonner heftiger und die Kugeln flogen ringsum.

»Meine Freunde, sagte ich, der Augenblick ist da. Einen Handschlag, und Gott sei mit uns!«

Ned-Land war entschlossen, Conseil ruhig; ich in allen Nerven erregt, konnte mich kaum halten.

Wir gingen in die Bibliothek. Im Augenblick, als ich die Thüre, welche zur Mitteltreppe führte, öffnen wollte, hörte ich, daß man die Lücke hastig abschloß.

Der Canadier stürzte zur Treppe, aber ich hielt ihn zurück. Ein wohl bekanntes Rauschen gab mir zu erkennen, daß die Behälter sich mit Wasser füllten. In der That tauchte der Nautilus unverweilt einige Meter tief unter die Oberfläche des Wassers.

Ich verstand das Manoeuvre. Es war zum Handeln zu spät. Der Nautilus hatte nicht im Sinne, den Zweidecker an seinem undurchdringlichen Panzer zu treffen, sondern unterhalb der Wasserlinie, wo er nicht mehr von der Metalldecke geschützt war.

Wir wurden von Neuem eingesperrt, gezwungen, Zeugen der Unglücksscene, welche man vorbereitete. Uebrigens hatten wir kaum Zeit, unsere Gedanken zusammen zu fassen. In mein Zimmer geflüchtet, sahen wir uns einander an, ohne ein Wort zu reden. Große Bestürzung befiel meinen Geist; die Bewegung des Gedankens stockte in mir. Ich befand mich in dem peinlichen Zustand, welcher der Erwartung einer fürchterlichen Katastrophe vorausgeht. Ich wartete, horchte, ich lebte nur noch durch's Gehör!

Inzwischen nahm die Schnelligkeit des Nautilus wirklich zu. So nahm er seinen Anlauf; er zitterte am ganzen Körper.

Plötzlich schrie ich auf. Ein Stoß war versetzt worden, doch verhältnißmäßig leicht. Ich spürte, wie der stählerne Schnabel kräftig eindrang; ich hörte ein Kratzen und Schaben. Aber der Nautilus drang mit der mächtigen Gewalt seines Stoßes durch die Schiffsmasse, wie die Nadel des Segelmachers durch die Leinwand!

Ich konnte mich nicht halten. Bis zum Wahnsinn verstört stürzte ich aus meinem Zimmer in den Salon.

Der Kapitän Nemo befand sich darin. Stumm, düster, unversöhnlich schaute er durch das Fenster zur Linken.

Eine enorme Masse sank unter das Wasser, und um von ihrem Todeskampf nichts zu verlieren, senkte sich der Nautilus zugleich mit ihr in die Tiefe. In einer Entfernung von zehn Meter sah ich den aufgeschlitzten Schiffskörper, in welchen mit donnerähnlichem Getöse das Wasser einstürzte, darauf die doppelte Reihe der Kanonen und die Schanzverkleidung. Das Verdeck war mit schwarzen Schattengestalten bedeckt in unruhiger Bewegung.

Das Wasser stieg. Die Unglücklichen schwangen sich in's Tauwerk, kletterten auf die Mäste, rangen und drehten sich unter'm Wasser. Es war ein Menschenschwarm vom eindringenden Meer überwältigt!

Gelähmt, starr vor Schrecken, die Haare zu Berge, schaute auch ich mit weit aufgerissenen Augen, stockendem Athem, lautlos! – Unwiderstehlich zog mich's an das Fenster!

Das enorme Schiff sank langsam in die Tiefe. Der Nautilus spähte auf alle seine Bewegungen. Plötzlich eine Explosion. Die zusammengepreßte Luft sprengte das Verdeck, als sei Feuer in den Schiffsräumen ausgebrochen. Die Wasser waren so stark in Bewegung, daß der Nautilus aus seiner Richtung kam.

Darauf sank das Unglücksschiff schneller. Sein mit Opfern gefüllter Mastkorb kam zum Vorschein, dann sein mit Menschen belastetes Gebälk, endlich die Spitze seines Hauptmastes. Hierauf verschwand die düstere Masse und mit ihr die ganze Mannschaft als Leichen, in fürchterlichem Wirbel hinabgezogen.

Ich wandte mich um nach dem Kapitän Nemo. Dieser entsetzliche Henker, ein wahrer Erzengel des Hasses, schaute fortwährend zu. Als Alles zu Ende war, ging der Kapitän auf die Thür seines Zimmers zu, öffnete und trat ein. Ich folgte ihm mit den Augen.

Auf dem hintersten Feld, über den Bildern seiner Heroen, sah ich das Porträt einer noch jungen Frau nebst zwei kleinen Kindern. Der Kapitän Nemo betrachtete sie einige Augenblicke, breitete die Arme nach ihnen aus und kniete schluchzend nieder.

Zweiundzwanzigstes Capitel
Letzte Worte des Kapitän Nemo

Die Läden wurden nach diesem erschrecklichen Anblick geschlossen, aber das Licht im Salon nicht wieder angezündet. Im Inneren des Nautilus nur Dunkel und Schweigen. Er verließ diesen heillosen Ort, hundert Fuß unter'm Wasser, mit reißender Schnelligkeit. Wohin fuhr er? nord- oder südwärts? Wohin floh dieser Mann nach der grauenhaften Racheübung?

Ich begab mich zurück in mein Zimmer, wo Ned und Conseil sich schweigend befanden. Ich empfand ein unüberwindliches Grauen vor dem Kapitän Nemo. Was er auch von Seiten der Menschen erlitten haben mochte, so zu strafen war er nicht befugt. Er hatte mich, wenn auch nicht zum Mitschuldigen, doch zum Zeugen seiner Unthat gemacht! Das war schon zu viel.

Um elf Uhr kam das elektrische Licht wieder zum Vorschein. Ich begab mich in den Salon. Er war leer. Ich besorgte die verschiedenen Instrumente. Der Nautilus floh nordwärts mit einer Schnelligkeit von fünfundzwanzig Meilen die Stunde, bald auf der Oberfläche des Meeres, bald dreißig Fuß darunter.

Ein Blick auf die Karte zeigte mir, daß wir am Eingang des Canals fuhren, und unsere Richtung uns mit unvergleichlicher Schnelligkeit in die nördlichen Meers führte.

Am Abend hatten wir zweihundert Lieues des Atlantischen Meeres zurückgelegt. Es wurde Nacht und das Meer war mit Dunkel bedeckt bis zum Aufgang des Mondes.

Ich begab mich wieder in mein Zimmer, konnte nicht schlafen; ich war von Alpdrücken geplagt. Die grauenhafte Vernichtungsscene stand immer erneuert vor meinem Geist.

Seit diesem Tag, wer konnte sagen, bis zu welchem Punkt im Nordatlantischen Meer der Nautilus uns schleppte? Stets mit einer nicht zu schätzenden Schnelligkeit! Stets inmitten hyperboräischer Nebel. Berührte er die Vorgebirge Spitzbergens oder die Küsten von Novaja Semlia? Durchlief er das Weiße Meer, das Meer von Kara, den Busen des Ob, den Archipel Lizarow und die unbekannten Gestade der Asiatischen Küste? Ich kann es nicht sagen, und konnte auch die verflossene Zeit nicht berechnen. Die Uhren an Bord standen still; Tag und Nacht schienen nicht mehr regelmäßig auf einander zu folgen.

Ich schätze – aber vielleicht irre ich mich – daß diese abenteuerliche Fahrt des Nautilus vierzehn bis zwanzig Tage dauerte, und ich weiß nicht, wie lang sie gedauert haben würde ohne die Katastrophe, womit diese Reise endigte. Vom Kapitän Nemo war nicht mehr die Rede; auch nicht von seinem Lieutenant, Nicht *ein* Mann von den Bootsleuten ließ sich nur einen Augenblick sehen. Fast beständig fuhr der Nautilus unter'm Wasser, und wenn er zur Lufterneuerung auftauchte, öffneten oder schlossen sich die Lucken automatisch. Die Lage wurde nicht mehr eingetragen; ich wußte nicht, wo wir uns befanden.

Auch der Canadier, dessen Geduld und Kraft erschöpft war, ließ sich nicht mehr sehen. Conseil konnte nicht ein Wort aus ihm herausbringen und fürchtete, er möge, in einem Anfall von Wahnsinn oder von erschrecklichem Heimweh getrieben, Hand an sich legen. Er überwachte ihn daher jeden Augenblick mit Hingebung.

Es ist begreiflich, daß unter diesen Umständen die Lage unhaltbar war.

Eines Tages – wann, kann ich nicht angeben – war ich gegen Morgen eingeschlafen, – ein peinlicher und krankhafter Schlaf. Als ich aufwachte, sah ich Ned-Land über mich gebeugt und hörte ihn leise sagen:

»Wir wollen entfliehen!«

Ich richtete mich auf.

»Wann wollen wir fliehen? fragte ich.

– In nächster Nacht. Jede Ueberwachung scheint vom Nautilus verschwunden. Man meint, es herrsche Verstörung an Bord. Werden Sie bereit sein, mein Herr?

– Ja. Wo befinden wir uns?

– Im Angesicht von Land, das ich diesen Morgen mitten im Nebel zwanzig Meilen östlich wahrgenommen habe.

– Was für Land?

– Ich weiß nicht, aber es sei, was es wolle, wir wollen dahin fliehen.

– Ja! Ned. Ja, wir fliehen diese Nacht, sollte uns auch das Meer verschlingen!

– Das Meer ist schlimm, der Wind stark, aber zwanzig Meilen in dem leichten Boot des Nautilus zu machen, ist für mich nichts Erschreckliches. Ich habe unbemerkt einige Lebensmittel und einige Flaschen Wasser hinschaffen können.

– Ich schließe mich an.

– Uebrigens, fügte der Canadier bei, wenn ich ertappt werde, wehr' ich mich, lasse mich umbringen.

– Dann werden wir mit einander sterben, Freund Ned.«

Ich war zu Allem entschlossen. Der Canadier verließ mich. Ich begab mich auf die Plattform, wo ich mich gegen den Wellenschlag kaum halten konnte. Der Himmel war drohend, aber da im dichten Nebel Land in der Nähe war, so mußte man fliehen. Kein Tag und keine Stunde war zu verlieren.

Ich kam in den Salon zurück, fürchtete und wünschte zugleich den Kapitän Nemo zu treffen, wollte und wollte nicht mehr ihn sehen. Was hätte ich ihm sagen können? Konnte ich ihm das unwillkürliche Grauen verhehlen, das er mir einflöße? Nein! Besser war nicht mehr vor sein Angesicht zu kommen. Besser war, ihn vergessen! Und doch!

Wie wurde mir dieser Tag lang, der letzte, den ich an Bord des Nautilus verleben sollte! Ich blieb allein. Ned-Land und Conseil vermieden mit mir zu reden, aus Furcht sich zu verrathen.

Um sechs Uhr speiste ich, aber ich hatte keinen Hunger. Ich zwang mich wider Willen zu essen, um nicht an Kräften schwächer zu werden.

Um halb sieben kam Ned-Land auf mein Zimmer und sagte:

»Wir werden uns vor unserer Abfahrt nicht wieder sehen. Um zehn Uhr ist der Mond noch nicht aufgegangen, und die

Dunkelheit wird uns zu Gute kommen. Kommen Sie zum Boot. Ich werde mit Conseil Sie dort erwarten.«

Darauf entfernte sich der Canadier, ehe ich Zeit hatte, ihm zu antworten.

Ich wünschte über die Richtung des Nautilus Auskunft zu haben, und begab mich in den Salon.

Wir fuhren Nord-Nord-Ost unter erschrecklicher Geschwindigkeit bei fünfzig Meter Tiefe.

Ich warf einen letzten Blick auf diese Wunder der Natur, auf die in diesem Museum gehäuften Schätze der Kunst, auf diese unvergleichliche Sammlung, die einst in der Tiefe des Meeres zugleich mit ihrem Gründer zu Grunde gehen sollte. Ich wünschte in meinem Geist einen letzten Eindruck festzuhalten. Eine Stunde lang blieb ich hier, in der hellen Beleuchtung die Schätze musternd, welche unter ihren Glaskästen glänzten. Darauf kehrte ich auf mein Zimmer zurück.

Hier zog ich dauerhafte Meerkleidung an, nahm meine Notizen zusammen und steckte sie wie Kostbarkeiten zu mir. Mein Herz pochte gewaltig; seine Schläge ließen sich nicht hemmen. Gewiß, meine Unruhe, meine Aufregung würden mich dem Kapitän Nemo verrathen haben.

Was that er in diesem Moment? Ich horchte an der Thüre seines Zimmers; hörte da Fußtritte. Der Kapitän war darin; er hatte sich nicht zu Bette gelegt. Bei jeder Bewegung kam es mir vor, er werde zu mir treten und mich fragen, weshalb ich fliehen wollte! Ich empfand unablässige Beunruhigung. Meine Einbildungskraft vergrößerte sie noch. Diese Empfindungen waren so peinigend, daß ich mich fragte, ob es nicht besser wäre, in's Zimmer des Kapitäns zu treten, ihm grade in's Angesicht zu sehen, mit Blick und Geberde zu trotzen!

Ein wahnsinniger Gedanke. Glücklicherweise that ich's nicht, und legte mich auf mein Bett, um die körperliche Aufregung in mir zu stillen. Meine Nerven wurden ein wenig ruhiger, aber bei der Überspannung meines Gehirns überblickte ich in rascherErinnerung mein ganzes Leben an Bord des Nautilus, alle die glücklichen oder unglücklichen Erlebnisse seit meinem Verschwinden vom Abraham Lincoln bis zu der gräßlichen Scene des mit seiner Mannschaft versenkten Schiffes. Da erschien mir der Kapitän Nemo über die Maßen groß, als ein Charakter von übermenschlichen Verhältnissen, der seines Gleichen nicht hatte.

Es war damals halb zehn Uhr. Ich hielt meinen Kopf mit beiden Händen, damit er nicht zerspringe. Ich schloß die Augen; wollte nicht mehr denken. Also noch eine halbe Stunde! Das Warten konnte mich zum Narren machen!

In dem Augenblick vernahm ich die Accorde der Orgel, eine traurige Harmonie, eine unbeschreibliche Melodie, den klagenden Ausdruck einer Seele, welche ihre irdischen Bande sprengen will. Ich lauschte mit allen Sinnen zugleich, kaum athmend, gleich dem Kapitän Nemo in die musikalische Entzückung versenkt, welche ihn über die Grenzen dieser Welt hinauszog.

Darauf erschreckte mich ein plötzlicher Gedanke. Der Kapitän Nemo befand sich in dem Saal, durch welchen ich kommen mußte, um zu entfliehen. Hier sollte ich ihn zum letzten Male treffen. Er würde mich sehen, vielleicht mit mir sprechen! Eine Bewegung von ihm konnte mich vernichten, ein einziges Wort mich an seinen Bord fesseln!

Indessen war es gleich zehn Uhr. Der Zeitpunkt war gekommen, wo ich mein Zimmer verlassen und zu meinen Gefährten mich begeben mußte.

Es war nicht mehr zu zögern, sollte auch der Kapitän Nemo mir entgegen treten. Ich öffnete behutsam meine Thüre, und doch schien mir's, als knarrte sie in den Angeln. Vielleicht bildete ich mir's auch nur ein.

Ich schlich weiter durch die dunkeln Gänge des Nautilus, hielt bei jedem Schritt inne, um mein Herzklopfen zu unterdrücken.

Als ich an der Eckthüre des Salons ankam, öffnete ich leise. Der Salon lag in tiefem Dunkel; die Accorde der Orgel klangen schwach. Der Kapitän Nemo befand sich da, sah mich aber nicht. Ich glaube sogar, bei hellem Tageslicht hätte er mich nicht bemerkt, so sehr war er in Entzücken versunken.

Ich schlich auf dem Teppich und vermied das geringste Geräusch, das meine Anwesenheit verrathen hätte. Ich brauchte fünf Minuten, um zu der Thüre zu gelangen, welche zur Bibliothek führte.

Ich war im Begriff, sie zu öffnen, als ein Seufzen des Kapitäns mich an der Stelle fesselte. Er stand auf, kam auf mich zu, mit gekreuzten Armen, schweigend, schwebend wie ein Gespenst. Er schluchzte aus gedrückter Brust, und ich hörte ihn murmeln – die letzten Worte, die ich aus seinem Munde vernahm:

»Allmächtiger Gott! Genug! Genug!«

War's ein Ausdruck von Gewissensbissen? ...

Ganz bestürzt eilte ich in die Bibliothek. Ich stieg die Mitteltreppe hinauf und gelangte durch den obern Gang zum Boot. Durch die Oeffnung, welche bereits meinen beiden Gefährten gedient hatte, stieg ich ein.

»Fort nur! fort! rief ich.

– Im Augenblick!« erwiderte der Canadier.

Die in dem Eisenblech des Nautilus ausgeschnittene Oeffnung wurde erst geschlossen, und mit einem englischen Schlüssel, den sich Ned-Land zu verschaffen gewußt hatte, zugeschraubt. Eben so auch die Oeffnung des Bootes und der Canadier fing an die Schrauben zu öffnen, welche uns noch am unterseeischen Boot fest hielten.

Da vernahm man plötzlich ein Geräusch innen; Stimmen in lebhaftem Wortwechsel. Was gab's? Hatte man unsere Flucht gemerkt? Ned-Land steckte mir still einen Dolch in die Hand.

»Ja! murmelte ich, wir werden zu sterben wissen!«

Der Canadier hatte mit seiner Arbeit inne gehalten. Doch ein Wort, zwanzigmal wiederholt, ein fürchterliches Wort enthüllte mir die Ursache dieser unruhigen Bewegung an Bord des Nautilus, Uns galt die Aufregung nicht!

»Maelstrom! Maelstrom!« rief es.

Der Maelstrom! Ein schrecklicheres Wort in einer schrecklicheren Lage hatten wir nicht hören können. Wir befanden uns also an dieser gefährlichen Stelle der norwegischen Küste? Ward der Nautilus in diesen Abgrund gerissen im Moment, wo unser Boot sich von ihm los zu machen im Begriff war?

Bekanntlich bilden die zwischen den Farör- und Loffoden-Inseln eingeengten Gewässer zur Zeit der Fluth einen Strudel mit unwiderstehlicher Gewalt, dem noch niemals irgend ein Schiff entronnen ist. Von allen Seiten des Horizonts her strömen ungeheuerliche Wogen hier zusammen, und die Anziehungskraft dieses Strudels erstreckt sich auf eine Entfernung von fünfzehn Kilometer, so daß nicht allein Schiffe, sondern auch die Wallfische und Eisbären fortgerissen werden.

Hierhin war der Nautilus von seinem Kapitän – ohne, oder vielleicht mit Willen – geleitet worden. Er beschrieb eine Spirallinie, deren Umfang stets enger wurde. Mit ihm wurde auch das noch daran befestigte Boot in schwindelhaftem Zug fortgerissen. Todesschrecken befiel uns, im höchsten Grauen stockte das Blut, kalter Schweiß drang auf die Stirne! Und welches Getöse um unser zerbrechliches Boot herum! Ein Brausen, das vom Echo wiederholt gehört wurde. Ein Krachen der Wogen, die sich auf den Felsenspitzen meilenweit brachen im tiefen Grunde, wo die härtesten Körper zerschmettert werden.

Welche Lage! Wir wurden gräßlich hin und her geschleudert. Der Nautilus vertheidigte sich, daß seine eisernen Muskeln krachten.

»Wir müssen wacker fest halten, sagte Ned, und die Schrauben wieder befestigen! Bleiben wir am Nautilus fest, so können wir uns noch retten!« ...

Er hatte noch nicht ausgeredet, als es krachte. Die Schrauben mangelten, das Boot wurde aus seinem Gehäuse gerissen und wie ein Stein aus einer Schleuder mitten in den Strudel geworfen.

Mein Kopf wurde wider einen eisernen Rahmen geschmettert, und bei der heftigen Erschütterung verlor ich die Besinnung.

Dreiundzwanzigstes Capitel
Schluß

Hiermit schließt die unterseeische Reise. Was diese Nacht vorfiel, wie das Boot aus dem furchtbaren Wirbel des Maelstromes entrann, wie ich mit Ned-Land und Conseil aus dem Schlund wieder heraus kam, kann ich nicht sagen. Als ich wieder zu mir kam, lag ich in einer Fischerhütte der Loffoden-Inseln. Meine beiden Gefährten waren gesund und wohlbehalten an meiner Seite und drückten mir die Hände. Wir umarmten uns mit Innigkeit.

In diesem Augenblick können wir nicht daran denken nach Frankreich zurückzukehren. Die Verkehrsmittel zwischen dem nördlichen Norwegen und dem Süden sind spärlich! Ich muß daher die Vorüberfahrt des Dampfbootes abwarten, welches alle zwei Monate nach dem Nordcap fährt.

Hier also, umgeben von den braven Leuten, welche uns aufgenommen haben, sehe ich die Erzählung dieser Abenteuer durch. Sie ist genau: keine Thatsache ist übergangen, kein Detail übertrieben worden. Es ist der treue Bericht über diese unwahrscheinliche Fahrt unter einem für den Menschen unzugänglichen Element, dessen Bahnen der Fortschritt dereinst eröffnen wird.

Wird man mir glauben? Ich weiß es nicht. Es liegt auch nicht viel daran. Ich habe jetzt, kann ich wohl versichern, das Recht, über diese Meere zu reden, unter welchen ich nicht allein volle zehn Monate, zwanzigtausend Meilen zurückgelegt habe; von dieser unterseeischen Reise zu erzählen, die mir so manche Wunder im Stillen Meere, dem Indischen Ocean, dem Rothen Meere, dem Mittelländischen, dem Atlantischen, dem nördlichen und südlichen Eismeere enthüllte.

Aber, was ist aus dem Nautilus geworden? Hat er dem gewaltigen Druck des Maelstromes widerstanden? Verfolgte er seine erschrecklichen Repressalien weiter, oder ist er bei dieser letzten Hekatombe stehen geblieben? Werden uns die Fluthen eines Tages das Manuscript mit seiner ganzen Lebensgeschichte zuführen? Werde ich endlich den Namen dieses Mannes erfahren?

Ich hoffe es. Hoffe ebenfalls, daß sein mächtiges Fahrzeug das Meer in seinem erschrecklichsten Schlund überwältigt, und daß der Nautilus unverletzt geblieben ist, wo so viele Schiffe zu Grunde gegangen sind! Wenn das letztere der Fall ist, wenn der Kapitän Nemo immer noch im Meere hauset, seinem Adoptiv-Vaterlande, so möge der Haß in diesem wilden Gemüth sich beschwichtigen lassen! Die Anschauung so vieler Wunder möge den Rachedurst in ihm austilgen! Möge der strafende Richter aufhören, der Gelehrte die friedliche Erforschung des Meeres fortsetzen. Das seltsame Geschick ist auch ein erhabenes. Zehn Monate habe ich das außernatürliche Leben geführt.

Vor sechstausend Jahren hieß es, wie geschrieben steht: »Wer hat je die Tiefen des Abgrundes zu erforschen vermocht?« Zwei Männer sind die einzigen in der Menschenwelt, welche jetzt die Antwort auf diese Frage geben können. Der Kapitän Nemo – – und ich.

Printed in Great Britain
by Amazon